Das Ikarus-Projekt

Martin Wagner

Mittwoch, Tag 1

Mein Name ist Kai Herzog. Ich bin Topmanager bei der Munisol, einem über einhundert Milliarden Euro schweren, weltweit operierenden Technologiekonzern. Ich liebe meinen Job.

Schon beim Aufstehen spürte ich Euphorie. Dieser Mittwoch würde mein Tag werden. Ich war früh ins Büro gefahren, da ich um acht Uhr mit meinem Chef zum Gespräch verabredet war. Gunter Dahlem leitete den Geschäftsbereich „Energie“. Dieser umfasste mittlerweile knapp die Hälfte der Munisol und war der unangefochtene Star im Unternehmen. Wachstum, Marktanteil und Gewinn, alles oberste Liga. Die Sparte war wiederum in vier Segmente unterteilt, von denen ich die Verantwortung für das größte und mit Abstand erfolgreichste Segment trug, welches sich um Produkte und Technologien zur umweltfreundlichen Energieerzeugung drehte. Das ging von Wasserkraft über Windenergie bis hin zu Solarparks.

In den vergangenen Wochen hatte ich bei allen wichtigen Würdenträgern des Konzerns die Werbetrommel gerührt und diesen schmackhaft gemacht, meinen Verantwortungsbereich zu erweitern. Das Schwestersegment um das Thema Energieinfrastruktur, also Dinge wie Technik für

Stromleitungsnetze, aber auch Ladesysteme für elektrische Fahrzeuge, in meine Organisation zu integrieren, bot großartige Synergien. Durch die Zusammenlegung ähnlicher Aufgabenfelder konnte Personal abgebaut werden, was wiederum zu niedrigeren Kosten führte. Die Aktionäre würden feiern. Aber vor allem würde das Manöver meine Position im Unternehmen weiter stärken. Meinem Weg an die Spitze stünde dann nichts mehr entgegen.

Nebenbei konnte ich bei dieser Gelegenheit lästige Konkurrenz loswerden, nämlich die gegenwärtige Leiterin ebendieses Segments. Die Dame hieß Sophia Hart und störte meine Aktivitäten bei jeder sich ihr bietenden Gelegenheit. Dabei war sie an Intriganz und Hinterhältigkeit bei zugleich gespielter Kollegialität nicht zu übertreffen. Lediglich ihren langen Beinen konnte ich etwas abgewinnen, aber selbst das konnte ihre Sympathiewerte bei mir nicht mehr retten.

Nun saß ich also Dahlem gegenüber und erwartete, dass er die Zusammenlegung der Segmente verkündete. Wie gewohnt war Dahlem tadellos, wenn auch für meinen Geschmack etwas zu konservativ, gekleidet. Andererseits passte der dreiteilige, dunkle Nadelstreifenanzug zusammen mit der tiefroten Krawatte zu seiner Stellung im Vorstand der Munisol und seinen verbliebenen kurz geschorenen, grauen Haaren. Auch wenn er mir gegenüber immer eine gewisse Distanz wahrte und mich nie genau wissen ließ, was er wirklich über mich dachte, hatte er mich in meiner bisherigen Karriere immer wieder gefördert.

Es fiel mir schwer, mein Triumphgefühl zu unterdrücken und nicht die ganze Zeit blöde zu grinsen. Ich betrachtete Dahlems großzügiges Vorstandsbüro. Die bodentiefen Panoramascheiben gaben eine spektakuläre Aussicht auf die Alpen frei. Wann würde meine Karriere mich in ein solches Büro führen?

Ganz nach Plan teilte mir mein Chef dann mit, dass mein Konzept auf große Zustimmung im gesamten Vorstand gestoßen sei und man die Segmente, so wie von mir vorgeschlagen, zusammenlegen wolle. Ja, das sei so wichtig, dass man das gleich heute, jetzt sofort umsetzen werde. Es gebe keine Zeit zu verschwenden. Man danke mir sehr, dass ich diesen Entwurf zur Organisationsoptimierung eingebracht habe, ich sei für die Munisol von unschätzbarem Wert. Genauso sah ich das auch.

„Herzog“, fuhr Dahlem dann fort, „Leute wie Sie brauchen wir hier, um die Dinge voranzubringen. Daher übernehmen Sie ab sofort die Grundlagenforschung. Um Sie hier loszueisen, wird Sophia Hart in die Bresche springen und das neu geformte Segment leiten.“

Mir fiel mein triumphales Grinsen aus dem Gesicht, gefolgt von ungläubiger Schockstarre. Ein unbändiges Verlangen ergriff mich, einen von Dahlems Konferenzstühlen durch ein Panoramafenster zu werfen. Das hätte sicherlich dem Abbau meiner Frustration geholfen, jedoch definitiv nicht meiner Karriere. Also riss ich mich, so gut es ging, zusammen und verbarg meine unbeschreibliche Enttäuschung. Dahlem gegenüber Schwäche zu zeigen, war in diesem Moment wirklich das Letzte, was ich wollte.

Die Grundlagenforschung. Anstelle der Leitung eines Dreißig-Milliarden-Erfolgsgeschäfts sollte ich nun einen Haufen von weltfremden Nerds anführen, die Unsummen von Geld verbrannten, um Dinge zu erforschen, die so weit an der Realität vorbeigingen, dass die Fehlschläge vorprogrammiert waren. Wie sollte ich mich mit so etwas für den Aufstieg in den Vorstand in Stellung bringen? Wobei ich mich fragte, welche das nach dieser Nachricht noch sein sollte.

Das alles konnte nur Sophia Harts Werk sein. Ich protestierte. Betete alle meine Erfolge der letzten zehn Jahre herunter und prophezeite den Untergang des Unternehmens, falls nicht ich die Segmentleitung bekäme. Doch es half nichts. Dahlem lächelte verbindlich, bedankte sich für meine offenen Worte und erklärte erneut, dass ich unbedingt in der Forschung gebraucht würde, da der vorherige Leiter zur Konkurrenz abgewandert sei. Und dass die Entscheidung gefallen sei, der gesamte Vorstand stünde dahinter, Diskussion zwecklos.

Der absolute Tiefpunkt. Um einen letzten Rest an Würde zu wahren, murmelte ich etwas von „neuen Herausforderungen habe ich mich noch nie verschlossen“ und verließ Dahlems Büro. Noch an der Türschwelle schwor ich mir, schleunigst einen Plan zu ersinnen, wie ich erstens meinen Posten zurückbekommen und zweitens Sophia Hart ein für alle Mal erledigen konnte.

Genau diese wartete vor Dahlems Büro im Lobbybereich, adrett im schwarzen Hosenanzug, die langen, dunklen Haare hochgesteckt, tiefroter Lippenstift: Schneewittchens schuldige Schwester. Praktisch in meinem Lobbybereich, der sich jedoch gerade mit atemberaubender Geschwindigkeit von mir entfernt hatte.

Als Sophia mich aus der Tür kommen sah, erhob sie sich von Dahlems dänischem Designersofa und ging strahlend auf mich zu, als wären wir Freunde, die gestern noch zusammen über den letzten Urlaub und die Familie geplaudert hatten. Ihre Falschheit war einfach unglaublich. Sie setzte an, etwas zu sagen, aber ich ließ sie wortlos stehen. Ich hätte ausschweifende Ausfälligkeiten nur schwer zurückhalten können. Mein

Puls schlug wie ein Presslufthammer und mein Gesicht glühte.

Da ich es nicht ertragen konnte, in mein Büro zurückzukehren, machte ich mich direkt auf den Weg in mein neues Reich der Fantastereien und Geldvernichtung. Sollte doch die Hart meinen bisherigen Mitarbeitern die neue Situation erklären und mir meine Sachen hinterherschicken. Ich war stocksauer.

Mit langen Schritten und unterirdisch schlechter Laune verließ ich das Bürogebäude, einen zwanzigstöckigen Glaspalast, der Modernität und Innovationskraft ausstrahlen sollte, um den Anspruch der Munisol als eines der weltweit führenden Technologieunternehmen zu unterstreichen. Dahinter erstreckten sich große Produktionshallen, hinter denen wiederum, im entlegensten Winkel des Werksgeländes, die Grundlagenforschung untergebracht war. Das Werksgelände im Südosten von München war weitläufig, fast wie eine Kleinstadt.

Ich ging auf den für die Topführungskräfte des Unternehmens reservierten Parkplatz direkt neben dem Hochhaus und ließ mich wütend in meinen schwarzen, stets auf Hochglanz polierten Porsche 911S fallen, üblicherweise ein Quell der Freude und des Wohlbefindens für mich. Insbesondere da die

Versicherung meiner Exfrau Tabea mir das neueste Modell in Folge ihrer Zerstörungswut am Tag ihres Auszugs spendiert hatte. Doch nach dieser erbärmlichen Niederlage konnte selbst der Porsche mich nicht aufheitern.

Auf dem Weg zum Ort meines zukünftigen Wirkens versuchte ich, meine Gedanken zu sortieren. Die Wissenschaft war schon lange her. Studiert hatte ich Physik und mir sogar einen Doktortitel verdient. Doch als ich nach meiner Promotion bei der Munisol einstieg, ging mir das Technikgefummel schnell auf die Nerven. Ich rettete mich in ein Management-Trainee-Programm. Von dort ging es dann die anschließenden zwölf Jahre nur noch steil nach oben. Bis mir diese Schlange niederträchtig in die Parade fuhr.

Vor mir tauchten die Forschungsgebäude auf. Das Areal sah völlig anders aus als in meiner Erinnerung. Hier stand nun ein fünfstöckiges, schlichtes, aber schickes Gebäude mit Büros und Labors. Dahinter waren symmetrisch vier beachtliche, aluminiumverkleidete Hallen angeordnet, in denen vermutlich größere Versuchsanordnungen und Gerätschaften untergebracht waren. Offensichtlich hatte man alles von Grund auf neu gestaltet. Als ich das letzte Mal dort gewesen war, etwa sieben oder acht Jahre her, war das Bild von Baracken und einem riesigen Betonklotz in der Mitte geprägt gewesen, in dem man im Alleingang die Kernfusion als nebenwirkungsfreie Lösung aller Energieprobleme der Welt aus der Taufe heben wollte. Zehn Milliarden Euro später sah man dann ein, dass Selbstüberschätzung, Überheblichkeit und Geldvernichtung zum Erfolg allein nicht ausreichten, zog die Notbremse und stellte das Projekt über Nacht ein. Zugegebenermaßen prägte dieser epische Fehlschlag mein Bild von der Forschertruppe bis heute.

Vor dem Gebäude befanden sich mehrere Parkplätze, einer davon direkt neben dem Eingang, gekennzeichnet mit „Forschungsleitung". Das war nun meiner. Ich stellte den Wagen ab, nahm meine Tasche und betrat das Gebäude. In der Eingangshalle war eine Tafel angebracht, auf der stand, wo was zu finden war, die Forschungsleitung im obersten Stock. Schnell fand ich das Vorzimmer des Chefbüros.

Dort wartete bereits eine elegante Dame auf mich. Aus irgendeinem Grund erinnerte sie mich an die berühmte Miss Moneypenny. Sie trug eine grüne Seidenbluse zum hellgrauen Kostüm und hatte die langen, blond gefärbten Haare zu einem kunstvollen Knoten zusammengebunden. So wirkte sie nicht einmal nerdy. Sie stellte sich als Claudia Keller vor - meine neue Assistentin. Claudia begrüßte mich mit warmen, freundlichen Worten und zeigte mir mein neues Büro, einen ziemlich großen, hellen Raum mit drei riesigen Bildschirmen an der Wand, Konferenztisch und modernem Designer-Schreibtisch. An Dahlems Büro kam das nicht ran, aber zumindest hatte mein Vorgänger Geschmack bewiesen. Meine Laune fing an, sich etwas aufzuhellen.

Ich setzte mich an den Schreibtisch, zog den Laptop aus der Tasche und loggte mich ins Firmennetzwerk ein. Claudia reichte mir eine Mappe, in der sich Zugangscodes für alle zur Forschungsabteilung zugehörigen IT-Systeme, eine Schlüsselkarte für alle Türen, eine Übersicht mit anstehenden Terminen, Zusammenfassungen vermutlich wichtiger Vorgänge und ein Organisationsdiagramm befanden. Man war also bestens vorbereitet gewesen. Offensichtlich hatte jeder in diesem Unternehmen gewusst, was kommt, nur ich nicht. Das warf kein gutes Licht auf meine bisher immer sehr zuverlässigen nachrichtendienstlichen Fähigkeiten.

Üblicherweise war ich sehr gut informiert, was im Unternehmen im Hinter- und Untergrund ablief, und ich hatte dies auch bei der einen oder anderen Gelegenheit für meine Karriere nutzen können. Es half immer zu wissen, was am Kochen war, bevor der Rest davon Wind bekam. Doch dieses Mal hatte Sophia Hart mich ausgestochen. Bevor ich wieder in

Selbstmitleid abgleiten konnte, erfreute mich Claudia mit ansprechend duftendem Kaffee. Ich lehnte mich zurück und fing gerade an, mich ein bisschen zu entspannen, als ein dumpfer Knall das Gebäude erzittern ließ. Umgehend heulten Sirenen mit ohrenbetäubendem Lärm auf und ich ließ beinahe meine Tasse fallen.
Aus meinem Fenster starrend konnte ich nichts erkennen. Eine Lautsprecherdurchsage teilte mit, dass das gesamte Areal sofort zu räumen sei. Ich verließ zusammen mit Claudia vorschriftsmäßig das Gebäude, um die für den Evakuierungsfall in sicherer Entfernung vorgesehene Sammelstelle aufzusuchen.

Kaum im Freien angekommen, sah ich, dass eine der hinteren Forschungshallen lichterloh in Flammen stand. Teile der Aluminiumverkleidung lagen verstreut um die Halle herum und dichter schwarzer Qualm stieg aus dem zerstörten Gebäude auf. Was für ein Albtraum. Nicht einmal eine Stunde im neuen Amt, und schon ein schwerer Unfall in meinem Verantwortungsbereich. Übelkeit machte sich in mir breit.

Aus dem Gebäude und den Hallen quollen immer mehr Menschen. Ich ertappte mich dabei, wie ich schätzte, ob das eher zweihundert oder dreihundert Mitarbeiter waren. Deren Chef ich nun ja war. Immerhin lenkte mich das von meiner Übelkeit ab.

Mittlerweile war die firmeneigene Feuerwehr mit großem Aufgebot angerückt und eilte zu der brennenden Halle. Ich trat unschlüssig von einem Fuß auf den anderen, fand es dann aber wenig standesgemäß, einfach nur herumzustehen. Also brüllte ich: „Was ist hier los? Bericht!“ Alle Augen richteten sich auf mich. Ein Raunen setzte ein, wer der Typ war, der sich hier aufspielte. Mein Dasein hatte sich wohl doch noch nicht überall herumgesprochen, aber ich verließ mich darauf, dass Claudia für schnelle Aufklärung sorgte.

Und so wurde ich nach wenigen Augenblicken informiert, dass in der brennenden Halle das Kernstück des Ikarus-Projekts betrieben wurde. Die Versuchsanlage sollte aus Kohlendioxid und Sonnenlicht die Grundchemikalie Methanol herstellen. Das wiederum konnte einerseits als Grundbaustein für viele andere chemische Erzeugnisse verwendet werden oder andererseits als Brenn- und Treibstoff. Und das alles völlig klimaneutral. Und im Gegensatz zu allen anderen, die das schon probierten oder gegenwärtig daran forschten, sei das höchst effizient und nach neuesten Erkenntnissen sogar Erdöl, Erdgas oder Kohle wirtschaftlich weit überlegen. Das Ganze stehe kurz vor der Marktreife. Der verantwortliche Entwickler und Leiter von Ikarus heiße Felix Jordan, ein absolutes Genie.

Ich hatte noch nie etwas von einem Ikarus-Projekt bei der Munisol gehört, doch die Ausführungen beeindruckten mich. Wenn das wirklich so funktionierte, dann wäre das eine technologische Revolution. Und patentiert eine Gelddruckmaschine. Die Vermarktung würde dann in dem Segment stattfinden, welches ich gerade an die Hart verloren hatte. Meine Miene verfinsterte sich sofort wieder.

Andererseits stand der technologische Durchbruch gerade in Flammen. Das Ganze erinnerte mich an die Sache mit der Kernfusion. Auch hier versprach man die Rettung des Planeten, nicht enden wollende Gewinne inklusive. Der einzige Unterschied war, dass der Traum der Menschheit im gegenwärtigen Fall gerade spektakulär abbrannte, während der vorherige still, heimlich und leise über Nacht zu Grabe getragen worden war.

Wobei, so ganz leise war das auch nicht abgegangen. Der Munisol-Vorstand hatte sich damals tief über die Ausstiegsentscheidung zerstritten und am Ende wurde der damalige CFO Richard Sanders aus dem Unternehmen gedrängt. Ganz untypisch für einen Finanzchef hatte dieser ein Faible für visionäre Zukunftstechnologien gehabt und immer von Riesengewinnen fabuliert, die man damit erzielen könnte. Die deutsche Technologieindustrie sei viel zu verkrustet, man müsse sich ein Beispiel an der IT-

Branche nehmen und viel mehr Risiko eingehen. Auch wenn Richie, wie er sich gern nennen ließ, mit dieser Einschätzung aus der Sicht vieler nicht ganz falsch lag, kosteten ihn seine Überzeugungen das Amt und die Munisol viel Geld. Niemand im Unternehmen wollte an diese Episode erinnert werden, das Thema wurde wetterfest in einen Mantel des Schweigens gehüllt.

Vielleicht tat sich in diesem Moment eine großartige neue Chance für mich auf. Sollte unter meiner Führung das Ikarus-Projekt nach dem heutigen offensichtlichen Rückschlag doch ein Erfolg werden, dann wäre ich der Star und wieder voll im Rennen. Zeit, die Sache in die Hand zu nehmen.

Ich verließ den Sammelplatz und lief in die Richtung der Unglückshalle. Der Brand schien gelöscht zu sein, zumindest waren keine Flammen mehr zu sehen, nur Rauch stieg noch auf. Ich stieg in den Bus der Einsatzleitung, der bei dieser Größenordnung von Feuerwehreinsätzen immer ausrückte, und stellte mich als Verantwortlicher für Abteilung und Areal vor. Der Einsatzleiter wies mir einen Platz an einem schmalen Besprechungstisch zu, von dem aus ich das Geschehen beobachten konnte. Eine Wand des Fahrzeugs war fast vollständig mit Bildschirmen belegt, auf denen die Aufnahmen zahlreicher Überwachungskameras zu sehen waren sowie die Bilder aus den Helmkameras der Rettungskräfte. Vor den Bildschirmen saßen Feuerwehrleute und koordinierten den Einsatz per Funk. Mittlerweile füllte sich das Fahrzeug mit weiteren Mitarbeitern des Konzerns, die in solchen Fällen zum Krisenstab gehörten. Der Stabschef war Simon Buschmann, der Werkleiter. Wir hatten in der Vergangenheit immer mal wieder miteinander zu tun gehabt, ich schätzte ihn.

„Herzog, was machen Sie denn hier?", fragte mich Buschmann, der Krawatte und Jackett bereits abgelegt hatte und sich die Ärmel seines karierten Hemds nach oben krempelte.

„Mein Bereich. Mittlerweile", antwortete ich schmallippig. Er nickte nur beiläufig und konzentrierte sich auf seine Arbeit. Plötzlich wurde Anspannung spürbar. Ein Feuerwehrmann an den Monitoren drehte sich zu uns um und zeigte auf einen Bildausschnitt: „Leblose Person."

Die Rettungskräfte waren ins Innere der Halle vorgedrungen. Durch die Helmkameras konnte man das Ausmaß der Zerstörung erkennen. Am Boden lag eine von der Hitze und Flammen furchtbar zugerichtete Person, ich musste den Blick abwenden und erneut gegen aufsteigende Übelkeit ankämpfen. Neben mir hörte ich Buschmann fragen, ob Polizei und Staatsanwaltschaft schon verständigt wurden und dass er den Unternehmenssprecher sowie jemanden aus der Rechtsabteilung benötige, um eine Pressemitteilung vorzubereiten.

Mir wurde langsam klar, welche Welle auf mich zurollte. Ein Brand in einer Forschungseinrichtung ist eine Sache, aber sobald Verletzte oder gar Tote ins Spiel kamen, wurde es für die Verantwortlichen schnell sehr ungemütlich. Zumindest konnte man mir hierfür nicht die Schuld in die Schuhe schieben, nicht nach gerade einmal knapp einer Stunde im Amt.

Ich betrachtete die vielen Kamerabilder und begann mich zu fragen, was hier wohl vorgefallen war. Seit mehr als zehn Jahren war ich mittlerweile bei der Munisol beschäftigt, doch ich konnte mich an keinen Unfall in diesem Ausmaß erinnern. Weder am Stammwerk in München noch an irgendeinem anderen Standort der Munisol, derer es zahlreiche in aller Herren Länder gab. Sicherheit hatte bei der Munisol einen enorm hohen Stellenwert und man tat alles, um Unfälle auszuschließen und zu verhindern. Mir waren auch keinerlei ernsthafte Brandereignisse bekannt. In seltenen Fällen mal ein Kurzschluss in irgendeinem Schaltkasten oder ein Problem bei einer Schweißarbeit, aber dass ein Gebäude vollständig in Flammen aufging, das passte nicht ins Bild. Insbesondere da der Standort flächendeckend mit Brandmeldern und automatischen Löscheinrichtungen ausgerüstet war.

Das roch nach Problemen und Schlamperei in der Abteilung, welche ich schleunigst aufspüren und unterbinden sollte, wenn mir das alles nicht auf die Füße fallen sollte. Ich fragte Buschmann, ob er mich gegenwärtig brauche. Er schüttelte den Kopf. In Kürze erwarte er das übliche Aufgebot von Polizei, Staatsanwaltschaft, Spurensicherung und Sachverständigen, die den Unfall untersuchten. Das dauere sicherlich bis in den Nachmittag. Er lasse mich wissen, wann die vorläufige Abschlussbesprechung stattfinden würde.

Nachdem ich meine neuen Mitarbeiter in der Eingangshalle des Forschungsgebäudes zusammengerufen hatte, unterrichtete ich sie über die Lage. Die Leute standen dicht an dicht. Ich stellte mich auf die zweite Stufe auf der Treppe in der Hallenmitte, damit mich alle sehen konnten. Dabei konnte ich mich auf meine raumfüllende Stimme verlassen und benötigte kein Mikrofon, um gehört zu werden.

Es sei wohl zu einer Explosion in Forschungshalle drei kommen, in der das Ikarus-Projekt untergebracht war und an der Umwandlung von Kohlendioxid zu Methanol gearbeitet wurde. Letzteres brennt bekanntlich hervorragend, sodass ein schwerer Brand entstanden war. Dabei war der Leiter des

Forschungsprojekts Doktor Felix Jordan tragischerweise ums Leben gekommen. Die tote Person war mittlerweile identifiziert worden. Weitere Tote oder Verletzte seien nicht gefunden worden.

Ein Raunen ging durch die Menge und einige brachen in Tränen aus. Das alles war sehr bedrückend. Ich erklärte, dass man nun untersuchen werde, wie es zu dem Unfall kommen konnte. Bis auf Weiteres sei jegliche Arbeit an diesem Projekt auszusetzen. Wer wolle, könne für heute nach Hause gehen. Von anspruchsvollen oder gar gefährlichen Arbeiten sei für heute Abstand zu nehmen. Wir müssen nun in dieser schweren Stunde zusammenstehen, aber auch nach vorne schauen. Ich hasste diese Art von Ansprachen, aber das Überbringen schlechter Nachrichten gehörte nun mal zu meinem Job, ganz gleich, ob es um verfehlte Unternehmensergebnisse, anstehenden Personalabbau, geplatzte Karriereträume, abgebrochene Projekte oder eben um den Tod eines Kollegen ging. Bisher hatte ich in meiner Berufslaufbahn zweimal meine Mitarbeiter informieren müssen, dass ein Kollege verstorben war. In einem Fall handelte es sich um einen Herzinfarkt, im anderen um einen schweren Motorradsturz, jeweils in privatem Umfeld. Tod während der Arbeit durch einen dramatischen Unfall auf dem Gelände der Munisol war eine neue Dimension für mich, die mich deutlich mehr mitnahm als die anderen beiden Ereignisse.

Zurück in meinem Büro traf ich auf Claudia, die niedergeschlagen an ihrem Schreibtisch saß. Ich nahm mir kurz einen der Besucherstühle.

„Wie geht es Ihnen?"

Sie musste erst schlucken, bevor sie sich erklären konnte. Ihre Augen glänzten.

„Es ist so furchtbar. Wie kann so etwas passieren? Der Doktor Jordan war doch noch so jung. Und ein so netter und lebenslustiger Mensch. Er hatte so Großes vor und noch so viel vor sich."

Claudia kämpfte gegen die Tränen. Ich versprach ihr, dass ich alles tun würde, um herauszufinden, wie diese Tragödie geschehen konnte. Dazu müsste ich zunächst besser verstehen, woran Jordan gearbeitet hatte, wer am Projekt beteiligt war und wie der genaue Projektfortschritt aussähe. Sie begleitete mich in mein Büro und zog einen dünnen Stapel Papier aus der Mappe, die ich am Vormittag bekommen hatte.

„Hier ist eine Aufstellung mit allen Projekten, die gegenwärtig in der Grundlagenforschung bearbeitet werden. Es gibt für jedes Projekt einen Code. Damit können Sie in der elektronischen Datenbank alle Details zu einem jeweiligen Projekt finden. Wie man die Datenbank verwendet, ist auf der letzten Seite beschrieben."

Ich bedankte mich und fragte, ob sie nach all der Aufregung nicht doch nach Hause gehen wolle. Sie verneinte, woraufhin ich begann, mich mit der Liste zu beschäftigen. Es gab weit über einhundert Projekte. Ich fand das Ikarus-Projekt von Felix Jordan, es war nach erstem Eindruck personell und finanziell sehr gut ausgestattet und offensichtlich eine der Topaktivitäten. Es gelang mir auf Anhieb, Zugang zu der Projektdatenbank zu erhalten. Die Anleitung war idiotensicher.

Umso mehr irritierte mich, dass ich es nicht schaffte, Daten zu dem Projekt abzurufen. Mehrfach gab ich den Code aus der Liste ein, doch kein Ergebnis wurde angezeigt. Ich probierte einen Code aus der Liste für ein anderes Projekt und bingo, sofort erhielt ich auf meinem Bildschirm ein Verzeichnis mit Informationen zu der Forschungsarbeit. Ich probierte es erneut mit dem Ikarus-Code, nichts. Was sollte das bedeuten? Hatte Felix Jordan die Akte gelöscht, bevor der Unfall geschehen war? Warum hätte er das tun sollen? Meine Gedanken kreisten.

Ich bat Claudia, mich mit einem Sachkundigen aus der IT-Abteilung zu verbinden. Bei der Munisol wurden wie bei jedem anständigen Unternehmen unzählige Datensicherungen durchgeführt. Es war praktisch unmöglich, etwas verschwinden zu lassen, was einmal in den Datenbanken erfasst worden war. Kurz darauf klingelte mein Telefon, der IT-Fachmann war dran. Ich bat ihn, die offenbar verschwundenen Daten wiederherzustellen. Und da dies mit dem heutigen Unfall in Zusammenhang stehe, bitte umgehend.

Keine Viertelstunde später meldete sich der Kollege zurück. Er schien sehr aufgeregt.

„Herr Doktor Herzog, ich verstehe das nicht. Es existieren keinerlei Daten zu dem von Ihnen genannten Projektcode. Meines Erachtens wurde das bewusst gelöscht, und zwar sehr gründlich. Alle Sicherungskopien sind leer. Und was besonders komisch ist, alle Logdateien, in denen vermerkt wird, wer wann welche Daten ändert, enthalten keinerlei Einträge zu diesem Vorgang. Einfach leer. Ich habe so etwas noch nie gesehen."

Er holte Luft und fuhr fort.

„Ich habe mich gefragt, ob möglicherweise einfach nie Daten unter diesem Projektcode erfasst worden waren. Aber dann habe ich die Druckaufträge von Felix Jordan geprüft. Druckaufträge speichern wir vierundzwanzig Stunden. Und heute Morgen gegen halb neun hat er unter dem Projektcode einen Ausdruck gestartet. Ich schicke Ihnen die Datei per E-Mail. Aber mehr finde ich einfach nicht."

Ich war beeindruckt, darauf musste man erstmal kommen, Druckaufträge anzusehen. Aber zur Minderung meiner Verwirrung trug das alles nicht bei. Ich bedankte mich bei dem IT-Spezialisten und legte auf. Im gleichen Moment kam die E-Mail mit Felix Jordans letztem Druckauftrag bei mir an. Es war ein langes Dokument. Auch wenn meine Zeit als Wissenschaftler schon einige Tage her war, erkannte ich auf den ersten Blick, dass es sich um den Entwurf einer Patentschrift handelte. Ich begann zu lesen. Es ging um die besagte Umwandlung von Kohlendioxid zu Methanol. Jedoch kam ich nicht sehr weit, denn Claudia steckte ihren Kopf in mein Büro und teilte mit, dass Buschmann angerufen habe und die Abschlussbesprechung zum Einsatz am Morgen nun anstehe. Es war mittlerweile kurz vor vier.

Ich machte mich auf den Weg zum Hauptgebäude, das ich am Morgen fluchtartig verlassen hatte. Die Besprechung fand in einem der größeren Sitzungssäle im achtzehnten Stockwerk statt. Sofort beim Betreten war man gefangen von der riesigen Fensterfront, die den Raum erhellte. Der Ausblick über München war genauso spektakulär wie der, den ich am Morgen zwei Etagen höher in die andere Richtung bewundern konnte. Etwa zwanzig Personen waren zu der Besprechung gekommen, einige kannte ich, manche hatte ich noch nie gesehen. Die Leitung hatte Simon Buschmann.

Zunächst stellte sich jeder kurz vor, mit Name und Funktion. Ich hatte einen trockenen Hals, als ich mich als Forschungsleiter vorstellte, in dessen Verantwortungsbereich der Unfall stattgefunden hatte. Dass ich das erst seit einigen Stunden war, behielt ich für mich, es tat in diesem Moment nichts zur Sache. Weiterhin waren die Einsatzleiter der Feuerwehr anwesend, Zuständige für Sicherheit und Umweltschutz, zwei unserer Anwälte, einer unserer Pressesprecher sowie Technikexperten von Munisol und der Polizei. Als Letztes stellte sich ein mir unbekannter Mann vor, um die fünfzig, dunkle, im Ansatz leicht graue, lockige Haare, durchtrainierter Typ, grauer Anzug, ohne Krawatte, hellblaues Hemd. Sein Name sei Josef Perlinger, Hauptkommissar beim Landeskriminalamt und der Kopf der Sonderkommission, die die Umstände des Brandes und des Todes von Doktor Felix Jordan aufklären sollte.

Buschmann schilderte die Situation und zeigte auf einem wandgroßen Bildschirm Aufnahmen des Unfallortes. Halle drei sah aus wie nach einem Bombenangriff. Einer der Munisol-Techniker stellte die ersten Untersuchungsergebnisse vor.

„Wir konnten einige Messdaten der Versuchsanlage trotz des hohen Zerstörungsgrades auslesen. Um 9:42 Uhr wurde die Leistung der Testanlage erhöht, um 9:47 Uhr kam es zu einem starken Druckanstieg im Reaktor der Anlage, in dem das Kohlendioxid zu Methanol umgewandelt wurde. Um 9:49 Uhr dann abrupter Druckabfall, also die Explosion des Reaktors. Die Druckwelle und herumfliegende Reaktorteile zerstörten umliegende Tanks, in denen brennbare Chemikalien lagerten. Diese gerieten in Brand und das Feuer war letztlich ursächlich für die Zerstörung der Halle. In diesem Zusammenhang kam unser Kollege Felix Jordan zu Tode."

Ein Polizeitechniker übernahm.

„Die genaue Todesursache und der Ablauf sind noch in Klärung, hier müssen wir auch auf die Ergebnisse der Obduktion warten."

Er sprach ohne Überleitung weiter.

„Die vorhandene automatische Löscheinrichtung war deaktiviert oder genauer gesagt: Das Hauptventil für die Löschwasserversorgung war geschlossen."

Im Saal herrschte eisige Stille. Alle sahen mich an. Ich starrte den Polizisten entgeistert an. Er fuhr fort.

„Hätte die Löscheinrichtung funktioniert, wäre der Brand sofort gelöscht worden. Zur weiteren Begutachtung benötigen wir alle Unterlagen zu dem in der Forschungshalle drei gelaufenen Betrieb."

Ich schaute zu unseren Anwälten, beide nickten. Ich weiß nicht, das wievielte Mal mir an diesem Tag übel wurde. Als ich zu Wort kam, versuchte ich, mit ruhiger und kraftvoller Stimme zu sprechen.

„Die lückenlose Aufklärung dieser Katastrophe hat für mich höchste Priorität. Ein Mitarbeiter unseres Unternehmens, ein Mitarbeiter der Abteilung, für die ich verantwortlich bin, ist tragisch ums Leben gekommen. Wir sind alle tief berührt und erschüttert. Ich habe bereits veranlasst, dass alle Unterlagen bezüglich der Forschungsaktivitäten zusammengestellt werden."

Bis dahin war ich gewohnt gut in Form und die auf mich gerichteten Blicke zeigten eine gewisse Anerkennung. Von hier aus ging es dann jedoch steil abwärts.

„Dabei wurde festgestellt, dass keinerlei Unterlagen auffindbar sind beziehungsweise alle gelöscht wurden."

Der Lärmpegel im Sitzungssaal schwoll an. Ungläubiges Raunen. Die Blicke waren nun irgendwo zwischen ungläubig, entsetzt und verachtend.

Ich versuchte, wieder Herr der Lage zu werden und Vertrauen zu gewinnen.

„Ich habe diese Vorgänge bereits von unseren IT-Spezialisten untersuchen lassen. Diese gehen von vorsätzlicher Manipulation aus. Trotzdem konnte ein wesentliches Dokument wiederhergestellt werden. Hier war ich unerbittlich.“

Ich konnte es einfach nicht lassen.

„Ich habe die Leitung dieser Abteilung heute übernommen und von der Firmenleitung den klaren Auftrag erhalten, den Bereich aufzuräumen.“

Jetzt lief es.

„Offensichtlich hat man geahnt, dass etwas nicht Ordnung ist und den hohen Standards unseres Unternehmens nicht entsprochen wird. Wie dramatisch die Lage ist, hat dennoch wohl niemand geahnt.“

Und die Blicke waren zurück, die meldeten, ja, der Herzog ist ein Macher! Mir wurde einmal mehr klar, dass der Laden ohne mich aufgeschmissen war.

Perlinger erhob sich.

„Meine Damen und Herren! Wir sollten in Betracht ziehen, dass es sich hier nicht um einen Unfall handelt, sondern um ein vorsätzlich herbeigeführtes Ereignis.“

Erneut ging ein ungläubiges Raunen durch den Saal. Was sollte das heißen? Ging Perlinger davon aus, dass Jordan die Bude selbst in die Luft gejagt hatte? Oder hatte eine weitere Person etwas damit zu tun? Das wäre dann – Mord?! Mittlerweile hatte ich mich daran gewöhnt, dass mein Magen rebellierte.

Der Polizeitechniker übernahm wieder.

„In diesem Zusammenhang wurde geprüft, wer Halle drei heute betreten hat. Es besteht eine Zugangskontrolle, also jeder, der rein möchte, muss seinen Ausweis an ein Lesegerät halten, erst dann geht die Tür auf. Theoretisch kann natürlich eine Person öffnen und mehrere dann eintreten, Videoüberwachung findet in diesem Bereich nicht statt. Spielt aber auch keine Rolle, denn es gibt seit zwei Tagen keine Daten zu besagtem Zugang. Entweder das Lesegerät war defekt und hat keine Daten übermittelt, oder es wurde manipuliert. Oder jemand hat die Daten gelöscht. Die Munisol-Technik ist noch am Prüfen."

Keiner im Raum atmete mehr. Auch wenn die Untersuchungen erst am Anfang standen, bestand für mich und vermutlich für die meisten anderen im Raum kein Zweifel mehr, dass auf dem Gelände der Munisol ein Mitarbeiter ermordet worden war, wobei schwere Sachschäden entstanden waren.

Ich wurde aus meinen Gedanken gerissen.

„Was ist eigentlich mit dem Laptop von Doktor Jordan? Da müssten doch Details zu den Arbeiten gespeichert sein. Wir haben in der Halle keinen gefunden. Wo könnte er sein? In seinem Büro?"

Perlinger sah mich fragend an.

Mir fiel auf, dass ich keine Ahnung hatte, wo überhaupt Jordans Büro war. Die Ereignisse des heutigen Tages hatten sich überschlagen. Ich war genervt, dass ich nicht selbst darauf gekommen war, seinen Arbeitsplatz aufzusuchen. Ich erwiderte: „Unter den gegebenen Umständen halte ich es für empfehlenswert, das Büro von Doktor Jordan nur gemeinsam mit der Polizei zu untersuchen."

Perlinger blickte zu einem seiner Kollegen, dann zu mir.

„Gut, gehen wir."

Auf dem Weg aus dem Saal raunte mir Buschmann zu, dass er Dahlem und den Rest des Vorstands über die Situation informieren werde. Das war unausweichlich, wenn ich das auch gern vermieden hätte, bis ich mir selbst im Klaren war, was hier vorging. Ich hasste es, wenn ich die Kontrolle verlor.

Perlinger, einer der Kriminaltechniker und ich betraten die Eingangshalle des Forschungsgebäudes. Claudia wartete bereits, um uns zu Jordans Büro zu bringen. Ich hatte sie auf der Fahrt vom Hauptgebäude zurück zum Forschungsareal angerufen und war froh, sie noch anzutreffen. Auf eine weitere Blamage hatte ich wirklich keine Lust: der Chef, der nicht weiß, wo seine Mitarbeiter arbeiten.

Claudia führte uns in das erste Stockwerk. Hier waren die Projektleiter untergebracht. Um einen weitläufigen loungeartigen Bereich mit Sofas,

Sitzgruppen, Kicker und Kaffeebar waren kleine verglaste Büros zu den Fenstern hin angeordnet. Man hatte es sich in der Forschung wirklich gemütlich gemacht.

Wir gingen zu Felix Jordans Büro. Die gläserne Schiebetür stand offen. Der Schreibtisch war sehr ordentlich und aufgeräumt. Oder mit anderen Worten, es lag nichts, aber auch gar nichts auf demselben. Da befanden sich lediglich eine Doppelbildschirmanlage mit Tastatur und Maus. An einer Magnettafel hing das Foto eines jungen Paars. Vermutlich Jordan mit seiner Freundin oder Frau, ich hatte keine Ahnung, ob er verheiratet war oder vielleicht sogar Kinder hatte. Mir fiel auf, dass ich nicht einmal wusste, wie Felix Jordan aussah. Ich nahm mir vor, später Claudia nach einem Foto zu fragen. Von einem Laptop war nichts zu sehen.

„Bitte."

Ich blieb vor dem Büroglaskasten stehen und ließ der Polizei den Vortritt. Die Beamten zogen sich Handschuhe an und schauten in die Schubladen unter dem Schreibtisch und in das Sideboard an der Rückwand. Sie machten Fotos. Nach nur wenigen Minuten waren sie fertig. Perlinger kam zu mir.

„Keine Spur von einem Laptop. Davon abgesehen erstaunt mich der Mangel an Unterlagen. Heutzutage mag zwar alles papierlos sein und jegliche

Dokumentation auf elektronischem Wege erfolgen, aber wenn ich das mit den anderen Arbeitsplätzen vergleiche“, er zeigte auf die in den benachbarten Glaskästen, wo auf den Tischen Papierstapel lagen und an die Scheiben Notizzettel geklebt waren, „dann finde ich das auffällig. Haben Sie etwas dagegen, wenn ich die noch anwesenden Kollegen von Herrn Doktor Jordan befrage?“

Ich schüttelte den Kopf und sagte, dass er natürlich mit jedem hier sprechen könne. Und solle. Mir war noch nicht klar, welche Meinung ich über den Hauptkommissar hatte. Er wirkte nüchtern, sachlich und klar in seinen Worten. Ich konnte nicht sagen, dass er mir unsympathisch war, aber irgendwie hatte er eine unterschwellig bedrohliche Art. Oder kam das nur daher, dass ich mich in seiner Gegenwart ständig wie ein ertapptes Kind fühlte?

Die Tür zum Büro rechts von Jordan stand ebenfalls noch offen. Das Namensschild gab Auskunft, dass hier Doktor Ralf Mechtersheim seinen Platz hatte, der sich aber offensichtlich gerade nicht an seinem Schreibtisch befand. In einer der Sitzgruppen in der Mitte saßen zwei Männer und eine Frau, die unser Treiben aufmerksam beobachteten.

Perlinger ging auf sie zu.

„Doktor Mechtersheim?“

Einer der beiden Männer erhob sich. Er war Mitte dreißig, groß, sportlich, mit Hipsterbart.

„Ja?"

Perlinger stellte sich vor und fing an, ihn zu dessen Büronachbarn zu befragen. Mechtersheim war sichtlich aufgewühlt. Nichtsdestotrotz bemühte er sich, professionell zu wirken. Er schilderte Jordan als tollen Kollegen und herausragenden Wissenschaftler. Auf Perlingers Frage, warum keinerlei Unterlagen am Arbeitsplatz von Doktor Jordan zu finden seien, zeigte er sich wenig überrascht.

„Felix war ein extrem ordentlicher und strukturierter Mensch. Vielleicht an der Grenze zur Pedanterie. Je weiter sein Projekt fortschritt, umso so stärker entwickelte sich seine Sorge, dass Ergebnisse nach außen durchdringen könnten und die Patentfähigkeit seines Projekts gefährdet werden könnte."

Die anderen beiden nickten. Perlinger nahm deren Personalien auf. Der Mann war Doktor Konrad Fährmann, 47 Jahre alt, die junge Dame Doktor Bettina Herrlich, 29 Jahre alt und wohl noch recht neu im Unternehmen. Der durchgängig hohe akademische Grad der drei wies darauf hin, dass die Munisol offensichtlich nur hervorragend ausgebildete Mitarbeiter in der Forschung zuließ. Ich war zufrieden.

Die weitere Befragung brachte keine wesentlichen Erkenntnisse. Man schätzte sich als Kollegen, hatte wohl ein gutes Verhältnis, welches jedoch nicht über ein gelegentliches Bier nach der Arbeit hinausging.

„Waren Sie auch an Herrn Doktor Jordans Arbeiten beteiligt?“, wollte Perlinger wissen.

Fährmann und Herrlich sahen Mechtersheim an. Er zögerte.

„Nun, teilweise. Als wir vor zwei Jahren anfingen, uns verstärkt auf die nachhaltige Erzeugung von Energie sowie Energieträger zu konzentrieren, da teilten wir uns die Arbeit. Felix konzentrierte sich darauf, Kohlendioxid nutzbar zu machen. Ich arbeitete an bionischen Systemen, also an der Fragestellung, wie man natürliche Prozesse wie zum Beispiel die Photosynthese in Pflanzen technisch übertragen kann. Felix übernahm dann Teile meiner Ergebnisse und führte diese autark in seinem Projektstrang fort.“

Aha, autark, dachte ich. Das war die höfliche Übersetzung von „er hat mir den vielversprechenden Teil meiner Arbeit weggenommen und auf eigene Rechnung weitergemacht“. So einer war das Genie Jordan also. Oder war das ein Versuch Mechtersheimers, sich in Stellung zu bringen, mit dem Hinweis, er habe ja auch einen wichtigen Beitrag zu Ikarus geleistet?

Während Perlinger sich damit zufrieden gab – ich vermutete, dass er nicht ganz verstand, was Mechtersheim gerade offenbart hatte – beschloss ich, an der Stelle in etwas privaterer Atmosphäre nachzubohren.

Das Gespräch plänkelte noch einige Minuten vor sich hin, Fährmann und Herrlich hatten inhaltlich wenig beizutragen. Dann fragte Perlinger, wer Zutritt zu Halle drei besäße.

„Alle Mitarbeiter der Grundlagenforschung sowie Kollegen aus Technik und Service, wie zum Beispiel Reinigungskräfte“, antwortete Herrlich.

„War einer von Ihnen heute in der Halle?“

Alle drei schüttelten den Kopf. Gerätschaften und Experimente zu ihren Projekten seien in anderen Bereichen untergebracht, in Halle drei war ausschließlich das Ikarus-Projekt von Felix Jordan beherbergt.

Der Ermittler und sein Techniker verabschiedeten sich. Kurz bevor der Kommissar die Tür erreichte, dreht er unvermittelt um und ging zurück zu der Gruppe.

„Wir haben Herrn Doktor Jordans Laptop nirgends finden können. Haben Sie eine Idee, wo das Gerät sein könnte?“

Die drei schauten verdutzt und schüttelten den Kopf. Mir entgingen nicht die Blicke, die die beiden Polizisten sich zuwarfen. Das war alles sehr merkwürdig. Wo war dieses Gerät? Man musste kein Kriminalbeamter sein, um zu verstehen, dass das zusammen mit den fehlenden Daten zu Zugangskontrolle und Projektdokumentation sowie der außer Funktion gesetzten Löscheinrichtung nur einen Schluss zuließ: Einer unserer Mitarbeiter war in die Sache verwickelt. Die Fakten bewiesen nicht nur hohe kriminelle Energie, sondern vor allem detaillierte Kenntnisse. Natürlich hätte auch eine abteilungs- oder unternehmensfremde Person die Manipulationen durchführen können, doch wie hätte so jemand all die notwendigen, technisch sehr anspruchsvollen Aktionen unbemerkt durchführen sollen? Das alles wurde immer hässlicher.

Ich brachte die Polizeibeamten zum Parkplatz vor dem Gebäude, wo der Werkschutz wartete, um die beiden zum Ausgang zu begleiten.

Ich wandte mich an Perlinger.

„Wie gehen wir nun weiter vor? Die Aufklärung der Umstände hier ist für Munisol und mich persönlich von größter Wichtigkeit."

Der Hauptkommissar musterte mich und versicherte mir, dass die Aufklärung einer Explosion, die zum Tod eines Menschen geführt hatte, für die Polizei ebenfalls höchste Priorität habe. Er schloss mit der lapidaren Mitteilung, dass er sich in Kürze bei mir melden werde. Ich gab ihm eine meiner neuen Visitenkarten, die ich am Morgen von Claudia erhalten hatte. Dabei liefen die Ereignisse des Tages an mir vorüber wie in einem Film. Der Verlust meiner Spitzenposition, der Unfall, die vielen Ungereimtheiten, die förmlich herausschrien, dass Felix Jordan von einem Mitarbeiter dieses Unternehmens, vielleicht sogar meiner Abteilung, ermordet wurde.

Ich riss mich zusammen und bedankte mich bei den beiden Beamten für ihre wertvolle Unterstützung bei der Aufklärung der schrecklichen Geschehnisse. In diesem Moment sah ich einen roten Mercedes langsam vorbeifahren. Dieses Auto kannte ich. Sophia Hart. Ihre extrovertierte Art manifestierte sich auch in der Wahl ihres Fahrzeugs. Wer fuhr schon einen roten Mercedes? Die hatte mir gerade noch gefehlt.

Nachdem Perlinger und Kollegen verschwunden waren, ging ich zurück ins Gebäude und machte mich auf die Suche nach Ralf Mechtersheim. Ich hatte ein dringendes Bedürfnis herauszufinden, was hier vor sich ging. Jordans Kollege schien mir der Schlüssel dazu.

Mechtersheim kam mir im Treppenhaus entgegen, hatte seine Tasche über der Schulter gehängt und war wohl auf dem Weg in den Feierabend.

„Wir müssen reden, haben Sie noch ein paar Minuten für mich?“

Es war keine Frage. Entsprechend folgte er mir ohne Murren in mein Büro. Nachdem ich ihm einen Platz an meinem Besprechungstisch angeboten hatte, zog ich mein Jackett aus und hängt es über einen Stuhl. Ich bemerkte, dass ich alles andere als frisch roch. Der Tag hatte seine Spuren hinterlassen. Umso wichtiger war es, mich nun noch einmal zu konzentrieren.

„Kollege Mechtersheim, was halten Sie von der ganzen Sache?"

Ich fragte bewusst offen, um zu sehen, welche Facette der Vorgänge bei ihm oben stand. Doch er gab mir keine Antwort und starrte Löcher in meinen Tisch. Ich sah ihn an und schwieg, bis er anfing herumzudrucksen.

„Ich … ich weiß auch nicht. Das ist alles sehr verwirrend. Heute ist unheimlich viel passiert, es fällt mir schwer, einen klaren Gedanken zu fassen."

„Was genau ist so verwirrend?"

„Nun, die Explosion, der Tod von Felix."

Ich beschloss, den Druck zu erhöhen.

„Das ist in der Tat alles sehr tragisch. Was verwirrt Sie dabei?"

Mechtersheim sah mich verständnislos an. Also machte ich weiter.

„Sie sagten, dass es verwirrend ist, also dass Sie die Zusammenhänge nicht verstehen oder etwas nicht zu Ihrer Erwartungshaltung passt. Ich bin neu hier und muss - und werde das aufklären. Deswegen ist für mich Ihre Einschätzung von größter Wichtigkeit."

Mechtersheim fasste sich etwas.

„Felix war hier mit Ikarus der Star. Er war enorm erfolgreich und hatte den Durchbruch. Dass gerade jetzt alles in Flammen aufgeht, das ist verwirrend."

„Den Durchbruch?"

„Ja, in der Projektbesprechung letzte Woche präsentierte er die neusten Daten. Die Umwandlung von Kohlendioxid in Methanol lief nun enorm wirtschaftlich. Er wollte als Nächstes die Patentschrift fertigstellen und zur Einreichung beim Patentamt vorbereiten."

Ich ging zu meinem Schreibtisch, nahm den Ausdruck von Felix Jordans letztem Druckauftrag und legte ihn vor Mechtersheim auf den Tisch.

„Ist es das?"

Er nahm langsam den Papierstapel, blätterte in ihm und überflog verschiedene Passagen.

„Das ist der allgemeine Teil des Patents, also sozusagen das Intro. Die genaue Beschreibung der zu patentierenden Technologie sowie die Experimentaldaten zum Beweis fehlen."

So weit war ich auch schon gekommen.

„Herr Mechtersheim, wo finde ich die vollständige Dokumentation?"

Er erklärte mir die Projektdatenbank, mit der ich mich bereits erfolglos beschäftigt hatte. Ich wollte sehen, was er zu den fehlenden Einträgen sagte.

„Können Sie mir helfen, das Projekt in der Datenbank zu finden?"

Ich holte meinen Laptop und stellte ihn vor den Forscher. Er öffnete das Programm, suchte aus einer Übersicht den Projektcode heraus, gab ihn ein und landete genau wie ich und der IT-Spezialist im Nichts.

„Das verstehe ich nicht, habe ich mich vertippt?", kam irritiert von Mechtersheim. Er probierte es noch einige Male, mit bekanntem Ergebnis.

Ich verbarg, dass ich das alles bereits wusste und hoffte, dass Mechtersheim mich mit einer Idee inspirierte, die mich auf die richtige Spur brachte. Er konnte mir jedoch keinen Hinweis geben. Abgesehen von „das verstehe ich nicht" war nicht viel aus ihm herauszubringen. Dann eben anders.

„Angenommen, die Daten tauchen nicht mehr auf. Und angenommen, ich möchte das Ikarus-Projekt rekonstruieren, wie könnten wir das machen?"

Mechtersheim schaute mich erst mit verlorenem Blick, dann nachdenklich an.

„Ich glaube, dass das sehr schwierig werden könnte, denn Felix hat im Wesentlichen allein gearbeitet."

Das fand ich wenig kreativ, da fiel mir spontan mehr ein.

„Es gab doch sicherlich Beteiligte, die Ingenieure und Techniker, die die Versuchsapparatur nach Jordans Vorstellungen gebaut haben. All die

Einrichtungen in Halle drei, das hat Jordan ja nicht allein gemacht. Und üblicherweise wird so ein Projekt durch viele Assistenten unterstützt. Die könnten doch noch eigene Notizen und Unterlagen haben oder zumindest aus dem Gedächtnis wesentliche Angaben machen."

Der Kollege wirkte bedrückt, daran habe er jetzt nicht gedacht. Mein erster Gedanke war daraufhin: Ganz genau, und darum bin ich der Chef hier und nicht Leute wie du. Aber dann sah ich ein, dass Mechtersheim an diesem Tag sicher nicht in seiner besten Verfassung war, nach all den Ereignissen und in der vermutlich unangenehmen Befragung durch mich. Also ließ ich es dabei bewenden und wünschte meinem Mitarbeiter einen guten Nachhauseweg sowie einen erholsamen Abend.

Ich blieb sitzen und blätterte in Jordans letztem Ausdruck, seinem Vermächtnis sozusagen. Die Grundidee des Patents war vom Prinzip altbekannt und simpel: Man nehme Kohlendioxid aus der Luft, welches im Überfluss vorhanden war und wovon die Menschheit ständig mehr produzierte. Was dem Klima nicht gut bekam und für den gesellschaftspolitischen Druck sorgte, etwas dagegen zu unternehmen. Dann setze man es mit Wasser um und heraus kommen reaktivere organische Verbindungen plus Sauerstoff, bekannt als Photosynthese. Alles was grüne Blätter hat, atmet Kohlendioxid ein und Sauerstoff aus, genau andersherum als Mensch und Tier.

Die Sache hatte nur zwei Haken. Luft bestand vor allem aus Stickstoff, dann etwas Sauerstoff. Kohlendioxid kam gerade einmal zu etwa 0,04 Prozent darin vor. Wollte man also Kohlendioxid chemisch umsetzen, dann musste man erst die anderen Bestandteile der Luft entfernen. Das war zwar technisch kein großes Problem, jedoch sehr energieaufwendig, was zum nächsten Haken führte, nämlich das chemisch enorm faule Kohlendioxid dazu zu bringen, sich in eine andere chemische Verbindung zu verwandeln, ohne dabei riesige Mengen an Energie aufbringen zu müssen.

Die Natur hatte mit der Photosynthese für beide Probleme eine wunderbar elegante Lösung gefunden, nur war diese sehr, sehr langsam. Man stelle sich vor, man wollte warten, bis ein Baum so groß ist, dass man im Winter mit diesem heizen konnte. Bis dahin wäre man vielfach erfroren. Bildete man dagegen den natürlichen Prozess technisch nach und machte ihn schnell genug, sodass man ihn wirklich nutzen konnte, dann benötigte man sehr viel Energie.

Ein möglicher Weg war, diese Energie aus erneuerbaren Quellen zu gewinnen, wie zum Beispiel Wind- oder Wasserkraft oder Sonnenenergie, zur Not auch Kernkraft. Nur hatte sich das bisher nie gerechnet und war unwirtschaftlich gegenüber fossilen Rohstoffen und Energieträgern wie Kohle, Erdöl oder Erdgas gewesen.

Genau hier setzte das Ikarus-Projekt der Munisol an. Offenbar war es Felix Jordan gelungen – mit Hilfe von Mechtersheims Vorarbeiten – die wesentlichen Prozesse aus der natürlichen Photosynthese großtechnisch zu imitieren und durch Modifikationen um das mehr als Zehntausendfache zu beschleunigen. Das Zehntausendfache! Damit sollte dann aus Kohlendioxid höchst effizient Methanol hergestellt werden, ein vielseitiger chemischer Grundstoff, auch geeignet als Brenn- und Kraftstoff.

An dieser Stelle war das Dokument zu Ende. Die Kapitel, in denen die Details über die technische Ausführung beschrieben wurden, waren im Ausdruck leider nicht enthalten. Ich vermutete, dass Felix Jordan am Einleitungsteil gearbeitet und den Druckauftrag gestartet hatte, um später Korrektur zu lesen.

Ich legte die Ausdrucke zur Seite und war wie elektrisiert. Das war der absolute Megaknaller! Ich konnte mich nicht entsinnen, wann ich das letzte Mal von einer technologischen Revolution solcher Tragweite gehört hatte. Die Effizienzsteigerung der Jordanschen Erfindung konnte man vergleichen mit einem Baum, der seine Größe anstelle von dreißig Jahren Wachstumsdauer in nur einem einzigen Tag erreichte. Diese Entdeckung bot umweltfreundliche Energie und Rohstoffe im Überfluss und würde das fossile Zeitalter beenden!

Ziellos lief ich in meinem Büro umher, vom Tisch zum Fenster zur Tür zum Tisch. Mein Mund war ausgetrocknet. Ich zitterte vor Aufregung und verschüttete die Hälfte des Mineralwassers, als ich mir ein Glas einschenken wollte. Ob Edison sich so gefühlt hatte, als er die Glühbirne erfand? Vermutlich nicht, da er nicht die leiseste Ahnung hatte, was seine Erfindung auslösen würde. Ich hatte jedoch eine sehr genaue Vorstellung, was passieren könnte und passieren würde. Ich stützte mich auf dem Besprechungstisch ab, atmete tief durch und versuchte, mich zu beruhigen.

Erneut nahm ich mir die Ausdrucke vor und arbeitete sie Zeile für Zeile durch in der Hoffnung, einen Hinweis zu finden, wie diese Sensation genau vollbracht werden konnte, doch es gab nur allgemeine Beschreibungen zum Stand der Technik, also zu allem, was bereits bekannt und bewährt war. Enttäuscht warf ich die Blätter auf den Fußboden. Ich musste Ikarus rekonstruieren! Es gab keinen Grund, damit zu warten. Gleich am nächsten Tag würde ich damit anfangen, die Arbeiten zu organisieren. Ich war aufgeregt, konzentriert und voller Energie. Es fühlte sich gut an.

Während ich die Papiere vom Boden wieder aufsammelte, drängten sich mir die Kamerabilder von der durch den Brand entstellten Leiche Felix Jordans in den Kopf. Und damit die Frage, wer die Sabotage begangen und den jungen Wissenschaftler getötet hatte. Theoretisch kamen viele in Frage, vor allem die Wissenschaftler meiner Abteilung, die sowohl die Kenntnis als auch die technischen Fähigkeiten hatten, eine entsprechende Aktion zu planen und auszuführen. Aber jemanden zu töten und eine Halle anzuzünden? Wer war zu so etwas in der Lage? Warum sollte man das tun?

Ich dachte an meine Ansprache in der Eingangshalle am frühen Nachmittag, an die Trauer und das Entsetzen in den Gesichtern der Mitarbeiter. Ich konnte mir einfach nicht vorstellen, dass einer von ihnen zu so etwas fähig sein konnte. Vielleicht doch eher jemand von draußen, einer der vielen Fremdfirmenarbeiter und Besucher, die tagtäglich ein und aus gingen. Falls jemand von außerhalb der Munisol wusste, woran hier gearbeitet wurde und vor allem, wie weit fortgeschritten die Entwicklungen waren, dann könnten bestimmte Kreise ohne den geringsten Zweifel daran interessiert sein, die Ergebnisse in die Hände zu bekommen. Oder noch besser, der Munisol wegzunehmen.

Ich beschloss, diesem Perlinger von der Polizei genau auf die Finger zu sehen und dafür zu sorgen, dass ich über die Ermittlungen stets detailliert informiert wurde. Falls nötig, musste ich entsprechenden Einfluss darauf nehmen.

Ich blickte auf die Uhr. Es war bereits nach neun. Draußen wurde es langsam dunkel. Ich hatte mehr als genug von meinem ersten Tag in der Grundlagenforschung und spürte das dringende Verlangen nach einem starken Drink auf meiner Terrasse bei Sonnenuntergang.

Donnerstag, Tag 2

Landeskriminalamt München, 8:20 Uhr

Josef Perlinger legte seinen Kugelschreiber zur Seite.

„Was halten Sie von der Sache? Spontanes Gefühl?"

Die fünf Kernmitglieder der Sonderkommission „Munisol" waren in den letzten zwanzig Minuten gemeinsam alle bisher verfügbaren Informationen zur Explosion auf dem Gelände des Münchener Vorzeigekonzerns und des damit verbundenen Todes von Doktor Felix Jordan durchgegangen. Die Gruppe umfasste neben dem Leiter Perlinger die beiden Ermittler Jan Schön und Karsten Schultheis sowie eine Mitarbeiterin der Kriminaltechnik und einen Spezialisten für Industrieunfälle, der von der Genehmigungsbehörde hinzugezogen worden war.

„Unübersichtlich", meldete sich Schultheis. „Auf den ersten Blick spricht vieles für Industriespionage, wobei sich dann die Frage stellt, ob Angestellte der Munisol verwickelt sind oder alles von außen durchgeführt wurde, was ich für eher unwahrscheinlich halte. Oder es geht um etwas ganz anderes und die Sabotage ist nur vorgetäuscht."

Perlinger nahm einen Schluck aus seiner Kaffeetasse mit dem Aufdruck „Kaffee redet nicht, Kaffee jammert nicht, Kaffee macht einfach seinen Job. Ich mag Kaffee.". Die Tasse hatte ihm seine Tochter zu Weihnachten geschenkt. Er hatte lachen müssen, als er den Spruch las. Was es heutzutage nicht alles gab! Jedes Mal, wenn er die Tasse aus dem Schrank holte, musste er an Lilly denken und ein kleines Lächeln legte sich seine Lippen. Leider erlaubte ihm sein Job viel zu wenig Zeit für die Zwölfjährige.

Perlinger nickte langsam. Die Obduktionsergebnisse des jungen Wissenschaftlers waren für den späten Vormittag angekündigt, dann würde man weitersehen. Zusätzliche Sachverständige waren bereits am Unfallort bei der Munisol für zusätzliche und genauere Untersuchungen. Perlinger wandte sich an die beiden Polizisten, erfahrene Kollegen, die er selbst in die Sonderkommission berufen hatte.

„Versuchen Sie mal herauszufinden, was man in der letzten Zeit über die Munisol in den Zeitungen so geschrieben hat. Ich möchte ein Gefühl für das Unternehmen bekommen. Ich möchte wissen, was da vor sich geht. Wir treffen uns alle wieder hier um 11:30 Uhr.“

Er erhob sich.

Am nächsten Morgen setzte ich kurzfristig eine Besprechung mit den Mitarbeitern an, die mit Felix Jordan am Ikarus-Projekt gearbeitet hatten. Zusätzlich lud ich einige hochqualifizierte Wissenschaftler aus meiner Forschungsabteilung ein, die in Frage kamen, die Arbeiten von Jordan wieder aufzunehmen. Claudia hatte die Namen für mich zusammengestellt. Sie war seit vielen Jahre in der Abteilung und wusste sehr gut, wer etwas taugte und wer nicht.

Ich hatte in den Lounge-artigen Bereich im ersten Stock eingeladen, um den die Büros der Projektleiter angeordnet waren und den ich am Tag zuvor kennengelernt hatte. Meine Absicht war, eine lockere Atmosphäre herzustellen und den Druck auf die Kollegen möglichst niedrig zu halten, damit reichlich Kreativität Einzug halten konnte. Ich blickte in die Runde. Etwa zwanzig Mitarbeiter und Mitarbeiterinnen verschiedenen Alters hatten sich auf Sitzsäcken, bequemen Sesseln und Sofas sowie an Stehtischen versammelt. Fährmann, Herrlich und Mechtersheim waren auch unter ihnen. Mir fiel auf, dass man in der Forschung offensichtlich lässiger gekleidet war als im zwei Kilometer entfernten Glasturm, in dem ich die letzten Jahre meinen Tätigkeiten nachgegangen war. Keiner der männlichen Wissenschaftler trug eine Krawatte, viele waren in Jeans und Hemd gekommen. Bei den Kolleginnen herrschte ebenfalls ein entspannterer Modestil vor, Hosenanzug oder Kostüm suchte ich vergeblich. Die meisten hatten eine Tasse Kaffee in der Hand. Hätte ich auch gern gehabt.

Ich kam direkt zum Thema.

„Der gestrige Unfall und Tod von Felix Jordan ist eine Tragödie, welche nicht in Worte zu fassen ist. Wir müssen nun nach vorne schauen. Aus Gründen, die derzeit noch unbekannt sind – aber, ich verspreche

Ihnen, bis ins allerletzte Detail aufgeklärt werden – sind die Unterlagen zum Ikarus-Projekt unauffindbar. Ich bin fest entschlossen, die Ergebnisse zu rekonstruieren."

Und damit der Held der Stunde zu sein.

„Hierfür werde ich ein neues Projekt aufsetzen. Viele von Ihnen haben mit Jordan zusammengearbeitet und verfügen über Kenntnisse und Aufzeichnungen von Teilen der Arbeiten. Wir setzen das alles wieder zusammen. Deswegen habe ich Sie, unsere besten Projektleiter, heute hierher gebeten."

Ich schaute die drei Wissenschaftler an, die ich am Tag zuvor getroffen hatte. Es waren noch einige weitere anwesend, doch kannte ich deren Gesichter noch nicht. Das musste sich möglichst schnell ändern.

„Ich erwarte von Ihnen allen Vorschläge, wie ein Projekt zur Wiederherstellung der verlorengegangen und zerstörten Forschungsergebnisse strukturiert werden kann. Wer den besten Vorschlag macht, bekommt die Projektleitung und alle Unterstützung und Ressourcen, die benötigt werden. Sowie bei Erfolg einen satten Bonus. Abgabe ist morgen Mittag zwölf Uhr per E-Mail an mich direkt. Fragen?"

Das war nicht der Fall. Ich nahm an, dass alle ziemlich überrascht waren und etwas Zeit benötigten, die Neuigkeiten und meine Art der Vorgehensweise zu verdauen. Nachdem ich mich verabschiedet hatte, nahm ich mein Jackett, ging zu meinem Wagen und machte mich auf den Weg in Richtung Augsburg, wo in einem Vorort Felix Jordans Eltern wohnten. Claudia hatte für mich die Namen und Adresse recherchiert. Meine neue Assistentin war in Rekordzeit unverzichtbar für mich geworden.

Die gut einstündige Fahrt durch München und über die Autobahn nach Westen verlief ungewohnt zügig, üblicherweise stand man hier eine Weile im Stau. Je näher ich meinem Ziel kam, desto angespannter wurde ich. Mein flaues Gefühl meldete sich zurück. Es gab sicherlich angenehmere Anlässe, als Eltern Beileid auszusprechen, deren Sohn am Tag zuvor ums Leben gekommen war.

Mein Entschluss, die Eltern Jordans aufzusuchen, hatte mehrere Gründe. Zunächst einmal war die Munisol ein Traditionsunternehmen, welches großen Wert auf den Umgang mit seinen Mitarbeitern legte. Das Mindeste, was im vorliegenden Fall getan werden konnte, war persönlich den Eltern die Aufwartung zu machen – und bei der Gelegenheit auch einige formale Dinge in die Wege zu leiten.

Üblicherweise erhielt ein für die Munisol aktiv tätiger Mitarbeiter im Todesfall sein Gehalt für drei Monate weiter, also dessen Erben. Da Felix Jordan unverheiratet war und nach Personalaktenstand auch keine Kinder hatte, waren seine Eltern erbberechtigt. Ich hatte mit der Personalabteilung entschieden, in diesem Fall sechs Monate weiter zu zahlen. Neben meinem Mitgefühl sollte die großzügige, jedoch nicht unanständige Zahlung die Wahrscheinlichkeit einer möglichen Entschädigungsforderung an die Munisol senken.

Die Eltern könnten ja auf die Idee kommen, das Unternehmen wegen irgendwelcher vermuteter Nachlässigkeiten zu verklagen, die zum Tod ihres Sohnes geführt hatten, und dafür Schadenersatz verlangen. Wir überlegten, der Zahlung eine Vereinbarung beizulegen, welche sicherstellte, dass es damit erledigt war. Aber das sollte nicht beim heutigen Besuch angesprochen werden.

Ein weiterer Grund für meinen Besuch war die Sorge, dass der Tod Felix‘ und das Verhalten der Munisol in diesem Zusammenhang in negativer Art und Weise in sozialen Netzwerken landen könnte. Daher war ich bestrebt, die Firma in bestem Licht erscheinen zu lassen. Und mich auch. Denn falls im Zusammenhang mit dem Vorfall die Reputation des Unternehmens beschädigt würde, dann würde man mich dafür verantwortlich machen - und das konnte ich gegenwärtig überhaupt nicht gebrauchen.

Der letzte und vielleicht sogar wichtigste Grund für meine Fahrt nach Augsburg war jedoch, dass ich es einfach für richtig hielt. Der Tod des jungen Mannes berührte mich.

Es war gegen zehn, als ich meinen Wagen vor dem Haus der Jordans abstellte, einem gepflegten Vorstadthaus aus den neunziger Jahren. Ich atmete tief durch und klingelte. Claudia hatte mich angemeldet. Ein älterer Herr, ich schätzte ihn auf Mitte sechzig, öffnete die Tür. Ich stellte mich kurz vor und er wies mir den Weg ins Haus. Seine Frau stand im Wohnzimmer. Ich gab ihr die Hand und sagte noch einmal, wer ich war. Beide standen Schulter an Schulter mir gegenüber, mit leeren und fassungslosen Blicken. Es war beklemmend.

„Ich bin gekommen, um Ihnen mein tiefstes Beileid und Mitgefühl auszusprechen, im Namen der Munisol und aus meinem tiefsten Herzen. Ich möchte und kann mir nicht anmaßen zu erahnen, was Sie gerade durchmachen. Ich kann Ihnen lediglich in dieser schweren Stunde beistehen."

Herr Jordan sah mich mit warmem Blick an und sagte nur: „Wir danken Ihnen. Möchten Sie sich setzen?"

Ich nahm auf einem Sessel gegenüber des Sofas Platz. Frau Jordan bot mir Tee an, den ich gern annahm. Nach einer Weile betretenen Schweigens fragte mich Felix‘ Mutter, wie das alles passieren konnte. Tränen liefen ihr Gesicht hinunter.

„Wir wissen es noch nicht“, antwortete ich. „Derzeit gehen wir von einem tragischen Unfall aus. Die Untersuchungen laufen auf Hochtouren. Ich kümmere mich persönlich darum.“

Na ja, das war nur die halbe Wahrheit, von einem Unfall ging niemand mehr aus, die Polizei ermittelte. Aber in diesem Moment wollte ich keine weiteren Wunden aufreißen.

„Ich hatte keine Gelegenheit, Ihren Sohn persönlich kennenzulernen, da ich erst gestern die Leitung der Abteilung übernommen habe. Aber ich weiß, dass er einer unserer talentiertesten Forscher war und hervorragende Arbeit geleistet hat.“

Herr Jordan rang sichtlich um Fassung.

„Es war immer Felix‘ Wunsch gewesen, Wissenschaftler zu werden und die Welt mit seiner Arbeit ein kleines bisschen besser zu machen. Schon als Kind war er besessen von Physik und Chemie. Er verschlang alle Bücher, die er dazu in die Hände bekam.“

Ich wusste nicht, was ich sagen sollte. Ich blickte die Eltern an und nickte langsam. Herr Jordan erzählte weiter.

„Felix liebte seine Arbeit bei der Munisol. Seit er an dem Projekt zur Rettung des Klimas arbeitete, sprach er von nichts anderem.“

„Außer von Katja“, ergänzte seine Gattin. „Er war so glücklich: seine Arbeit, seine neue Freundin.“

Wieder liefen die Tränen und sie suchte nach ihrem Taschentuch.

„Nachdem sein Chef vor Kurzem die Firma verlassen hatte, wollte er sich um dessen Nachfolge bewerben. Er hatte sich große Chancen ausgerechnet. Doch nun ist er tot. Einfach so. Einfach so stehen gestern plötzlich zwei Polizisten vor der Tür und sagen, es tut uns leid, Ihr Sohn ist tot!“

Herr Jordan sprang auf. Seine Frau zog ihn sanft am Arm zurück auf das Sofa.

Ich blieb noch etwa eine halbe Stunde und ließ mir von Felix erzählen. Er war ihr einziger Sohn und sie waren unfassbar stolz auf ihn. Auch ich war tief betroffen und musste mich zusammenreißen, damit ich nicht mitheulte. Bevor ich ging, erläuterte ich kurz die Formalitäten und die folgenden Zahlungen. Als sich Herr Jordan dafür bedankte, fühlte ich mich nicht ganz wohl und murmelte: „Das ist das Mindeste, was wir tun können.“

Gegenwärtig musste ich mir jedenfalls keine Sorgen machen, dass die Familie Jordan schädliche Handlungen gegenüber der Munisol plante. Es blieb abzuwarten, wie sich das Ganze entwickelte, nachdem sich alles gesetzt hatte und möglicherweise irgendwelche Schlaumeier sich aufschwangen, der trauernden Familie gute Ratschläge zu erteilen.

Felix' Vater begleitete mich zur Tür. Da kam mir der Gedanke, dass ich der Freundin seines Sohnes auch meine Aufwartung machen sollte. Erneut trieb mich die Mischung aus Anteilnahme und Sorge vor unschönen Aktivitäten der Hinterbliebenen. Insbesondere da negative Publicity durch soziale Medien eher von jungen Leuten lanciert wurde, als von Menschen im Alter der Jordans. Also fragte ich, ob sie deren Telefonnummer oder Adresse wüssten. Und ich hatte Glück. Mit der Telefonnummer einer Katja Berger stieg ich in meinen Porsche ein.

Als ich auf die Autobahn zurück nach München bog, war es bereits kurz vor elf. Ich rief Claudia an und berichtete ihr kurz von dem bedrückenden Besuch bei Felix' Eltern. Dann bat ich sie, bei Katja Berger anzurufen und ihr mitzuteilen, dass ich sie besuchen möchte, um mein Beileid und das des Unternehmens auszudrücken. Und nach ihrer Adresse zu fragen.

Zehn Minuten später meldete sich Claudia zurück. Sie hatte die junge Frau erreicht. Diese sei überrascht gewesen, aber sie hätte auch ein wenig beeindruckt gewirkt, dass wir uns um sie kümmerten. Ich gab die

Adresse in mein Navigationssystem ein, Katja Berger wohnte im Münchener Stadtteil Schwabing. Claudia erinnerte mich daran, dass mein Terminkalender für den Nachmittag gut gefüllt war und ich spätestens um vierzehn Uhr zurück sein musste.

Während ich mich München näherte, dachte ich darüber nach, was die Jordans mir erzählt hatten. Felix schien ein echtes Glückskind gewesen zu sein, sah man mal von seinem verfrühten Ableben ab. Pardon, das war makaber. Erfolgreich in Schule, Studium und Beruf. Offensichtlich geschätzt und beliebt. Tolle Freundin. Unaufhaltsam auf dem Weg nach oben.

Mir fiel Herrn Jordans Bemerkung ein, dass Felix offensichtlich meine gegenwärtige Position angestrebt hatte. Das fand ich dann doch überheblich oder zumindest sehr, sehr ehrgeizig. Für die Leitung der Munisol-Grundlagenforschung mit mehreren hundert Mitarbeitern und einem Budget von fast hundert Millionen Euro pro Jahr war ein sehr erfahrener und langjährig bewährter Spitzenmanager geeignet und notwendig. Jemand wie ich, kein Jungforscher Anfang dreißig.

Das zeigte eine andere Seite Felix'. Dazu der Kommentar von Mechtersheim, dass der Kollege Jordan nach anfänglicher Zusammenarbeit sich die Rosinen herauspickte und allein weitermachte. Ich fragte mich, wie die verschwundenen Forschungsakten dazu passten.

Hatte wirklich jemand Felix Jordan getötet und die Forschungsergebnisse gestohlen oder war das alles der theatralische Abgang eines überehrgeizigen jungen Mannes, dem klar wurde, dass er sich übernommen hatte, der keinen Weg zurück mehr sah und sich mit einem Paukenschlag das Leben nahm? Die Manipulationen an den Sicherheitssystemen hätte Jordan selbst vornehmen können, die Explosion sowieso. Und natürlich auch das Löschen der Daten. Wobei sich dann die Frage stellte, warum er dabei alle Spuren mit solch einem enormen Aufwand verwischt hatte. Für die perfekte Inszenierung? Das ergab alles keinen Sinn.

Blieb abzuwarten, was Perlinger und seine Leute herausfanden, auch wenn mir die Situation nicht gefiel, da ich ungern von anderen abhängig war und die Dinge lieber selbst regelte. Vor allem wenn sie meinen Verantwortungsbereich und insbesondere meine Karriere betrafen.

In Schwabing angekommen, machte ich mich auf die Suche nach einem Parkplatz. Ich mochte diesen Stadtteil. Kultur, Ausgehmöglichkeiten ohne Ende, Nachtleben, studentisches Flair. Lästig war nur die Tatsache, dass es praktisch nie freie Parkplätze gab. Nachdem ich einige Zeit um den Block gefahren war, fand ich schließlich eine Lücke und machte mich auf den Weg zu Katja Berger.

Felix‘ Freundin wohnte in einem Hinterhaus im vierten Stock. Die Haustür öffnete sich unmittelbar, nachdem ich geklingelt hatte. Kein Aufzug. Ich ging langsam die Treppe hinauf, da ich nicht völlig außer Puste auftreten wollte. Auf dem letzten Absatz machte ich eine kurze Pause, atmete kurz durch und ordnete meine Krawatte.

Ich klopfte an die Tür und legte mir meine Worte zurecht. Eine junge Frau öffnete. Ich schätze sie auf Mitte bis Ende zwanzig.

„Frau Berger?“

Sie nickte und ich stellte mich vor. So langsam bekam ich Routine. Sie bat mich herein und ich folgte ihr in eine Art Wohnküche. Auf der einen Seite befanden sich eine helle Kochzeile und ein kleiner, ovaler Sechziger-Jahre-Küchentisch, auf der anderen ein älteres, knallrotes Ledersofa und ein Sessel. Das schien mir alles so gemütlich wie stilvoll. Das Stilvollste jedoch war Katja Berger selbst. Sie war barfuß und trug kurze, beige Shorts, die ihre langen, braunen Beine zur Geltung brachten. Dazu ein blaues, enges T-Shirt mit hoch gerollten Ärmeln. Lange, blonde Haare rahmten ein Gesicht ein mit vollen

Lippen, hohen Wangen und tiefblauen Augen - die nun allerdings eher rot und verheult waren.

Ich musste mich zusammenreißen, um die attraktive Frau nicht anzustarren.

„Darf ich mich setzen?"

Sie zeigte auf den Sessel, setzte sich im Schneidersitz auf das Sofa und sah durch mich hindurch.

„Was soll ich denn jetzt machen? Welchen Sinn hat das alles noch?"

Ich sagte meinen Text auf, ähnlich dem vom Vormittag. Sie blickte mich an und bedankte sich für meine Anteilnahme, und wie sehr sie es schätze, dass ich gekommen war. Das sei nicht selbstverständlich. Ich war etwas verlegen, was wohl damit zusammenhing, dass ich nicht bei der Sache, sondern von Katjas Erscheinung abgelenkt war. Um den Moment zu überspielen, fragte ich, wie Felix und sie sich kennengelernt hatten.

Sie begann zu erzählen. Katja studierte Marketing. Um ihr Studium zu finanzieren, arbeitete sie als Event Managerin bei der Münchener Messe. Vor etwa einem Jahr hatte sie bei einem wissenschaftlichen Kongress dort Felix Jordan kennen.

„Ich moderierte eine Vortragsreihe über Zukunftstechnologien zum Klimaschutz. Felix trug über sein Forschungsprojekt bei der Munisol vor, das Ikarus-Projekt, bei dem aus Kohlendioxid Rohstoffe und Energie erzeugt werden. Es war diese Entschlossenheit und Leidenschaft ... Im gesamten Saal – er war riesig, es waren über tausend Zuhörer gekommen – war es völlig still. Alle waren fasziniert von ihm. Und ich wohl am meisten."

Ihre Augen füllten sich mit Tränen. Zum zweiten Mal an diesem Tag war ich zutiefst berührt. Katja erzählte weiter, wie sie ihn beim Empfang abends ansprach, sich beide sofort verstanden und es sich anfühlte, als würden sie sich seit Jahren kennen. Wie sie gemeinsam auf der Welle des Glücks schwammen, Pläne machten, bis dann gestern Abend Felix' Vater anrief.

Ich wusste nicht, was ich sagen sollte, also schwieg ich und hörte ihr einfach nur zu. Es schien ihr gutzutun.

Nach einer Weile sah ich auf die Uhr. Es wurde Zeit für mich zu gehen. Sie brachte mich zur Tür. Irgendwo zwischen Mitgefühl und Anziehung gab ich ihr meine Visitenkarte. Falls sie etwas benötige oder auch nur reden möchte. Es war mir egal, ob das eine gute Idee war. Zumindest gab es mir die Chance mitzubekommen, falls Katja zu einem späteren Zeitpunkt das Bedürfnis verspüren sollte, die Munisol mit Dreck zu bewerfen. Wovon ich allerdings nicht ausging, nach allem, was ich gehört hatte. Ich ging zur Treppe, drehte mich noch mal um und hob die Hand zum Gruß. Sie stand in der Tür, schön und traurig. Leise rief sie mir nach: „Danke, Kai Herzog!"

Zurück im Büro erwartete mich Claudia bereits. Sie hatte mir einen Teller mit einem Sandwich auf den Schreibtisch gestellt.

„Ich gehe davon aus, dass Sie noch nichts gegessen haben."

Diese Frau war unbezahlbar. Da konnte sich Elena, meine bisherige Sekretärin, einiges abschneiden. Sophia Hart jedenfalls musste sich ab sofort ihren Sandwich selbst holen. Mir fiel ein, dass ich mich von Elena noch verabschieden musste.

„Während Sie essen, können Sie zuhören."

Nun fragte ich mich, wer hier der Chef war, aber tat wie geheißen. Claudia erläuterte den Terminplan für den Nachmittag. Mir wurde klar, dass ich mich noch nicht im Geringsten mit meinen eigentlichen neuen Aufgaben beschäftigt hatte. Die Ereignisse der letzten vierundzwanzig Stunden hatten meine gesamte Aufmerksamkeit vereinnahmt. Um vierzehn Uhr stand die monatliche Besprechung mit den Führungskräften der Forschungsabteilung an. Ich hatte keine Ahnung, wer das eigentlich war. Bislang hatte ich nur mit den Mitarbeitern gesprochen, die im Umfeld von Felix Jordan gearbeitet hatten. Die eigentliche Hierarchie hatte ich ignoriert, ein Sakrileg, das ich nun schleunigst wieder gutmachen musste.

Claudia erklärte mir im Schnelldurchlauf die Führungsstruktur und wies mich auf das Organigramm aus der Mappe vom gestrigen Tag hin. Die Agenda der Besprechung war Routine und immer mehr oder weniger die gleiche. Ich warf einen kurzen Blick darauf und war zuversichtlich, das hinzukriegen. Zur Not würde ich improvisieren. Am Ende lief diese Art von Management-Besprechungen immer nach dem gleichen Muster ab, völlig egal, worum es eigentlich ging.

Halbwegs gewappnet, machte ich mich auf den Weg ins Besprechungszimmer. Dort angekommen, saßen fünfzehn Abteilungsleiter vor mir und sahen mich an. Wie üblich handelte es sich um eine männerlastige Veranstaltung, lediglich zwei Frauen ergänzten die Runde. Meiner Auffassung nach war das nicht mehr zeitgemäß, aber doch typisch für die technikaffinen Bereiche. Zu der Gruppe gehörten auch die Topprojektleiter, darunter Ralf Mechtersheim und Konrad Fährmann, sowie einige Personen, die ich in meinem morgendlichen Spontanmeeting gesehen hatte.

Die Gesichter strahlten wenig verwunderlich eine Mischung aus Neugier, Unsicherheit sowie Ablehnung aus. Ich begrüßte die Kollegen und begann mit einer

Entschuldigung für den unkonventionellen, man könnte auch sagen ruppigen Start, der den tragischen Ereignissen des Vortages geschuldet war. Die Gesichter wurden etwas gnädiger.

Ich fasste die Situation zusammen und erläuterte erneut meine Initiative, die Ergebnisse aus dem Ikarus-Projekt zu rekonstruieren. Dann spulte ich die „Ihr seid toll und ohne euch bin ich nichts“-Nummer ab, um mich anschließend durch die einzelnen Besprechungspunkte zu arbeiten. Zwei Stunden später war ich einigermaßen unfallfrei durch die Agenda gekommen. Sicherlich, kein perfekter Start, aber ich war überzeugt, dass ich die Abteilung mit ein bisschen Anstrengung in den kommenden Wochen für mich gewinnen konnte.

Im nächsten Termin ging es um ein hochinteressantes Thema, das mich Felix Jordan, Explosionen und anderen Ärger vergessen ließ. Eine Gruppe aus der IT-Abteilung untersuchte, ob und wie man mithilfe von künstlicher Intelligenz aus bestehenden Forschungsdaten neue Erkenntnisse ableiten könnte, ohne mühselige und kostspielige Experimente durchführen zu müssen. Ich war in die Ausführungen der Computerspezialisten und Mathematiker vertieft, als Claudia in den Besprechungsraum kam und mir unmissverständlich zu verstehen gab, dass ich gebraucht wurde. Ich entschuldigte mich und folgte ihr. Auf dem Gang teilte sie mir mit, dass Hauptkommissar Perlinger in meinem Büro auf mich warte und mich umgehend zu sprechen wünsche.

Perlinger und ein weiterer Polizeibeamter hatten es sich an meinem Besprechungstisch gemütlich gemacht. Claudia hatte die Herren bereits mit Kaffee versorgt. Ich begrüßte die Ermittler und setzte mich ihnen gegenüber. Perlinger kam direkt zum Punkt. Man habe die Obduktion von Felix Jordan abgeschlossen. Es bestehe kein Zweifel, dass dieser mit einem stumpfen Gegenstand niedergeschlagen worden war, bevor der Brand ausbrach. Der Schlag habe zum Tod geführt.

„Wir haben es also mit einem Tötungsdelikt, in Anbetracht der Umstände höchstwahrscheinlich mit Mord zu tun", schloss Perlinger seine Ausführungen ab.

Meine Selbstmordtheorie konnte ich also begraben. Mord. Auf dem Gelände der Munisol. In meiner Abteilung. Die Übelkeit kam zurück. Ich versuchte, Herr der Lage zu bleiben.

„Das sind beunruhigende, bestürzende Nachrichten. Wie ist das weitere Vorgehen?"

Hierzu hatte Perlinger bereits sehr konkrete Vorstellungen. Alle Mitarbeiter, die in einem Verhältnis zu Doktor Jordan gestanden hatten, müssten befragt werden. Und zwar sofort. Ich nickte langsam und dachte darüber nach, wie das bewerkstelligt werden könnte. Ich erklärte, dass die Munisol und ich alles tun würden, um die Ermittlungsarbeit vollumfänglich zu unterstützen. Die Herren wurden etwas ungeduldig, mein Geschwafel schien nicht gut anzukommen. Offensichtlich fehlten ihnen zehn Jahre Industrieerfahrung, da gewöhnte man sich daran.

Also schlug ich vor, eine Liste erstellen zu lassen und die Befragung für den nächsten Tag in den Räumlichkeiten der Munisol zu organisieren. Ich gab mein Bestes zu erläutern, warum das alles leider nicht so zügig gehe, schließlich wollten wir ja niemanden vergessen und das Beziehungsgeflecht in einem Unternehmen der Größe der Munisol sei eben umfangreich und die entsprechenden Personen müssten auch informiert werden und verfügbar sein.

Vor allem gab es ein Problem für mich. Ich musste erstens den Vorstand oder zumindest Dahlem ins Bild setzen und zweitens die Rechtsabteilung einschalten, die wiederum dafür sorgen musste, dass die Befragungen geordnet und nicht gegen die Unternehmensinteressen verliefen. Und dafür benötigte ich Zeit.

„Geht das nicht schneller? Ich denke, ich habe die Dringlichkeit bereits so dargelegt, dass auch Sie das verstehen. Die Befragung muss jetzt stattfinden, das werden Sie ja wohl hinkriegen. Es geht hier um Mord!“, fuhr mich Perlinger ungehalten an. Inzwischen hatten sich seine Wangen stark gerötet.

Das wurde mir zu bunt. Ich beschloss, ebenfalls die Gangart zu verschärfen, da ich nicht die geringste Lust hatte, mich weiter herumkommandieren und maßregeln zu lassen. Ich sah Perlinger unbewegt in die Augen, machte eine dramaturgische Pause und teilte mit ihm dann meine Sicht der Dinge.

„Herr Perlinger, Sie dürfen davon ausgehen, dass niemand mehr Interesse an der Aufklärung dieser Situation hat als die Munisol und als Verantwortlicher ich. Sie dürfen weiterhin davon ausgehen, dass die Munisol keine Zusammenrottung von Vollidioten ist und wir durchaus ein Verständnis davon haben, wie Dinge zu organisieren sind. Und schließlich dürfen Sie davon ausgehen, dass die Munisol von der Münchener Polizei ein zielgerichtetes und professionelles Vorgehen erwartet und keine unüberlegten und unvorbereiteten Schnellschüsse, die einen Ermittlungserfolg gefährden. Ich nehme an, dass Landesinnenminister Hofstaller meine Ansicht teilt.“

Es war unübersehbar, dass Perlinger innerlich kochte, aber er riss sich zusammen. So langsam war ihm wohl klar geworden, dass er es nicht mit irgendwelchen Kleinkriminellen zu tun hatte, die er schikanieren konnte, sondern mit dem größten Technologiekonzern des Landes Bayern, der enge Kontakte zur dortigen Regierung pflegte. Und diese wiederum hatte nicht das geringste Interesse an Spannungen mit einem ihrer größten Steuerzahler und Arbeitgeber.

Schließlich verabredeten wir uns auf zehn Uhr am nächsten Tag. Perlinger und ich würden wohl keine Freunde werden. Ich fragte ihn, ob er über die Befragungen hinaus noch andere Informationen oder Unterstützung benötige. Das war nicht der Fall. Claudia begleitete die Beamten aus dem Gebäude. Ich ließ mich erschöpft in meinen Schreibtischsessel fallen. Das Ganze nahm immer größere Ausmaße an. Ich war mir nicht im Klaren, ob ich noch die Kontrolle hatte.

Als ich gerade im Begriff war, Dahlem anzurufen und ihn auf den neuesten Stand der Dinge zu bringen, steckte Claudia ihren Kopf in mein Büro.

„Sophia Hart hat um einen Termin mit Ihnen gebeten."

Dafür hatte ich nun wirklich keinen Nerv. Wahrscheinlich kam sie mit ihren neuen Aufgaben nicht zurecht und brauchte mich. Die sollte mal schön selbst sehen, wie sie zurechtkam. Also bat ich Claudia, Frau Hart auf absehbare Zeit abzuwimmeln.

Von meinem Konferenztisch aus wählte ich Dahlem per Videotelefonie an. Ich wollte sein Gesicht und seine Körpersprache während des Gesprächs sehen, da ich nicht wusste, wie er zu den Ereignissen stand und insbesondere zu mir als Verantwortlichem des Ganzen. Simon Buschmann hatte mir am Tag zuvor eine kurze Nachricht mit der Bestätigung geschickt, dass er Dahlem und den Rest des Vorstands informiert habe. Mir war jedoch nicht klar, in welchem Detailgrad das erfolgt und inwieweit der obersten Etage bekannt war, dass es sich nicht um einen tragischen Unfall handelte, sondern um Sabotage und Mord, vermutlich im Kontext von Industriespionage.

Dahlems Bild erschien auf dem mittleren der drei Wandbildschirme.

„Na Herzog, ganz schön was los bei Ihnen."

Die joviale Begrüßung erleichterte mich. Ich fasste die bisherigen Erkenntnisse zusammen. Ein junger Wissenschaftler hatte den Durchbruch bei der Entwicklung einer revolutionären Technologie geschafft, die Klimarettung und riesige Gewinne versprach. Genau in diesem Moment wurde er erschlagen, die Versuchsanlage zur Explosion gebracht und dadurch vernichtet. Gleichzeitig waren alle Aufzeichnungen zu dem Projekt verschwunden. Die Polizei ermittelte, während ich erstens die Angehörigen von Felix Jordan betreute und im Blick behielt, um mögliche Ansprüche oder öffentliche Beschimpfungen gegenüber der Munisol zu unterbinden. Zweitens hatte ich damit begonnen, die verschwundenen Ergebnisse zu rekonstruieren. Ich hatte meinen Text sorgfältig vorbereitet.

Dahlem schaute mich nachdenklich aus dem Bildschirm heraus an.

„Extern oder intern?“

Diese Frage hatte ich mir auch gestellt. Ging es hier um Industriespionage oder einen eifersüchtigen Kollegen?

„Grundsätzlich kann beides nicht ausgeschlossen werden, vorstellen kann ich mir aber weder noch. Ich habe auch noch nie von vergleichbaren Ereignissen in der gesamten Branche gehört.“

„Funktioniert unser Ikarus?“

Ich berichtete, was mir die Mitarbeiter der Abteilung zum Projektstand mitgeteilt hatten und was in der Einleitung der Patentschrift erwähnt war. Danach war der Durchbruch gelungen und die Erfindung übertraf alle Erwartungen. Selbst gesehen hatte ich jedoch nichts außer qualmenden Trümmern.

Das Vorstandsmitglied stand von seinem Schreibtisch auf, ging zu der Glasfront und schaute schweigsam aus dem Fenster. Das Videobild folgte ihm mit jedem Schritt. Ich wartete, bis er wieder zu sprechen begann.

„Ich werde Buschmann informieren, dass er unsere Sicherheitsvorkehrungen prüft und verschärft. Sowohl was den Personenverkehr in und aus dem Werk betrifft, als auch sämtliche IT-Systeme. Sie bleiben an der Polizei dran und finden heraus, wer für das alles hier verantwortlich ist. Und was das Ikarus-Projekt betrifft, wir sollten das gründlich prüfen, ich möchte keine zweite Auflage des Kernfusion-Debakels."

Dahlem drehte sich wieder um und schaute direkt in die Kamera.

„Herzog, ich hatte Ihnen gestern bereits gesagt, dass Sie in dieser Abteilung gebraucht werden. Sie haben mein vollstes Vertrauen. Ich bin überzeugt, dass Sie die Lage hier schnell in den Griff bekommen. Die Munisol darf keinen Schaden davontragen. Sie machen das."

Mit anderen Worten: Herzog, das ist alles allein dein Problem, sieh zu, dass du die Geschichte aus der Welt schaffst, ohne dass an mir und den anderen Vorständen etwas hängen bleibt. So in etwa hatte ich das geahnt. Mir blieb nichts anderes übrig, als Dahlem zu versichern, mich um alles Notwendige zu kümmern und ihn auf dem Laufenden zu halten. Ich war also auf mich gestellt, aber zumindest zählte Dahlem noch auf mich.

Mittlerweile war es Abend geworden. Ich hatte den Rest des Nachmittags damit verbracht, mit Claudia und der Rechtsabteilung die Befragung der Mitarbeiter am nächsten Tag vorzubereiten. Insgesamt betraf das an die vierzig Personen, welche wir nach Kontaktintensität sortierten. Möglicherweise verlor Perlinger nach hinten hinaus die Lust. Eine Stunde vor der Befragung sollten alle Betroffenen eine Unterweisung von den Juristen erhalten. Was üblicherweise gefragt wurde, auf welche Fragen geantwortet werden durfte und auf welche nicht, da Unternehmensgeheimnisse betroffen sein konnten und ohne richterlichen Beschluss keine Informationen herausgerückt wurden. Zum Beispiel Details zu Technologie oder Geschäftszahlen. Sicherheitshalber würde bei allen Befragungen ein Munisol-Anwalt dabei sein.

Anschließend fand ich endlich Gelegenheit, mich mit den Themen zu beschäftigen, die eigentlich meinen neuen Job ausmachten: Projektanträge, Projektfortschrittsberichte, Personalangelegenheiten, Kostenaufstellungen.

Dann sah ich meine E-Mails durch. Einige Wissenschaftler aus der Morgenbesprechung hatten mir bereits ihre Vorschläge zugesandt, wie man Ikarus rekonstruieren könnte. Nach erster Durchsicht schienen einige brauchbare Konzepte dabei zu sein. Es ging voran.

Als ich nach Hause kam, war es bereits halb neun. Nach der Scheidung hatte ich meine Villa am Starnberger See verkaufen müssen, damit meine Ex mit der Hälfte meines Vermögens ohne mich ein viel tolleres Leben beginnen konnte. Immerhin blieb genug übrig, sodass ich mir im angesagten Münchener Stadtteil Haidhausen eine angemessene Penthouse-Wohnung in einem schicken Altbau genehmigen konnte. Ich stellte meinen Porsche im Hinterhof ab und betrat das Haus.

Während ich den Briefkasten im Hausflur öffnete und nach meiner Post sehen wollte, spürte ich plötzlich, dass jemand hinter mir stand. Noch bevor ich mich umdrehen konnte, fühlte ich, wie etwas meinen Kopf und mein Gesicht berührte. Im nächsten Moment wurde mein Hals scharf zugedrückt und ich bekam keine Luft mehr. Ich fiel nach vorn auf die Knie, griff an meinen Hals und bekam eine Art dünnes Band zu fassen, das mich nicht atmen ließ. Ich versuchte, die Finger zwischen Haut und Schlinge zu bekommen, um mich davon zu befreien, doch jeder Versuch scheiterte und machte es nur noch schlimmer. Ich schnappte immer wieder nach Luft, ohne den geringsten Erfolg. Ich geriet in Panik, wälzte mich auf dem Boden, schlug mir irgendwo den Kopf an und merkte, wie mir Lunge und Schädel fast platzten und mir schließlich schwarz vor Augen wurde.

Dann spürte ich einen stechenden Schmerz in meinem Hals, und ich konnte fühlen, wie etwas Warmes an mir herunterlief. Mein Blut. Jemand schnitt mir die Kehle durch. Totale Panik. Auf einmal war die Schlinge weg. Ich schnappte nach Luft. Wieder und immer wieder. Ich hatte das Gefühl, dass keine Luft in meiner Lunge ankam. Ich würde sterben. Jemand packte mich und versuchte, mich hochzuziehen.

„Herzog, mach keinen Scheiß!“, schrie eine weibliche Stimme direkt neben meinem Ohr. War das die Strafe für alle meine Sünden, dass ich im Moment des Sterbens die Stimme von Sophia Hart hören musste? Langsam kam ich wieder zu Atem. Ich saß auf dem Boden mit dem Rücken an der Wand. Vor mir kniete Sophia und redete auf mich ein, aber in meinem Kopf kam nichts an.

„Warum um alles in der Welt willst du mir jetzt noch die Kehle durchschneiden?“, war das Erste, was ich in Zeitlupe krächzend und unter enormen Schmerzen herausbrachte. Sie sagte nur bestimmt „nicht reden“, suchte nach ihrem Telefon und rief die Polizei.

„Bist du okay, Kai?“

Ich nickte schwach, mehr ging nicht. Ich versuchte, einen klaren Kopf zu bekommen, aber ich nahm alles wie durch Watte war. Mein Hals schmerzte bestialisch, ich hatte Kopfschmerzen und mir war übel. Auf dem Boden lag Sophias Handtasche, drumherum alle ihre Sachen verstreut. Offensichtlich hatte sie sie ausgekippt. Sie hob eine Packung Taschentücher auf und legte mir eins in die Hand.

„Du blutest."

Ich drückte es auf meinen Hals. Sie setzte sich neben mich auf den Boden, lehnte sich ebenfalls mit dem Rücken an die Wand und atmete schwer. Schweigend, mit Atmen beschäftigt, saßen wir nebeneinander, bis Polizei und Notarzt einige Minuten später eintrafen.

Man brachte mich nach oben in meine Wohnung. Ein Arzt untersuchte mich und stellte fest, dass außer einer kleinen Schnittverletzung am Hals sowie starken Hautabschürfungen und Blutergüssen von der Schlinge alles an mir ganz geblieben war. Abgesehen von einem umfangreichen Schock. Nachdem die Wunden behandelt waren, fragte mich der Arzt, ob ich ein Beruhigungsmittel wünsche, was ich ablehnte. Ich würde schon klarkommen, auch wenn ich durchaus spürte, dass ich völlig durch den Wind war.

Während der ärztlichen Betreuung saß ich an einem Ende meines langen Esstisches und Sophia Hart am anderen. Dabei schilderte sie den Polizisten die Ereignisse im Hausflur.

„Mein Name ist Sophia Hart. Ich arbeite zusammen mit Doktor Herzog bei der Munisol. Ich wollte etwas mit ihm besprechen, jedoch ergab sich gestern und heute im Büro keine Gelegenheit."

Sie warf mir einen beleidigten Blick zu.

„Also wollte ich es heute Abend in einem ruhigeren Moment versuchen und bin auf gut Glück zu ihm nach Hause gefahren. Als ich die Haustür öffnete, rannte mir jemand entgegen beziehungsweise mich fast über den Haufen. Ich trat in den Flur und sah Doktor Herzog sich dort auf dem Boden wälzen und nach Atem ringen. Er hatte eine Art Kabelbinder um den Hals, der voll zugezogen war und ihn strangulierte. Kai versuchte, diesen abzureißen, aber es gelang ihm nicht. Also nahm ich meinen Nagelknipser und schnitt die Kunststoffschlinge durch. Dabei habe ich wohl auch seinen Hals erwischt."

Sie schaute wieder zu mir, diesmal entschuldigend.

„Ich hatte keine andere Möglichkeit, er zappelte irrsinnig."

Ich konnte ihr nicht in die Augen sehen. Sophia Hart hatte mir offensichtlich das Leben gerettet. Ich fühlte mich unendlich mies, schaffte aber nicht mehr, als ein leises „danke" zu murmeln.

Einer der Beamten wollte wissen, ob sie die Person, die aus dem Haus gestürmt war, näher beschreiben könne. Es sei alles sehr schnell gegangen. Die Person sei groß und schlank gewesen, vermutlich ein Mann. Dunkel gekleidet und eine Kapuze ins Gesicht gezogen. An mehr könne sie sich nicht erinnern.

In diesem Moment wurde mir erst richtig klar, was hier vor sich gegangen war. Jemand hatte mich töten wollen. Ermorden. Ich sprang von meinem Stuhl auf, rannte ins Bad und übergab mich in die Toilette. Während ich mir die Seele aus dem Leib kotzte, kam der Arzt ins Bad. Ob er helfen könne. Ich flehte ihn an, mich einfach in Ruhe zu lassen. Er gewährte mir meinen Wunsch. Völlig erschöpft lag ich auf den Fliesen und hatte einfach genug. Aber nach kurzer Zeit meldete sich mein Kampfgeist – oder war es die Eitelkeit? – zurück.

Also stand ich vom Boden auf, zog mein mit Blut beflecktes Hemd aus und ging zum Waschbecken. Ich schaute in den Spiegel. Was ich erblickte, war erbärmlich. Mein Gesicht kreidebleich, die Augen eingefallen, um den Hals ein von der Schlinge gezeichneter, blutunterlaufener Ring. Da fiel das Pflaster, welches Sophias Rettungsschnitt abdeckte, schon nicht mehr ins Gewicht. Ganz schön zugerichtet, der Herzog, dachte ich mir. Aber er lebte noch.

Wer zur Hölle trachtete mir nach dem Leben? Ich war bei meinen beruflichen Aktivitäten nicht immer zimperlich, aber ich konnte mir wirklich nicht im

Entferntesten vorstellen, was ich getan haben könnte, damit mich jemand deswegen umbringen wollte. Ich wusch mir das Gesicht, ging in die Ankleide und zog mir frische Sachen an. Dann kehrte ich zurück zu meinen Besuchern.

Zu diesen hatte sich eine weitere Person gesellt, Perlinger. In dem Moment dämmerte mir, dass der Anschlag auf mich mit dem Mord an Felix Jordan in Verbindung stehen könnte. In was war ich da hineingeraten? Perlinger hatte sich von Sophia die Vorkommnisse noch einmal berichten lassen. Sie war sichtlich erschöpft und fragte, ob sie noch gebraucht werde. Perlinger schüttelte den Kopf. Sophia sah zu mir rüber, wünschte mir gute Besserung und ging. Ich stand völlig überfordert mitten in meiner Loft-artigen Luxuswohnung und war nicht in der Lage, etwas Angemessenes oder überhaupt irgendetwas zu ihr zu sagen.

Perlinger kam auf mich zu und fragte, wie es mir gehe.

„Bin okay", erwiderte ich. „Was halten Sie von dem Überfall auf mich? Sehen Sie einen Zusammenhang mit den Ereignissen bei der Munisol?

Perlinger zuckte nur die Schultern. „Werden wir sehen. Derzeit ist es zu früh für Schlussfolgerungen. Ruhen Sie sich aus!"

Die Beamten beratschlagten kurz, ob ich Polizeischutz benötigte, aber ich hielt das für unnötig. Ich hatte eine massive Wohnungstür, versprach vorsichtig zu sein und beim kleinsten Verdachtsmoment die Polizei zu rufen.

Es war kurz vor Mitternacht, als ich endlich allein war. Nachdem ich lange einfach nur auf einem Küchenstuhl gesessen hatte, müde, erschöpft und gedankenleer, stand ich auf, schenkte mir großzügig einen Whiskey ein und ging hinaus auf die Terrasse. Der Blick auf die Stadt war großartig. Ich trank langsam. Mit jedem Atemzug, mit dem ich die angenehm kühle Nachtluft einsog, fiel die Anspannung etwas ab.

Freitag, Tag 3

Landeskriminalamt München, 8:35 Uhr

Nachdem der letzte Ermittlungsstand von den Mitgliedern der Sonderkommission „Munisol“ im Konferenzraum reihum zusammengefasst worden war, erläuterte Perlinger die nächsten Schritte. Die Befragungen der Eltern, der Lebensgefährtin und einiger Freunde von Felix Jordan am Nachmittag des Vortages hatten keine Ansatzpunkte ergeben, daher sollten sich die Recherchen nun auf die Munisol konzentrieren. Wichtig waren dem Hauptkommissar vor allem die Aussagen der Mitarbeiter in Jordans Umfeld. Das Team ging noch einmal das Befragungskonzept durch und legte die Rollen fest. Perlinger würde das Gespräch führen, einer der beiden Ermittler protokollieren und der andere sich ausschließlich auf die Körpersprache konzentrieren, insbesondere auf minimale Reaktionen der Mimik, die Emotionen wie Überraschung, Angst oder Wut verrieten. Gerade als Perlinger auf die Ereignisse der letzten Nacht zu sprechen kommen und den Überfall auf Doktor Herzog diskutieren wollte, meldete sich sein Smartphone. Das Gespräch dauerte nicht einmal eine Minute.

„Ich muss weg. Karsten begleitet mich. Ich melde mich.“

Unwillig quälte ich mich aus meinem Bett, da mein Wecker einfach keine Ruhe geben wollte. Ich setzte mich auf die Bettkante und fühlte mich furchtbar. Die Schürfungen an meinem Hals brannten und mir lief ein Schauer über den Rücken, als ich darüber nachdachte, was passiert war. Ich konnte es noch immer nicht fassen, dass mich jemand töten wollte.
Eine kalte Dusche half mir, wieder zurück in die Spur zu kommen. Ich hatte wenig Lust, meine Verletzungen zur Schau zu tragen, also suchte ich nach einem dünnen Rollkragenpullover. Es war zwar Juni, aber zum Glück hatte die Hitze noch nicht eingesetzt. Ich fand zu dem schwarzen Pullover einen passenden dunklen Anzug und zog mich an. Ein Blick in den Spiegel stellte mich einigermaßen zufrieden.

Auf dem Boden der Ankleide lagen noch meine Sachen, die ich in der Nacht ausgezogen hatte. Dem Jackett entnahm ich Brieftasche, Autoschlüssel und Telefon und steckte alles ein. Da bemerkte ich, dass mein Füller fehlte. Ich durchsuchte mehrfach die Kleidung, suchte auf dem Boden der Ankleide, im Bad, in der ganzen Wohnung. Dann fuhr ich im Aufzug hinunter zu den Briefkästen, doch von dem Federhalter keine Spur.

Niedergeschlagen ging ich zurück in meine Wohnung. Der Füller bedeutete mir sehr viel, nicht nur, weil es ein wirklich edles Stück und mein Name darauf eingraviert war. Mein Vater hatte ihn mir geschenkt, als ich vor einigen Jahren zum „Vice President“ befördert wurde. Ich war super stolz und er noch viel mehr. Er übergab mir den Füller mit den Worten: „Das Schreibutensil für deine Unterschrift muss zu deiner Bedeutung passen.“ Jetzt hatte ich den Füller verloren und war todunglücklich. Dabei fiel mir ein, dass es schon eine viel zu lange Weile her war, dass ich meine Eltern zuletzt besucht oder wenigstens angerufen hatte. Irgendetwas kam immer dazwischen. Sie waren Mitte siebzig, lebten noch in ihrem Haus in Frankfurt und waren beide gesundheitlich sehr gut in Form, aber so etwas konnte sich schnell ändern. Ich nahm mir fest vor, mich am Abend bei ihnen zu melden.

Um auf andere Gedanken zu kommen, machte ich mir einen Espresso und überflog auf meinem Tablet die Nachrichten. Der Unfall bei der Munisol war selbst in den Münchener Zeitungen bereits kein Thema mehr. Das erleichterte mich etwas, da ich besorgt war, durch zu große öffentliche Aufmerksamkeit in interne Schwierigkeiten zu geraten.

Als ich mich auf den Weg zu meinem Fahrzeug machte, überfiel mich plötzlich Angst. Der Anschlag auf mich hatte offensichtlich nicht zum Erfolg geführt, denn ich lebte noch. Würde man es noch einmal versuchen? Und wenn ja, wann, wo und wie? Und vor allem, wer und warum? Ich blieb abrupt vor meinem Porsche stehen und traute mich nicht, den Wagen zu öffnen und einzusteigen. Vielleicht war eine Autobombe der nächste Anlauf, mich ins Jenseits zu befördern. Es gab zwar ein stets verschlossenes Tor zum Hof, aber sobald jemand hinein oder hinaus fuhr, stand es für eine kurze Weile offen, bis es sich automatisch wieder schloss.

Ich konnte nicht sagen, wie lange ich vor meinem Porsche stand und diesen anstarrte. Irgendwann fing ich an, innerlich auf mich einzureden, dass ich jetzt nicht durchdrehen durfte. Ich überlegte mir tausend Gründe, warum es unwahrscheinlich war, dass eine Bombe daran fixiert war. Schließlich überwand ich mich und stieg mit weichen Knien ein. Der Porsche explodierte nicht und ich fuhr zur Munisol.

Ich verkroch mich in meinem Büro und fing an, meine E-Mails zu bearbeiten, aber ich hatte Schwierigkeiten, mich zu konzentrieren. Meine Gedanken kreisten noch immer um den gestrigen Angriff und die Frage, wer es auf mich abgesehen haben könnte. Dabei fiel mir wieder ein, dass es meine Erzfeindin Sophia Hart war, die mir durch ihr beherztes Handeln das Leben gerettet hatte. Sophia. Was wollte sie eigentlich so Wichtiges bereden? Ich drehte meinen Stuhl und schaute aus dem Fenster über das weitläufige Werkgelände.

Wir hatten uns im Management-Trainee-Programm kennengelernt. Sie fiel mir gleich auf, nicht nur, weil sie eine attraktive Frau, sondern vor allem klug, scharfsinnig und schlagfertig war. Wir hatten einige gemeinsame Projekte, die Arbeit mit ihr machte großen Spaß. Ein paar Mal gingen wir sogar zusammen aus und machten die Bars in Schwabing unsicher. Ich mochte sie.

Aber dann fing Sophia an, mir auf die Nerven zu gehen. Hatte ich eine Idee, dann präsentierte sie am nächsten Tag das Thema. Ging ich links, dann ging sie auch links, aber sie rannte. Ging ich rechts, das gleiche nur andersherum. Es entstand ein Konkurrenzkampf um so ziemlich alles. Und sie war wirklich gut in den Dingen, die sie tat. Aber ich hatte den Eindruck, dass es ihr an Kreativität mangelte, weswegen sie bei jeder Gelegenheit bei mir klaute und meine Ideen als ihre ausgab.

So trennten sich unsere Wege mehr und mehr und ich entwickelte eine ausgeprägte Abneigung gegen Sophia Hart. Wenn ich sie nur sah, bekam ich Juckreiz. Nun stand ich tief in ihrer Schuld. Das war das Schlimmste. Gleichzeitig kam ich mir schlecht vor, weil ich nicht einfach dankbar sein konnte.

Ich drehte mich zurück an meinen Schreibtisch und suchte im Internet nach einem Blumenversand in München. Schnell fand ich eine Gärtnerei, deren Namen ich schon mal gehört hatte. Ihr Internet-Auftritt schaute hochwertig aus. Ich wählte einen schönen Blumenstrauß aus. Das war der einfache Teil. Dann starrte ich auf das Eingabefeld, in das man den Text für die Begleitkarte schreiben musste.

Ich fing an mit „Liebe Sophia“ und löschte es gleich wieder. Nach einigen Minuten hatte ich dann mein lyrisches Werk vollendet: „Ich danke Dir, dass Du mein Leben gerettet hast. Kai.“ Nun musste ich nur noch ihre Adresse herausfinden. Ich rief bei einer Kollegin im Controlling an, von der ich wusste, dass sie mit Sophia befreundet war. Als ich ihr erzählte, dass ich die Anschrift benötigte, um Sophia für einen Gefallen Blumen zu schicken, fand sie das total romantisch und gab mir gern die Adresse. Sie erwähnte, dass sich Sophia bestimmt sehr freuen würde, gerade, da sie schon länger allein und ohne Partner sei. Die Kollegin war in Klatsch- und Tratschlaune, aber da ich es eilig hatte, unterbrach ich höflich, ich müsse in einen Termin. Ich wählte die Zustellung der Blumen für den Abend aus und gab die Anschrift ein.

Damit hatte ich meine Schuldigkeit getan, fühlte mich erleichtert und machte mich auf den Weg zum

Hauptbürogebäude, in dem die Vorbereitung und Durchführung der polizeilichen Befragung der Mitarbeiter stattfinden sollte, die mit Felix Jordan in Kontakt gestanden hatten.

Ich betrat einen großen Besprechungsraum im Glasturm, in dem das Briefing stattfinden sollte. Der Raum war brechend voll, etwa vierzig Mitarbeiter saßen oder standen gedrängt beisammen, denen die Verunsicherung ins Gesicht geschrieben war, sowie zwei Kollegen der Rechtsabteilung, die die weiteren Geschehnisse begleiten sollten. Mittendrin befand sich Claudia, die für Ordnung sorgte.

Nachdem ich alle begrüßt hatte, fasste ich die Situation kurz zusammen. Unfall, Todesfall, notwendige Aufklärung, alles Routine, niemand muss sich Sorgen machen, wir sind bei Ihnen und kümmern uns. Die Anspannung im Raum wich etwas.

Dann übernahm Claudia und prüfte die Anwesenheit. Alle waren gekommen, bis auf einen. Doktor Mechtersheim fehlte. Ich schaute Claudia an, doch sie zuckte nur mit den Achseln. Der nächste Krach mit Perlinger war vorprogrammiert. Einer der Mitarbeiter mit dem engsten Kontakt zu Jordan war nicht zur Befragung erschienen. Während die Juristen den Anwesenden die Rechtslage erläuterten und Verhaltensempfehlungen, oder besser gesagt

Verhaltensanweisungen, gaben, raunte ich Claudia leise zu, dass sie Mechtersheim auftreiben solle, und zwar schnell, woraufhin sie den Raum verließ.

Nach zehn Minuten kam sie zurück und flüsterte mir zu, dass sie ihn nicht erreichen konnte. Nicht im Büro, nicht per Mobiltelefon. Sie habe überall Nachrichten hinterlassen, auch per E-Mail und Chat, aber bisher war keine Reaktion erfolgt. Ich war genervt.

Meine Laune hellte sich jedoch wieder auf, als die Polizeibeamten für die Befragung eintrafen, eine Frau, die offensichtlich die Leitung hatte, und ein Mann. Beide hatte ich bisher noch nicht gesehen, und vor allem, Perlinger war nicht dabei. Ich begrüßte sie und fragte nach dem Leiter der Ermittlungen. Perlinger müsse sich kurzfristig mit einem anderen dringenden Fall beschäftigen und sei unpässlich, daher werde die Befragung nun von ihnen durchgeführt.

Mir war das nur recht. Ich zeigte den Beamten die Räumlichkeiten und gab ihnen die Namensliste. Claudia hatte diese schnell geändert und Mechtersheim an die drittletzte Stelle gesetzt. Damit hatten wir Zeit gewonnen. Ich hoffte, dass er entweder noch auftauchte oder die Beamten irgendwann die Lust verloren. Mein Teil war erst einmal erledigt. Ich überließ das weitere Prozedere den bewährten Händen von Claudia und unseren Anwälten und kehrte zurück in mein neues Reich im hintersten Winkel des Firmengeländes.

Zurück in meinem Büro besorgte ich mir einen starken Kaffee und machte mich daran, die Projektvorschläge zu studieren, wie nun das Ikarus-Projekt schnellstmöglich reanimiert und rekonstruiert werden konnte. Nach einer knappen Stunde hatte ich einen klaren Favoriten. Die Projektskizze von Bettina Herrlich stach heraus. Ich erinnerte mich, die Mitarbeiterin vor zwei Tagen kennengelernt zu haben, als die Polizei das Büro von Felix Jordan untersuchte.

Ich war erstaunt, dass die junge Kollegin alle anderen, viel erfahreneren Kollegen in Sachen Klarheit, Struktur, logischer Vorgehensweise und irgendwie auch Siegeswillen deutlich übertraf. Ich schrieb Claudia, die den ganzen Tag mit der Befragung beschäftigt war, eine E-Mail mit der Bitte, mir gleich für Montag einen Termin mit Doktor Herrlich und deren Abteilungsleiter zu vereinbaren.

Ich ballte die Faust. Zusammen mit Bettina Herrlich würde ich Ikarus rekonstruieren, zum Abschluss bringen und patentieren lassen. Und dann würde ich dafür sorgen, dass die Vermarktung unter meiner Leitung lief. Die wirtschaftliche Erzeugung von Energie und Rohstoffen aus Kohlendioxid, die Rettung des Planeten, der heilige Gral. Und ein unglaublicher Geldregen. Damit wäre die internationale Anerkennung für Unternehmen wie auch Hauptakteure, also mich, garantiert. Ich war wie elektrisiert.

Da würden alle schauen, der Herzog wieder, kaum in der Forschung und schon werden die Riesenerfolge produziert. Ich fragte mich, ob das nicht unausweichlich bedeutete, dass ich in den Vorstand der Munisol berufen würde. Ich fühlte mich gut. Stark. Endlich wieder. Der Hals schmerzte nicht mehr. Ich war wieder voll da.

Es war um die Mittagszeit, als mein Mobiltelefon klingelte. Am anderen Ende stellte sich eine weibliche Stimme als Mitarbeiterin des Landeskriminalamts vor und teilte mir mit, dass Hauptkommissar Perlinger mich in deren Münchener Zentrale dringend sprechen möchte, ich möge mich bitte umgehend dort einfinden. Ich konnte es wirklich nicht leiden, wenn man mir Befehle erteilte. Entsprechend gab ich mich kühl und empfahl der Dame, einen Termin mit meiner Assistentin zu vereinbaren, ich sei sehr stark eingespannt.

Andererseits war ich aber auch neugierig, was das zu bedeuten hatte. Erst tauchte Perlinger nicht zur Befragung auf, weil er anderweitig beschäftigt sei, und kaum drei Stunden später wollte er mich dringlichst sprechen. Die LKA-Frau zeigte sich von meiner Aufforderung unbeeindruckt, beantwortete keine meiner Fragen und wiederholte freundlich aber nachdrücklich, dass ich mich bitte auf den Weg zu Herrn Perlinger machen solle. Falls es mir nicht möglich sei, könne man mir auch einen Wagen schicken. Das war die höfliche, aber eindeutige Botschaft, dass ich entweder freiwillig kommen konnte oder man mich holen kam. Ich wurde also vorgeladen.

Was zur Hölle ging hier vor sich? Ich verstand gar nichts mehr und war verwirrt. Da ich an Eskalation oder gar einem Streifenwagen, der mich vom Firmengelände holte, keinerlei Interesse hatte, erklärte ich der Dame am Telefon, dass ich selbstverständlich die Arbeit der Polizei unterstützen und mich gleich auf den Weg machen würde.

Ich benötigte eine gute halbe Stunde, um vom Südosten Münchens in die Innenstadt zu gelangen, wo sich der Sitz des Landeskriminalamts befand. Auf der Fahrt dorthin versuchte ich, meinen Kopf freizubekommen und mich mit Musik etwas zu entspannen. Ich drehte das Soundsystem voll auf. Lemmy Kilmister hämmerte seinen Bass in meine Ohren und in meinen ganzen Körper, dass es fast wehtat.

Nachdem ich mich am Empfang angemeldet hatte, wurde ich in einen Raum geführt, der genauso aussah, wie ich mir ein Verhörzimmer vorstellte. Spärlichst möbliert mit einem Tisch und zwei Stühlen sowie Überwachungskameras in jeder Ecke an der Decke. Der Herr Perlinger würde dann gleich kommen, vielen Dank, dass ich mich her bemüht habe.

Offensichtlich war der Herr Hauptkommissar sehr beschäftigt, denn er ließ über eine halbe Stunde auf sich warten. Mein Unmut stieg mit jeder Minute. Was bildete Perlinger sich eigentlich ein? Er hatte wohl immer noch nicht begriffen, dass er gut beraten war, mir etwas mehr Respekt entgegenzubringen. Sobald ich zurück im Büro wäre, würde ich mit den Juristen eine Beschwerde auf den Weg bringen. Perlinger sollte herausfinden, wer Jordan umgebracht, unser Gebäude angezündet und unsere Forschungsergebnisse gestohlen hatte, und mir nicht permanent auf die Nerven gehen und die Zeit stehlen.

Nach fast einer Stunde Warterei gab sich der Hauptkommissar dann endlich die Ehre. Meine Laune war mittlerweile am Nullpunkt angelangt. Mit einer dicken Mappe unter dem Arm rauschte Perlinger in den Raum und setzte sich grußlos mir gegenüber. Ich legte mich endgültig fest, ich konnte diesen Polizisten nicht ausstehen. Immerhin erkundigte er sich nach meinem Gesundheitszustand.

„Was macht der Hals?“

Ich hielt meine medizinischen Ausführungen auf das Nötigste begrenzt.

„Geht.“

Dann kam Perlinger zur Sache und teilte mir mit, dass am Morgen Doktor Ralf Mechtersheim tot in seiner Wohnung aufgefunden worden sei. Eine natürliche Todesursache könne ausgeschlossen werden. Ich war geschockt. Am Mittwoch wird Felix Jordan ermordet, am Donnerstag versucht man Gleiches bei mir, wenn auch ohne Erfolg, und Freitag ist Ralf Mechtersheim tot. Ich stellte mir zum hundertsten Mal die Frage, in was ich hier hineingeraten war. Ob mein Vorgänger von all dem eine Ahnung gehabt hatte und sich deswegen zur Konkurrenz davon gemacht hatte? Oder lebte der auch nicht mehr? Perlinger riss mich aus meinen Grübeleien und fuhr fort, die Ereignisse genauer zu schildern.

„Heute Morgen um acht Uhr betrat Herrn Mechtersheims Putzfrau dessen Wohnung. Sie besitzt einen Schlüssel und kommt jeden Freitag um diese Uhrzeit zum Saubermachen. Im Wohnzimmer fand sie den Herrn Doktor regungslos auf dem Boden in einer Blutlache und rief die Polizei. Nach ersten Ermittlungsergebnissen verstarb Herr Mechtersheim gegen zwei Uhr heute in der Früh, eine halbe Stunde mehr oder weniger. Alles sieht danach aus, dass es einen Kampf in Mechtersheims Wohnung gab, in dessen Verlauf er mit dem Hinterkopf auf die Kante des Wohnzimmertischs schlug und in Folge des Aufpralls – wahrscheinlich sofort - verstarb. Die Räume wurden offenkundlich durchsucht. Wir konnten weder Smartphone noch Laptop, Tablet oder andere Computergeräte darin finden. Folglich gehen wir davon aus, dass diese von dem oder den Tätern entwendet wurden. Andere Wertgegenstände wie Bargeld oder Mechtersheims Rolex wurden hingegen nicht mitgenommen."

Perlinger machte eine Pause und musterte mich.

„Irgendeine Idee, was hier los ist, Herr Doktor Herzog?"

Mir war nicht klar, worauf er hinauswollte, also schüttelte ich lediglich den Kopf. Ich glaubte, einen drohenden Unterton in der Stimme des Beamten herauszuhören, und verlor mehr und mehr meine Selbstsicherheit. Der Verhörraum, die Art wie Perlinger sich mir gegenüber verhielt, das konnte nichts Gutes für mich bedeuten - und genauso war es.

Perlinger griff in die Tasche seines Jacketts, zog einen transparenten Plastikbeutel heraus und legte ihn vor mir auf den Tisch. Sofort erkannte ich meinen verloren gegangenen Füller, die Gravur mit meinem

Namen war deutlich erkennbar. Mein Magen meldete sich umgehend.

„Ihr Füller?“

Ich nickte verunsichert. Was hatte das zu bedeuten? Wie kam mein Füller in den Beutel und in Perlingers Besitz?

„Erklären Sie mir, wie Ihr Füller unter das Sofa im Wohnzimmer von Doktor Mechtersheim kommt.“

Perlinger sah mich durchdringend und unbeweglich an. Ich kam wieder zu mir.

„Genau diese Frage erwarte ich, von Ihnen beantwortet zu bekommen“, erwiderte ich scharf, aber mit ruhiger Stimme.

Perlinger blieb unbeeindruckt und ignorierte meinen Einwurf. Stattdessen fragte er mich, was er denn finden würde, wenn er meine Wohnung durchsuchen lassen würde. Mechtersheims fehlendes Smartphone und seinen Computer?

Es war zum Verrücktwerden und mein Magen rebellierte unaufhörlich. Die Polizei verdächtigte mich anscheinend ernsthaft, meinen Mitarbeiter getötet zu haben. Völlig abwegig, aber Perlinger schien sich an mir festgebissen zu haben. Ich dachte darüber nach, mir Rechtsbeistand zu organisieren, aber ich verwarf diese Idee schnell, da das meines Erachtens nach Schwäche ausgesehen hätte. Ich entschied mich für einen anderen Weg.

„Irgendein Irrer versucht mich zu erwürgen und ich überlebe nur, weil zufällig meine Kollegin auftaucht und geistesgegenwärtig ihren Nagelknipser zückt. Nachdem ich dann kurz vor Mitternacht endlich wieder allein in meiner Wohnung bin, überfällt mich Langeweile und ich frage mich, was ich mit dem angebrochenen Abend noch so machen könnte. Da fällt mir ein, ich könnte ja zu Mechtersheim fahren und ihn erschlagen. Aber bevor ich losfahre, stecke ich meinen Füller ein, denn was zu schreiben kann man ja immer gebrauchen. Ich fahre also zu Mechtersheim, wann sagten Sie, gegen zwei, klingle, er ist um die Zeit noch wach, da er ähnlich wie ich auch nicht schlafen kann. Wir prügeln uns ein bisschen und ich erschlage ihn, denn nachdem ich fast erwürgt wurde, bin ich üblicherweise körperlich in Bestform für kampfsportliche Betätigungen. Anschließend nehme ich noch ein paar Sachen mit, fahre nach Hause und kann endlich schlafen. Ungefähr so?“

Ich sah Perlinger verächtlich an.

„Ich gehe davon aus, dass abgesehen von meinem Füller keinerlei weitere Spuren von mir in Mechtersheims Wohnung gefunden wurden. Und wissen Sie warum? Weil ich noch nie dort war! Ich weiß gar nicht, wo er wohnt.“

Perlinger bestätigte zwar, dass es außer dem Füller bisher keine Hinweise auf meine Anwesenheit am

Tatort gab, aber das brachte ihn nicht davon ab, mich nach wie vor als Täter in Betracht zu ziehen.

„Herr Doktor Herzog, auch die Schlauesten machen Fehler, insbesondere solche, die zu Überheblichkeit und Selbstgefälligkeit neigen. Die beseitigen zum Beispiel alle Spuren, aber lassen ihre Stifte unter dem Sofa liegen."

„Und warum in aller Welt sollte ich meinen Mitarbeiter nachts aufsuchen und umbringen?"

Ich wurde laut und schrie fast. Perlinger gab mir keine Antwort. Wie auch, es gab auf diese Frage keine Antwort.

Wir starrten uns beide giftig in die Augen und schwiegen uns an. Keiner wendete den Blick ab. Immerhin waren wir uns in unserer gegenseitigen Abneigung einig. Nach einer gefühlten Ewigkeit eisiger Stille beschloss ich, dieses unwürdige Schmierentheater zu beenden.

„Ich würde es wirklich begrüßen, wenn Sie endlich anfangen, Ihre Arbeit zu machen, herausfinden, was bei der Munisol passiert ist, wer mich töten will, wer meinen Füller gestohlen hat und wer Mechtersheim auf dem Gewissen hat. Auf der anderen Seite wird mir immer klarer, dass der Fall eine Nummer zu groß für Sie ist. Ich werde den Innenminister bitten, jemanden mit den Ermittlungen zu betrauen, der der Sache gewachsen ist. Falls Sie meine Wohnung durchsuchen wollen, dann tun Sie das, aber bitte überlegen Sie sich schon mal, wie Sie mit der entsprechenden Dienstaufsichtsbeschwerde umgehen. Ich bin wirklich zutiefst erschüttert, dass Sie bisher nichts zustande gebracht haben, außer mich von meiner Arbeit abzuhalten und mir auf die Nerven zu fallen. Sie werden verstehen, dass ich das nicht weiter dulden kann und nicht weiter dulden werde."

Ich stand auf und verließ den Raum. Perlinger versuchte nicht, mich aufzuhalten.

Als ich zur Munisol zurückfuhr, überfiel mich plötzlich ein ungekanntes Gefühl der Einsamkeit. Normalerweise hatte ich nicht die geringsten Probleme, allein klarzukommen. Im Gegenteil, mir gefiel mein auf mich selbst ausgerichtetes Leben seit meiner Scheidung. Ich hatte durch meinen Beruf viel Abwechslung und ständig spannende Herausforderungen, trieb viel Sport, ging oft aus und hatte die eine oder andere Affäre, ohne jedoch den schnöden Alltag einer festen Beziehung ertragen zu müssen.

Doch in der gegenwärtigen Situation lagen die Dinge anders. Wir hatten auf einmal zweieinhalb Tote, wenn man mich zur Hälfte mitzählte, innerhalb von nur drei Tagen. Ich steckte mittendrin, Killer verfolgten mich und ich war allein. Im Unternehmen war ich der

Verantwortliche für die Aufklärung und vor allem für die leise Beseitigung jeglicher Unannehmlichkeiten. Vonseiten der Polizei war bisher noch nicht viel Hilfreiches oder Erhellendes zu erkennen und obendrein verdächtigte Perlinger mich, in das Ganze verwickelt zu sein. Wie es aussah, musste ich allein einen Weg aus dem Schlamassel finden. Gut, dann war das so. Ich hatte keine andere Wahl.

Zurück im Büro traf ich auf Claudia. Die Befragung war ohne Zwischenfälle verlaufen und hatte einige Stunden gedauert. Mechtersheim war zwar nicht aufgetaucht, aber die Polizisten hätten auch nicht weiter nach ihm gefragt. Ob die beiden bereits gewusst hatten, dass er tot war?

Ich prüfte meine E-Mails. Viel administrativer Kleinkram, der warten konnte. Daneben verschiedene interne Anfragen zu dem Unfall, Formulare, die auszufüllen und Berichte, die zu schreiben waren. Ich bearbeitete, was schnell und ohne großes Nachdenken zu erledigen ging.

Dann fiel mir ein, dass außer mir im Unternehmen niemand Kenntnis davon hatte, dass Ralf Mechtersheim tot war. Mir wurde erst jetzt klar, dass diese Tatsache wieder einen Rattenschwanz an Aufgaben nach sich zog: Vorgesetzte, Personalabteilung und Abteilung informieren, vermutlich wieder kondolieren. Ich atmete tief. Dazu drohten unausweichlich bohrende Fragen, was in meiner Abteilung vor sich ginge und warum Mitarbeiter der Reihe nach getötet oder angegriffen wurden. Das war nun wirklich nicht, was ich gerade gebrauchen konnte.

Ich bemerkte, dass, während der Tod von Felix Jordan mich schwer getroffen hatte, das Ableben von Ralf Mechtersheim mich deutlich weniger berührte. Dabei hatte ich Jordan nie kennengelernt. Ich fühlte mich einmal mehr schlecht. War ich bereits abgestumpft? Überdeckten die Verpflichtungen, Aufgaben und der Druck auf mich meine Anteilnahme? Oder war das ein Alarmsignal, dass mir alles inzwischen über den Kopf wuchs?

Ich hatte genug davon, permanent von den Ereignissen gejagt zu werden und von einem emotionalen Extrem in das nächste zu fallen. Das musste ein Ende nehmen, und zwar schnell. Ich musste zurück zum Anfang, um den Knoten zu entwirren. Alles hatte mit Felix Jordan und seinen Forschungsarbeiten zur Rettung der Welt beziehungsweise zur Erschaffung einer Gelddruckmaschine begonnen. Mir drängte sich die Annahme auf, dass irgendjemand erstens in den Besitz der Forschungsergebnisse gelangen und zweitens diese der Munisol wegnehmen wollte. Was sich nicht automatisch bedingte. Man hätte ja auch still, heimlich und leise die Technologie stehlen können, ohne Mitarbeiter zu ermorden und alles anzuzünden.

Ich nahm einen Block und einen Bleistift und fing an, meine Gedanken zu fixieren. Klassisch mit Stift und Papier gelang mir das in der Regel am besten. In die Mitte des Blattes schrieb ich: Kohlendioxid zu Methanol ist gleich Rohstoffe und Energie. Ist gleich Zukunft. Ist gleich Profit. Links malte ich einen Kreis, schrieb Munisol hinein und strich den Kreis durch, was bedeuten sollte, dass Zukunft und Profit nun nicht mehr bei der Munisol waren. Zumindest für den Moment. Rechts einen weiteren Kreis, der Unbekannte. Die unweigerliche Frage war, wer könnte das sein? Er musste mindestens zwei Anforderungen genügen. Erstens musste er den Wert der Technologie kennen und zweitens musste er wissen, dass die Munisol über eine solche verfügte. Ich notierte das unter dem rechten Kreis.

Wie bereits im Gespräch mit Gunter Dahlem am Vortag angedeutet, trafen diese Bedingungen auf viele Mitarbeiter aus meiner Forschungsabteilung zu. Als Motiv kamen berufliche oder persönliche Eifersucht in Frage. Im ersten Fall stellte sich die Frage nach dem Nutzen, also wie sollte aus Tod und Zerstörung ein Vorteil für den Täter entstehen? Das brachte ja nur etwas, wenn er – oder sie – die Ergebnisse dann als die eigenen ausgeben konnte. Und sich damit verdächtig machte. Oder an eine dritte Partei weitergab.

Die Alternative, dass ein Kollege oder eine Kollegin Felix Jordan aus rein persönlichen Gründen in dieser Form ermordete, schloss ich aus. Dazu passten der Aufwand und die fein säuberlich gelöschten Daten einfach nicht. Nichtsdestotrotz nahm ich mir vor, bei der Polizei nachzufassen, was die Befragung der Mitarbeiter vom Vormittag ergeben hatte.

Ging man jedoch davon aus, dass niemand von der Munisol mit der Sache zu tun hatte, dann stellte sich die Frage, woher der große Unbekannte von Projekt und Fortschritt wusste. Katja Berger hatte mir erzählt, dass sie Felix auf einem Technologiekongress kennengelernt hatte, bei dem er über seine Forschungsarbeit vortrug. Sie hatte ein Auditorium von über tausend Menschen erwähnt. Selbst wenn ich mir eine Teilnehmerliste davon hätte besorgen können, erschien es mir doch aussichtslos.

Denn abgesehen von der großen Zahl an Zuhörern, wer sagte, dass der Unbekannte dort selbst anwesend war und es nicht über einen der Teilnehmer erfahren hatte. Außerdem hätte die Information auch über einen ganz anderen Weg nach draußen gelangen können, zum Beispiel über einen Mitarbeiter aus meiner Abteilung. Das brachte mich nicht weiter, trotzdem schrieb ich es auf die rechte Seite.

Also zurück zum ersten Punkt. Der Unbekannte musste den Wert der Technologie kennen und darüber hinaus in der Lage sein, diesen zu Geld zu machen. Ansonsten wären all die Mühen und Risiken, das Wissen zu stehlen, sinnlos.

Ich schrieb. Das Blatt füllte sich. Je länger ich darüber nachdachte, desto klarer wurde mir, dass es sich bei dem Unbekannten um jemanden handeln musste, der über hohes technisches Wissen verfügte, wusste, wie man die Technologie vermarkten kann und obendrein genug finanzielle Ressourcen haben musste, um diesen Angriff durchführen und später die erhaltenen Informationen verwerten zu können. Das konnte ein Unternehmen aus dem Technologie-, Energie- oder Rohstoffsektor sein. Oder ein Staat, für den einer oder mehrere der genannten Sektoren von großer Bedeutung waren.

Doch eines störte hier. Es bedurfte auch eines unwahrscheinlich hohen Maßes an krimineller Energie und völliger Abwesenheit jeglichen moralischen Anspruchs. Industriespionage und Mord. Zweieinhalb Tote bisher. Für mich gab es keine Zweifel daran, dass Ralf Mechtersheims Tod im Zusammenhang stand. Welches Unternehmen würde so weit gehen?

Mir war kein Fall bekannt, bei dem in solch einer Art Grenzen überschritten wurden, um ein anderes Unternehmen auszuspionieren. Es gab bekanntermaßen Länder, die nicht zimperlich waren, um einen technologischen Vorteil zu erhalten. Aber nach allem, was ich wusste, wurden hierfür Bestechung oder Hackerangriffe eingesetzt, aber keine Morde.

Ich legte den Bleistift zur Seite. So kam ich einfach nicht weiter. Auch eine andere Frage blieb unbeantwortet, nämlich welche Rolle Ralf Mechtersheim gespielt hatte. Soviel ich von ihm erfahren hatte, war Mechtersheim zuletzt nicht mehr am Ikarus-Projekt beteiligt gewesen. War er ausgeschaltet worden, weil man befürchtet hatte, er könnte tiefere Kenntnisse über die Technologie haben, und sicherstellen wollte, dass es bei der Munisol niemanden mehr gab, der wusste, was entscheidend für die wirtschaftliche Funktionstüchtigkeit der Kohlendioxid-Umwandlung war?

Ich suchte Mechtersheims E-Mail heraus, in der er wie von mir gewünscht, einen Plan zur Wiederherstellung der verlorengegangenen Ergebnisse beschrieben hatte. Bei der Durchsicht am Mittag hatte mich sein Beitrag nicht sonderlich beeindruckt. Ich las die Ausführungen erneut, fand sie aber immer noch schwach. Wenn Mechtersheim eine konkrete Vorstellung gehabt hätte, wie das Jordansche Wunderwerk funktionierte, dann wäre es doch eine hervorragende Gelegenheit gewesen, nun in dessen Fußstapfen zu treten und die Sache zu patentieren.

Denn auch wenn die Rechte eines solchen Patents bei der Munisol liegen, musste der Erfinder entsprechend finanziell berücksichtigt werden. Und falls das Projekt auch nur annähernd den Erfolg hätte, den ich ahnte, dann wäre diese Berücksichtigung ein Vermögen. Wer würde sich das entgehen lassen? Das führte alles zu nichts.

Landeskriminalamt München, 16:45 Uhr

„Dieser Herzog ist schwer zu lesen."

Karsten Schultheis lehnte sich in seinem Stuhl zurück und gab seine Eindrücke wider.

„Ich habe während der gesamten Befragung immer nur Wutsignale wahrgenommen, zwischendurch war er einmal etwas verunsichert, aber er sprang sehr schnell wieder zurück. Wir müssen natürlich davon ausgehen, dass Herzog eine in Außenauftritten sehr erfahrene und vermutlich hervorragend geschulte Person ist."

Die Einschätzung seines Kollegen bestätigte Perlingers Eindruck während des Gesprächs mit dem Manager am frühen Nachmittag. Er hatte ihn gezielt provoziert, um ihn aus der Reserve zu locken. Doch die einzige starke Reaktion war Empörung gewesen. Schultheis, der per Video die Befragung verfolgt hatte, war also zum gleichen Ergebnis gekommen.

„Einen Versuch war es wert, auch wenn ich mir ziemlich sicher bin, dass Herzog bei einem unserer Oberbosse Stress machen wird.“

Perlinger grinste selbstbewusst, als sei es ihm egal, doch innerlich fragte er sich, ob es von der Warte her gesehen wirklich eine gute Idee gewesen war, jemanden von diesem Kaliber so aggressiv anzugehen. Andererseits war es sein Job, die Wahrheit ans Licht zu bringen, selbst wenn der Papst involviert gewesen wäre.

Die beiden Beamten waren gerade vertieft in die Frage, wie Herzogs Füller unter Mechtersheims Sofa hatte kommen können, als die Tür des Besprechungszimmers aufging und eine blonde Frau hereinschaute.

„Stör ich? Jan und ich sind zurück von der Munisol.“

Maja Friedrich, Hauptkommissarin im Dezernat Wirtschaftskriminalität, war am Morgen eingesprungen, um die Aussagen der Munisol-Mitarbeiter aufzunehmen, als Perlinger und Schultheis in Mechtersheims Wohnung mussten.

„Kommt rein, danke, dass du uns so kurzfristig ausgeholfen hast. Seid ihr weitergekommen?“

Friedrich und Schön betraten das Zimmer, nahmen sich aus der Thermoskanne Kaffee und setzten sich zu ihren Kollegen.

„Nein, leider nicht. Wir haben uns nur stundenlang Floskeln anhören müssen. Bericht folgt, wird aber das Papier nicht wert sein ... Und bei euch?“

„Immer noch undurchsichtig. Maja, wenn es für dich in Ordnung ist, werde ich darum bitten, dass dein gesamtes Team uns unterstützt."

Perlinger spürte, wie die Geschichte immer undurchsichtiger wurde und größere Ausmaße annahm. Er würde deutlich mehr Ressourcen benötigen, wenn er den Fall lösen wollte. Maja Friedrich und ihre Ermittlungsgruppe wären genau richtig.

„Wir unterstützen euch gern, Josef. Das ist ein wichtiger Fall und wir haben gerade nichts Dringendes, das Vorrang hätte. Ich brauche nur grünes Licht von oben."

Ich sah auf die Uhr, es war bereits nach sechs. Und Freitagabend. Doch bevor ich mich ins Wochenende verabschieden konnte, hatte ich noch eine wichtige Sache zu erledigen. Ich musste mich um den aufsässigen Hauptkommissar kümmern und dafür sorgen, dass erstens dieser aufhörte, mich zu nerven, und zweitens ich zügig und umfassend über den Stand der Ermittlungen auf dem Laufenden gehalten wurde. Das war ein Fall für unseren Chefjustiziar Gregor von Hattenstein. Er war nicht nur ein begnadeter Rechtsanwalt, sondern unterhielt auch ein äußerst umfangreiches Netzwerk in Wirtschaft, Politik und Prominenz. Adel verpflichtet. Und obendrein verstanden wir uns gut, wir hatten schon viele Male eng zusammengearbeitet, meistens bei

Firmenübernahmen oder Verkäufen von Geschäftsbereichen, welche die Munisol loswerden wollte.

Ich wählte von Hattensteins Mobiltelefonnummer und erreichte ihn in seinem Auto auf dem Weg zu seinen Eltern. Familienfeierlichkeiten standen an. Er war über die Geschehnisse bereits recht gut im Bilde. Lediglich vom toten Mechtersheim wusste er nichts, wobei ich es für den Moment auch beließ.

Ich berichtete, dass Perlinger bisher kaum Ergebnisse lieferte und angesichts der Tragweite des Falls ziemlich überfordert und inkompetent schien. Stattdessen fehle es ihm an Respekt vor Unternehmen und Management. Ich berichtete von meiner Sorge, dass die Unfähigkeit sowie mangelndes Fingerspitzgefühl des Hauptkommissars für die Munisol zum Problem werden könnten.

Damit hatte ich von Hattenstein, der sich als letzter aufrechter Beschützer des Unternehmens verstand. Nach kurzer Überlegung kam er zum Schluss, ein oder zwei Bekannte aus dem Innenministerium anzurufen, Ministerialdirektorenebene. Falls das nicht die gewünschten Fortschritte brachte, dann könne er sich auch direkt an den Innenminister wenden. Er habe sowieso schon viel zu lange nicht mehr mit Hofstaller geplaudert.

Ich war hochzufrieden und grinste still in mich hinein. Damit wäre das Perlinger-Problem erst einmal gelöst. Zeit für das Wochenende, etwas Ablenkung und Entspannung.

Nachdem ich meinen Wagen im Hinterhof abgestellt hatte, sah ich mich gründlich um, bevor ich ausstieg. Meine Panik vom Morgen hatte ich durch misstrauische Aufmerksamkeit ersetzt. Damit kam ich deutlich besser klar. Ich ging an den Briefkästen vorbei zum Aufzug. An diesem Abend hatte ich kein Bedürfnis, nach der Post zu sehen. Während ich auf den Aufzug wartete, lehnte ich mich mit dem Rücken an die Wand, sodass sich niemand unbemerkt nähern konnte. Außerdem hatte ich mir inzwischen angewöhnt, meine Tasche so zu tragen, dass ich sie im Notfall einem Angreifer schnell um die Ohren hauen konnte. Ich hatte zwar keine Ahnung, ob diese Strategie Aussicht auf Erfolg versprach, aber zumindest fühlte ich mich vorbereitet und gerüstet. Unbeschadet gelangte ich in meine Wohnung und beschloss, eine ausgedehnte Runde joggen zu gehen, um den Kopf frei zu bekommen.

Es war ein fantastischer milder Juniabend. Ich lief durch Haidhausen, über die Isar und in den Englischen Garten. Die Stadt war voller Menschen, die die Abendsonne und die langen Tage genossen. Bald war Mittsommernacht. Ich rannte bis zum nördlichen Ende des Parks, umrundete den kleinen See und machte mich auf den Rückweg. Dabei behielt ich jeden Moment die Umgebung, so gut es ging, im Auge und schlug den einen oder anderen Haken, um mögliche Verfolger zu erkennen oder abzuschütteln. Nach eineinhalb Stunden kam ich erschöpft, aber befreit und unbehelligt in meiner Wohnung an. Nach einer Dusche genehmigte ich mir eine Flasche 2005er Château Canon Bordeaux auf der Terrasse und versuchte, den Wahnsinn der letzten Tage mit einem guten Buch hinter mir zu lassen.

Samstag, Tag 4

Das Bedürfnis nach einem frischen Kaffee trieb mich aus dem Bett. Ich hatte eine schlechte Nacht. Immer wieder war ich aufgewacht und konnte nicht mehr einschlafen, da ich ins Grübeln verfiel und doch zu keinem Ergebnis kommen konnte. Ich ging in die Küche, machte mir einen Kaffee und stellte fest, dass mein Kühlschrank wenig für ein erbauliches Frühstück zu bieten hatte. Mit einem erst kürzlich abgelaufenen Joghurt und meiner Tasse Kaffee begab ich mich auf die Terrasse.

Die Sonne schien und es versprach, ein erstklassiger Sommertag zu werden. Ich genoss den Kaffee, blickte über die Dächer Münchens und ließ meinen Gedanken freien Lauf, die immer wieder auf die Ereignisse der letzten Tage zurückkamen. Doch ich konnte das Puzzle nicht zusammensetzen und so beschloss ich, zu versuchen, hierauf keine weitere Energie zu verschwenden.

Stattdessen überlegte ich, wie ich die zwei freien Tage maximal entspannt verbringen könnte. Ein Kurztrip in die Berge fiel mir ein, eine Mountain-Bike-Tour oder mal wieder Paragliding? In diesem Jahr war ich bisher erst einmal in der Luft gewesen. Vielleicht Kitzbühel. Ich stöberte im Internet nach attraktiven

Ausflugszielen, als es an meiner Wohnungstür klingelte.

Ich zuckte zusammen und dachte einen Moment darüber nach, einfach nicht aufzumachen. Da das albern war, ging ich zur Tür und blickte durch den Spion. Perlinger, wer sonst? Zusammen mit der Beamtin, die am Vortrag in seiner Vertretung die Befragung geleitet hatte.

Ich öffnete die Tür.

„Was ist so wichtig, dass Sie mich nun auch noch am Wochenende belästigen? Ich hatte die Hoffnung, dass Sie endlich etwas Sinnstiftendes mit Ihrer Zeit anfangen."

Perlinger ignorierte meine Anfeindungen. Er habe Neuigkeiten. Im Zusammenhang mit den Vorfällen bei der Munisol, aber auch hinsichtlich des Anschlags auf mich. Nun hatte er meine volle Aufmerksamkeit und ich vergaß darüber ganz, Perlinger Beleidigungen und Abfälligkeiten zuteilwerden zu lassen. Stattdessen bat ich die beiden in die Wohnung und bot ihnen an meinem Esstisch Platz an. Zunächst stellte er mir seine Kollegin vor.

„Maja Friedrich und ihr Team unterstützen die Ermittlungen der Sonderkommission."

Ich nickte ihr zu und erklärte, dass wir uns bei der gestrigen Befragung bereits flüchtig kennengelernt hatten. Die Beamtin schien etwas jünger als Perlinger zu sein, hatte kurze, wasserstoffblonde Haare und machte wie ihr Kollege einen sehr durchtrainierten Eindruck. Offensichtlich wollte Perlinger gut Wetter machen und demonstrieren, dass er alles unter Kontrolle habe. Innenministerium funktionierte einfach immer. Danke, Gregor!

„Nun?"

Ich sah die beiden irgendwo zwischen gelangweilt und erwartungsvoll an.

Perlinger begann mit seinem Bericht, den er staubtrocken herunterratterte. Man habe unter Hochdruck alle Spuren ausgewertet. Auf dem Kabelbinder, mit dem man versuchte hatte, mich zu strangulieren, wurde Ralf Mechtersheims DNA sichergestellt. Dessen Statur passe auch zu der Aussage von Frau Hart.

Mir fiel der Kiefer runter. Ich war schockiert und wieder einmal mehr machte sich Übelkeit in mir breit. Mechtersheim hatte versucht, mich zu ermorden? Nachdem ich nicht einmal achtundvierzig Stunden sein Chef gewesen war? Der Mann war Wissenschaftler, doch kein Killer! Wie kaputt war das alles? Ich sah Perlinger irritiert an.

Dieser fuhr fort. Der Abgleich von Mechtersheims Ausgaben und dessen Einnahmen wies Auffälligkeiten auf. Er habe offensichtlich sehr teure Gegenstände wie zum Beispiel eine Rolex-Luxusuhr für über 5000 Euro bar bezahlt. Entsprechende Auszahlungen auf seinen Konten fehlten. Das lege den Schluss nahe, dass Ralf Mechtersheim hohe Barzuwendungen erhalten hatte, oder anders gesagt, bestochen worden war. Das werfe wiederum die Frage auf, welche Rolle Mechtersheim in der Sache Munisol und Felix Jordan spiele.

Ich hing an Perlingers Lippen und konnte kaum glauben, was der Hauptkommissar mir gerade offenbarte. Irgendjemand hatte Mechtersheim geschmiert, damit dieser vermutlich erst die Forschungsergebnisse von Jordan stahl und dann diesen zum Schweigen brachte. Und da ich keine Anstalten machte, die Sache auf sich beruhen zu lassen, und stattdessen in den verkohlten Trümmern zu wühlen begonnen hatte, sollte ich ausgeschaltet werden. Ich erinnerte mich an meine Blatt-Papier-Analyse vom gestrigen Abend und meine Weigerung zu glauben, dass jemand für Industriespionage töten würde. Offensichtlich musste ich mein Weltbild korrigieren. Anderseits war ich ja selbst überzeugt davon, dass diese Technologie unglaubliche Gewinne und darüber hinaus gewaltigen Ruhm und Anerkennung versprach. Versunken in meinen Gedanken, versäumte ich beinahe, Perlinger weiter zuzuhören.

Dieser war zu ähnlichen Schlüssen gelangt. Es ginge um den Diebstahl geistigen Eigentums, also

Industriespionage. Mechtersheim stehe im Verdacht, Jordan getötet, den Brand verursacht, Jordans Laptop gestohlen und den Anschlag auf mich begangen zu haben. Er habe das Wissen und die Möglichkeit für alle diese Delikte gehabt. Perlinger sei sich sicher, in den weiteren Ermittlungen diese Zusammenhänge lückenlos beweisen zu können.

„Das alles führt zu der Frage, wer Doktor Mechtersheim beauftragt, bezahlt und getötet hat", schlussfolgerte der Ermittler und sah mich an. Auch seine Kollegin hatte mich auf einmal fest im Blick. Es war nicht sehr schwierig zu erahnen, was als Nächstes kam. Mich ergriff eine Mischung aus Genervtheit und Resignation. Es wollte einfach nicht aufhören.

„Wir haben Ihre Zahlungsbewegungen überprüft, und bevor Sie jetzt wieder Innenminister oder andere Würdenträger bemühen, mit richterlicher Erlaubnis."

Perlinger zeigte weder Triumph noch anderweitige Emotion. Das fand ich durchaus bemerkenswert. Mein Respekt für den unfähigen Rüpel stieg für einen Moment, auch wenn es mir gewaltig stank, dass er in meinen Finanzen herumgewühlt hatte. Andererseits konnte er da mal sehen, was ich so verdiente. Vielleicht half ihm das zu begreifen, dass ich nicht irgendwer war und allein mein Bonus weitaus höher lag als sein gesamtes Jahresgehalt.

„Es konnte kein Zusammenhang zwischen den Zahlungen an Mechtersheim und Ihren Kontobewegungen hergestellt werden. Abgesehen von Ihrem Füller stellten wir keinerlei weitere Hinweise auf Ihre Anwesenheit in Ralf Mechtersheims Wohnung fest."

Ja genau, das hatten wir bereits, ich war nämlich auch nicht dort. Großartig, dass das anscheinend langsam bei Perlinger ankam. Doch ich hatte mich zu früh gefreut.

„Herr Doktor Herzog, das alles sieht nun nach dem großen Unbekannten aus, der aus dem Hintergrund die Strippen zieht. Und genau das ist mein Problem. Ja, kann sein, aber das klingt mir viel zu sehr nach Hollywood. Meine Erfahrung sagt mir, dass die Lösung viel näher liegt. Die großen Unbekannten zeigen sich am Ende nämlich meistens als gute Bekannte und sehr nah an den Geschehnissen."

Perlinger musterte mich wieder. Es sei seine Aufgabe, alle Möglichkeiten in Betracht zu ziehen, dabei könne und dürfe er keinerlei Rücksicht auf Person und Ansehen nehmen. Dafür hätte ich sicher Verständnis, das wäre doch auch bestimmt meine Erwartungshaltung hinsichtlich professioneller Ermittlungsführung. Er hatte sich wohl entschlossen, vorsichtiger mit mir umzugehen, wenigstens das.

Es sei schon merkwürdig, kaum taucht Doktor Herzog in der Forschung der Munisol auf, schon überschlagen sich die Ereignisse. Perlinger hatte recherchiert und korrekterweise herausgefunden, dass ich mit Hilfe meiner Kenntnisse, Erfahrungen und meines Netzwerks in der Wirtschaft ganz hervorragend in der Lage wäre, die Ikarus-Technologie zu Geld zu machen. Dass man keine Spuren von mir zu Mechtersheim gefunden habe, hätte erst einmal wenig zu bedeuten. Denn jemand von meiner Intelligenz, mit meinen Fähigkeiten und Möglichkeiten wäre durchaus in der Lage, keine Spuren zu hinterlassen. Aber auch Genies würden Fehler machen oder schlicht Pech haben. Dann würden Komplizen, die sich vielleicht übervorteilt fühlten, dem Auftraggeber nach dem Leben trachten, oder es lägen Füller in den falschen Wohnungen.

„Wenn ich mir überlege, was naheliegend ist, dann muss ich Sie in das Bild miteinbeziehen“, sagte Perlinger halb herausfordernd, halb entschuldigend.

Ich beschloss, diesmal auf Eskalation zu verzichten. Denn ein wenig geschmeichelt konnte ich mich von Perlingers neuen Erkenntnissen auch fühlen.

„Klar“, sagte ich, „was Sie ausführen, ist eine Möglichkeit. Doch auf mich wirkt es, als glauben Sie selbst nicht daran, und zwar weil es einfach keinen Sinn ergibt.“

„In unserem Beruf geht es nicht um Glauben." Perlinger und seine Kollegin standen auf. Wenn mir noch etwas einfiele, was den Fall voranbrächte, dann solle ich mich bitte melden. Das versprach ich halbherzig und begleitete die Beamten zur Tür und hinaus aus meiner Wohnung.

Mein Kaffee war inzwischen kalt und die Lust auf einen Ausflug ins Grüne war mir vergangen. Stattdessen stellte ich mir die Frage, warum Perlinger eigentlich mit mir stets seine Gedanken und Verdachtsmomente teilte. Wenn er mich im Verdacht hatte, dass ich in die Sache verwickelt war, warum wog er mich nicht in Sicherheit, beobachtete mich und wartete auf einen Fehler? Vielleicht war er sich einfach nicht sicher und konnte es sich nicht leisten, den Verantwortlichen der Munisol außen vor zu lassen. Schließlich war spätestens seit von Hattensteins Telefonaten klar, dass ich mich an höherer Stelle beschweren würde, wenn er mich nicht über seine Erkenntnisse informierte und die Ermittlungen nicht vorankamen.

Möglicherweise wollte er mit seinen Verdächtigungen mir gegenüber Druck auf mich ausüben und auf einen Fehler hoffen. Den ich nicht machen konnte, da ich nun mal nichts mit der ganzen Sache zu tun hatte und nur in den ganzen Mist hineingeraten war, weil meine überehrgeizige Kollegin mich ausgebootet hatte und ich in die Forschung abgeschoben worden war. Ob Perlinger mich überwachen ließ? Ich würde meine Aufmerksam diesbezüglich erhöhen. Obwohl ich sowieso schon ständig hinter mich schaute.

Es war Zeit, mich abzureagieren. Also packte ich meine Sachen, um in meinen Box- und Fitnessclub zu gehen. Wer weiß, vielleicht würden mir meine Fähigkeiten als Amateurboxer im Notfall bessere Dienste erweisen als meine Aktentasche. Während der Studienzeit war ich ein ganz passabler Boxer gewesen und auch gelegentlich bei Wettkämpfen angetreten. Aber eigentlich machten mir das Training und Sparring mehr Spaß, als andere zu vermöbeln oder, wenn es dumm lief, selbst verprügelt zu werden. Daher war meine aktive Boxkarriere von kurzer Dauer gewesen und ich verlegte mich auf den Fitnessbeitrag dieser Sportart. Eine halbe Stunde am Boxsack half mir üblicherweise auch hervorragend, Stress und Frustration abzubauen. Und davon hatte ich gerade im Überfluss.

Die Umgebung nach potenziellen Bösewichten und übermotivierten Polizeibeamten stets im Auge behaltend, verstaute ich meine Sporttasche und den Sack mit der Schmutzwäsche in meinem Auto. Die

Reinigung war nicht weit vom Boxclub entfernt, und solche Dinge mussten auch erledigt werden.

Ich stellte meinen Porsche auf dem Parkplatz im Hinterhof des Clubs ab, nahm meinen Wäschesack und ging zu Fuß zur Reinigung, die keine fünf Minuten um die Ecke lag. Als ich zurückkam und meine Sporttasche aus dem Wagen holen wollte, sah ich, dass sich jemand an meinem Auto zu schaffen machte. Eine Person kniete am rechten Vorderrad. Ich konnte sie nur von hinten sehen, vermutlich ein Mann. Er hatte einen Kapuzenpulli an und die Kapuze über den Kopf gezogen. Im Juni. Mir gefror das Blut in den Adern. Ich drückte mich an die Wand in den Durchgang zum Hof. War er allein? Hatte mich jemand bemerkt? Ich sah mich vorsichtig um und konnte niemanden erkennen.
Plötzlich spürte ich, wie eine ungeheure Wut in mir aufstieg. Seit der Attacke auf mich litt ich unter Verfolgungswahn. Ständig meinte ich schauen zu müssen, wer mich wann und wo überfallen könnte. Jetzt war Schluss damit, jetzt ging ich in den Angriffsmodus über! Ich rannte los, verließ meine Deckung im Durchgang, sprintete die etwa dreißig Meter zu meinem Auto und warf mich mit meinem vollen Gewicht auf den Kapuzenpulli. Der stöhnte laut auf. Definitiv ein Mann. Ich versuchte, ihn

herumzureißen, damit ich sein Gesicht sehen konnte, doch er wehrte sich mit aller Kraft. Ich schlug ihm einen Haken in die Seite und er jaulte erneut auf. Ich schlug wieder zu.

Auf einmal wurde ich von hinten gepackt und zurückgerissen. Ich strauchelte und kippte nach hinten über, aber mein linker Arm war umklammert wie von einem Schraubstock. So blieb ich auf den Füßen.

„Hast du sie noch alle?“, brüllte mir jemand ins Ohr. Ich drehte meinen Kopf und sah in das entgeisterte Gesicht von Ferhat Arslan, der mich weiter anschrie. Den Wortlaut bekam ich nur zur Hälfte mit, da sich ein großer Schwall nicht nur deutscher, sondern auch türkischer Worte über mich ergoss. Der Inhalt war aber relativ klar. Er hatte damit zu tun, dass ich übergeschnappt und ein Idiot sei. Dann stieß er mich zur Seite und kümmerte sich um den Kapuzenpulli, der vor Schmerz gekrümmt neben meinem Wagen lag. Der von mir überwältigte Attentäter begann sich aufzurappeln.

„Hey Cem, alles ok?“

Ferhat half ihm hoch. Ich stand auf dem Parkplatz und sah in die Gesichter von Ferhat Arslan, Geschäftsführer der Münchener Porsche-Niederlassung, und seinem jüngsten Bruder Cem, der sich die Seite hielt. Ich wusste nicht, was ich sagen sollte. Ich konnte mich nicht daran erinnern, wann ich das letzte Mal einen solch peinlichen Moment erlebt hatte.

Die beiden kannte ich schon viele Jahre, mit Ferhat verband mich ein fast schon freundschaftliches Verhältnis. Kennengelernt hatte ich ihn, als ich meinen ersten Porsche kaufte, auf den noch einige weitere folgen sollten. Er hatte mir auch den Boxclub empfohlen, als ich nach längerer Pause mit dem Training wieder einsteigen wollte. Sein jüngster Bruder arbeitete ebenfalls im Autohaus und trainierte auch im Club. Zumindest schien ich Cem nicht ernsthaft verletzt zu haben, von ein paar Schrammen und blauen Flecken abgesehen.

„Es tut mir schrecklich leid, Cem, Sorry! Ist gerade schwierig bei mir“, stammelte ich. Die beiden Brüder standen mir mit verschränkten Armen gegenüber und schauten mich mit gleichzeitig vorwurfsvollen und mitleidigen Blicken an. Ferhat schüttelte den Kopf. Mir wurde klar, wie paranoid ich inzwischen war. Ich lehnte mich an ein parkendes Auto, fühlte mich wie ein Haufen Elend und war kurz vorm Heulen.

„Sag mal Cem, was hast du eigentlich an Kais Auto gemacht?“, versuchte Ferhat die Spannung zu lösen.

„Ich habe die zerkratze Felge gesehen und wollte mal checken, ob es ein neues Rad braucht oder ob das repariert werden kann.“

Jetzt fühlte ich mich noch schlechter. Cems Hilfsangebot hatte ihm eine Tracht Prügel von mir eingebracht. Was war aus mir geworden?

Ich erklärte den beiden mit wenigen Worten, dass in der Firma der Teufel los sei, man zwei Tage zuvor versucht habe, mich zu erwürgen und ich Cem für einen Attentäter gehalten hatte, der erneut versuchte, mich umzubringen, indem er mein Fahrzeug manipulierte. Zum Beweis zeigte ich auf die Schrammen und Blutergüsse an meinem Hals.

„Wow", kommentierte Ferhat, „krasse Sache. Trotzdem solltest du nicht die Nerven verlieren."

Wie recht er hatte. Ich ging auf Cem zu, streckte ihm meine Hand entgegen und entschuldigte mich erneut. Er gab mir als Zeichen der Versöhnung die Hand, grinste schief und lobte meinen rechten Haken. Der Bursche war hart im Nehmen.

Nach dieser unschönen Episode benötigte ich umso mehr eine Trainingsrunde. Ich bearbeitete eine Stunde lang Boxsack und Punchingball, quälte mich beim Seilspringen und an den Gewichten und schwitzte den Ärger, den Stress und auch die Angst heraus. Erschöpft, aber entspannt genoss ich die anschließende kühle Dusche.

Nach der intensiven Sporteinheit bekam ich Hunger. Außerdem musste ich ein paar Lebensmittel einkaufen, um die beschämende Leere in meinem Kühlschrank zu beseitigen. Ich machte mich zu Fuß von meiner Wohnung aus auf den Weg, blieb immer mal wieder stehen und blickte in Autoscheiben oder Schaufenster, um im Spiegelbild zu sehen, ob mir jemand folgte. Bislang konnte ich niemanden entdecken. Inzwischen hatte ich Routine, fand mein Verhalten aber auch etwas albern und peinlich. Ich spürte, dass meine Paranoia sich etwas legte, aber leichtsinnig wollte ich auch nicht sein. Außerdem wollte ich nicht übersehen, falls Perlinger mich überwachen ließ.

Die Stadt war voller Menschen und alle genossen den warmen Sommertag. Die Tische vor den Cafés und Restaurants waren belegt. Mit etwas Glück fand ich einen freien Platz in einem Straßencafé, bei dem ich mit dem Rücken zur Hauswand sitzen und das Geschehen auf der Straße und dem Bürgersteig im Blick behalten konnte. Ein Teller exzellente Pasta und ein Glas Weißwein halfen gegen Hunger und Durst und hoben meine Stimmung. Der Sommer war in München angekommen. Die Röcke wurden kürzer und die Menschen schöner.

Vibrierend meldete mein Telefon den Eingang einer Nachricht, die da lautete: „Hallo Kai Herzog. Ihr Besuch hat mir gutgetan. Steht Ihr Angebot noch? Mir fällt die Decke auf den Kopf. LG, Katja“

Wo wir gerade beim Thema schöne Menschen waren ... Ich hatte Katja Berger schon fast vergessen bei dem ganzen Trubel. Das war eine willkommene Abwechslung. Die Aussicht, den Samstagabend mit ihr zu verbringen, anstatt mich miesepetrig zu Hause zu langeweilen und über Perlinger zu ärgern, schien mir verlockend.

Ich schrieb zurück: „Lust auf Ausgehen heute?"

Keine Sekunde später kam die Antwort: „Gern!! Wann + wo?"

Wir verabredeten uns für acht Uhr in einer angesagten Cocktailbar, die außerdem gutes Essen und vor allem eine großartige Dachterrasse bot. Jetzt hatte ich richtig gute Laune, und ich hatte nicht vor, mir diese noch mal kaputtmachen zu lassen.

Landeskriminalamt München, 14:35 Uhr

Obwohl es Samstag war, arbeiteten die Ermittler seit dem frühen Morgen mit Hochdruck. Die Verstärkung der Sonderkommission Munisol durch Maja Friedrich und ihre Mitarbeiter war lediglich eine Sache eines Dreiminutenanrufs gewesen, möglicherweise hatte hier sogar die Beschwerde von Kai Herzog beim Innenministerium geholfen. Seit über eineinhalb Stunden saß das nun neunköpfige Kernteam in dem immer stickiger werdenden Besprechungsraum im Landeskriminalamt und verglich erneut alle bisher zusammengetragenen Fakten, doch ein Durchbruch blieb aus. Frustriert pfefferte Perlinger einen Papierbecher in den Mülleimer und riss die Fenster auf. Zurück auf seinem Stuhl stierte er die Wand an.

„Wir haben nichts. Nichts außer zwei toten Wissenschaftlern, einem Überfall auf deren Chef, eine niedergebrannte Forschungseinrichtung und verschwundene Daten. Es ist zum Verrückt-Werden. Ich kann mich nicht erinnern, wann wir jemals mit so viel Aufwand so wenig erreicht haben."

„Na ja", wand Friedrich ein, „wir wissen, dass Mechtersheim der Angreifer von Herzog war, dass er offensichtlich bestochen wurde und höchstwahrscheinlich für die Sabotage und den Tod von Doktor Jordan verantwortlich war. Das ist in der kurzen Zeit doch einiges."

„Aber wer und was steckt dahinter?", rief Perlinger und fuhr sich durch die Haare. „Wir haben keine Ahnung, ob jemand von der Munisol, zum Beispiel jemand wie Herzog, oder eine andere Partei dahintersteckt. Null Ansatzpunkte trotz all der umfangreichen Recherchen und Befragungen. Bei Mechtersheim hat die gesamte Umfeldanalyse nicht mehr ergeben, als dass er hochintelligent und eher ein Einzelgänger war. Wie wird so jemand zu einem Schwerstkriminellen?"

Alle schwiegen. Perlinger hatte zum Ausdruck gebracht, was sich wohl alle in dem Raum fragten.

„Wir machen Schluss für heute." Perlinger stand auf und verließ das Zimmer.

Nachdem ich erfolgreich den Rest des Nachmittags vertrödelt hatte, war es Zeit, mich auf den Weg zu Katja zu machen. Auch wenn ich eine gewisse Eitelkeit nicht abstreiten konnte, verschwendete ich üblicherweise wenig Zeit auf die Frage, was ich anziehe. In diesem Fall hatte ich jedoch das Problem, dass ich wenig Lust verspürte, meinen geschundenen und mit Blutergüssen in allen Farben übersäten Hals zur Schau zu stellen. Für Rollkragen war es definitiv zu warm und Schal kam auch nicht in Frage. Also blieb mir nichts anderes übrig, als meine Schrammen offen zu tragen. Zumindest boten sie Stoff für eine gute Geschichte, wobei ich mir nicht sicher war, ob das hilfreich für Katja Bergers Gemütszustand war, deren Freund gerade einem Gewaltverbrechen zum Opfer gefallen war. Ich konnte es nicht ändern.

Mit beiger Jeans und weißem Hemd fühlte ich mich gut angezogen und machte mich zu Fuß auf den Weg. Ich genoss den gut halbstündigen Spaziergang durch den warmen Juniabend zu der Cocktailbar im Glockenbachviertel. Meine regelmäßigen Checks, um zu sehen, wer sich so hinter mir rumtrieb, waren mir inzwischen in Fleisch und Blut übergegangen. Doch niemand fiel mir auf.

Unterwegs kreisten meine Gedanken wieder um Felix Jordan und Ralf Mechtersheim. Was hatte einen hervorragend ausgebildeten Mann wie Mechtersheim, der einen super Job bei einem der renommiertesten und erfolgreichsten deutschen Unternehmen hatte, dazu gebracht, zum Mörder zu werden? Fehlende Anerkennung und der Neid auf seinen Starkollegen? Konnten solche Emotionen so stark werden, dass man dafür kaltblütig tötete? Oder war Mechtersheim einfach nur in die Sache hineingeraten und kam nicht mehr heraus? Es fiel mir schwer, mich in diesen Menschen hineinzuversetzen.

Aber die wichtigste Frage war, wer steckte hinter alledem? Ahnte jemand in der Munisol etwas von den Vorgängen? Mir fiel wieder mein Vorgänger ein. Ich sollte mich am Montag mit meinem Ex-Kollegen tiefer beschäftigen. Eine andere Frage war, was Gunter Dahlem von all dem wusste. Hatte er mich vielleicht genau deswegen auf den Posten beordert, weil er mich loswerden wollte? Er hielt sich gegenwärtig auffallend stark zurück und schien sich nicht mit der Aufklärungsarbeit zu befassen. Auf der anderen Seite war Dahlem auch eher der präsidiale Typ, immer unverbindlich und darauf bedacht, dass er eine blütenweiße Weste trug. Vermutlich eine Eigenschaft, die ihm bei seiner steilen Karriere behilflich gewesen war. Ich würde versuchen, ihm bei Gelegenheit unauffällig auf den Zahn zu fühlen.

Pünktlich um acht Uhr kam ich an und fuhr mit dem Lift nach oben auf die Dachterrasse der Bar. Ein aufmerksamer und bemühter Kellner zeigte mir meinen reservierten Tisch direkt an der Brüstung mit erstklassigem Blick über München. Ich setzte mich so, dass ich den Zugang im Blick behalten konnte. Nicht nur, um nicht zu verpassen, wenn meine Begleitung kam.

Gerade hatte ich die Cocktail-Karte in die Hand genommen, als Katja Berger erschien. Sie trug ein buntes, kurzes Sommerkleid und sah atemberaubend aus. Ich stand auf, sie sah mich und kam zu mir herüber.

Wir blickten uns kurz verlegen an, dann streckte ich die Hand aus und sagte: „Ich bin Kai."

Sie ergriff meine Hand: „Katja. Danke, dass du dir heute Abend Zeit für mich genommen hast."

Wir setzten uns, tauschten Höflichkeiten aus, dann schlug ich vor, einen Blick in die Cocktail-Karte zu nehmen. Ich ertappte mich, wie mein Blick mehr zu Katja wanderte, als sich mit der großen Auswahl an Drinks zu beschäftigen. Wie schon bei meiner ersten Begegnung war ich gefesselt von ihren tiefblauen Augen, die mich an die Farbe des Wassers an den Stränden der Karibik erinnerten, wo ich einige Male tolle Urlaube verbracht hatte. Meine Gedanken kehrten erst zurück nach München, als mich Katja fragte, was meine Empfehlung sei. Ich schlug Mojitos vor, passend zum warmen Juniabend und meinen Urlaubsgefühlen.

Nachdem ich die Drinks und ein paar Snacks bestellt hatte, fragte ich sie, wie es ihr denn gehe.

„Es ist schwer. Insbesondere zu Hause ist es immer so still und unwirklich. Ich bin froh über die Ablenkung heute Abend.“

Der Ozean in ihren Augen verblasste, aber nur um einen Augenblick später wieder zu leuchten.

„Erzähl mir was von dir! Wer ist Kai Herzog?“

Das war eine gute Frage, so genau wusste ich das auch nicht. Ich hatte noch nie den Drang verspürt, mich damit in Tiefe auseinanderzusetzen. Zum Glück kamen in dem Moment die Mojitos. Wir stießen auf einen Abend ohne Sorgen an.

„Nun?“

Sie lächelte mich an und ließ mich nicht davonkommen.

Ich blieb an der Oberfläche.

„Aufgewachsen bin ich in Frankfurt, in München habe ich Physik studiert, hatte bei der Munisol meinen beruflichen Einstieg und seitdem bin ich hier hängen geblieben. Ich liebe meinen Job, die Abwechslung und die Herausforderung. Vielleicht manchmal zu viel, zumindest war das die Meinung meiner inzwischen Exfrau Tabea.“

Innerlich lachte ich kurz auf. Wir saßen noch keine zehn Minuten und schon hatte ich das Bedürfnis, meine Ungebundenheit mitzuteilen.

„An Leidenschaft ist doch nichts falsch“, bemerkte Katja ernst und stocherte gedankenverloren mit ihrem Strohhalm zwischen den Eiswürfeln in ihrem Glas. Das sah ich genauso, aber Tabea war da gänzlich anderer Meinung gewesen. Wobei die Leidenschaft für meinen Beruf nicht der einzige Grund für das Scheitern unserer Ehe gewesen war. Auch wenn ich mir all die Jahre den Dauervorwurf meiner Frau gefallen lassen musste, dass mir die Arbeit wichtiger sei als sie. Vielleicht war es am Ende sogar die Wahrheit, als wir uns täglich über so ziemlich alles stritten. Da war das Büro ein häufiger Rückzugsort für mich. Ich hatte mich oft gefragt, wann unsere Ehe kippte, die doch mit einer Traumhochzeit gestartet war. Vielleicht verhielten wir uns beide zu egoistisch, vielleicht blieb auch etwas von den erfolglosen Versuchen an uns hängen, Kinder zu bekommen.

Katja riss mich aus meinen Eheproblemen.

„Was ist mit deinem Hals passiert? Das schaut ziemlich schmerzhaft aus.“

Auf dieses Thema hatte ich ja gar keine Lust, aber ich beschloss, es hinter mich zu bringen. Und so erzählte ich ihr, wie ich vor zwei Tagen in meinem Hauseingang angegriffen wurde und meine zufällig anwesende Kollegin mir das Leben rettete. Obwohl ich versuchte, den Anschlag herunterzuspielen, war Katja sichtlich schockiert. Ich war etwas unschlüssig, ob ich ihr die ganze Geschichte erzählen sollte. Eigentlich wollte ich einen unbeschwerten Abend verbringen und die junge Frau etwas aufheitern, aber letztlich hatte sie ein Recht zu erfahren, was passiert war.

Ohne zu tief in Details zu gehen, erzählte ich Katja von Mechtersheims Tod sowie den Ermittlungen der Polizei, wonach er hinter dem Datenklau, Felix‘ Tod und dem Anschlag auf mich steckte. Katja ließ fast ihren Mojito fallen und ihre Augen wurden feucht.

„Ralf?“, rief sie entsetzt. Sie kannte ihn. Gelegentlich seien sie sogar alle zusammen ausgegangen.

„Ich dachte Felix und Ralf sind Freunde. Ich fand Ralf nett, er war immer sehr zuvorkommend. Ich kann das nicht glauben. Ralf ein Mörder? Nie! Wann erwache ich aus diesem Albtraum?“

Ich schwieg betreten und stellte mir die gleiche Frage, während Katja gegen die Tränen kämpfte. Gleichzeitig ratterte es wieder in meinem Kopf. Obwohl ich das Thema Mord und Totschlag möglichst schnell hinter mich bringen wollte, konnte ich der Versuchung nicht widerstehen, etwas mehr über Mechtersheims Beziehung zu Jordan herauszufinden. Vorsichtig versuchte ich, Katja auszufragen. Doch etwas wirklich Erhellendes hatte sie nicht zu berichten.

Dann sah sie mich trotzig an.

„Das alles ist furchtbar. Aber ich werde mich nicht davon kaputtmachen lassen.“ Sie lächelte tapfer. „Wir sollten neue Drinks bestellen.“

Katja beeindruckte mich in jeder Hinsicht und ich beeilte mich, für Nachschub zu sorgen. Um das Thema zu wechseln, stellte ich die Gegenfrage.

„Und wer ist Katja Berger? Ich weiß nun schon, dass du eine sehr starke Frau bist. Was gibt es noch über dich zu erzählen?“

Bei der zweiten Runde Mojito erfuhr ich, dass Katja aus Norddeutschland kam, ihr Vater im mittleren Management einer internationalen Spedition arbeitete und die Familie deswegen ständig umziehen musste. USA, Lettland, Hongkong, Dubai. Während sie von ihren Erlebnissen erzählte, entspannte sie sich sichtlich. Da ich ebenfalls ein vielgereister Mensch war und auch eine Zeit für die Munisol in Hongkong gearbeitet hatte, fingen wir an, Anekdoten von unseren Reisen und vom Leben in fremden Ländern auszutauschen. Als wir beim vierten Drink angelangt waren, wurden die Geschichten immer lustiger und wir lachten viel. Katja hatte ein bezauberndes Lachen. Alles an ihr war bezaubernd. Ich war hingerissen und auch sie schien den Abend mit mir zu genießen. Die Tragödien der letzten Tage waren für einen Moment weit weg.

„Ich glaube, ich möchte mir die Füße vertreten. Lust auf einen Spaziergang?“ Katja richtete sich auf.

Nach den vier Mojitos war das sicherlich eine gute Idee. Ich zahlte und wir nahmen den Lift nach unten. Im Fahrstuhl sahen wir uns verstohlen an wie Teenager. Ich mochte das Gefühl.

Wir schlenderten in Richtung Isar und Katja hakte sich in meinen Arm ein. Schweigend liefen wir am Fluss entlang und genossen die warme Sommernacht. Ich freute mich, einmal abends nicht allein zu sein. Überall saßen die Menschen im Freien und feierten, Lachen und Gesänge waren zu vernehmen. An einer Bar hielten wir an, tranken Champagner an einem Stehtisch an der Straße, beobachteten die Leute und plauderten von Gott und der Welt.

Jedes Mal, wenn Katja lachte und ihren Kopf nach hinten warf, war ich hin und weg. Wir ließen uns weiter durch München treiben und befanden uns plötzlich ganz in der Nähe meiner Wohnung. Es war wohl mittlerweile ein Uhr durch.

„Ich wohne hier gleich um die Ecke. Lust auf ein letztes Glas mit Blick über die Stadt?“

Eine innere Stimme sagte mir, dass es vielleicht keine gute Idee und nicht angemessen war, mit einer jungen Dame zu flirten, deren Freund noch keine vier Tage tot war. Nun, ich hatte einige Erfahrung darin, meine innere Stimme zu ignorieren.

„Gern“, hörte ich Katja hauchen, während sie sich wieder bei mir unterhakte. Als ich die Haustür aufsperrte und mit meiner Begleitung an den Briefkästen vorbeiging, fiel mir plötzlich ein, dass ich den ganzen Abend nicht mehr hinter mich geblickt hatte und mein Verfolgungswahn – oder die kluge Vorsicht – gänzlich verschwunden war. Meine gesamte Aufmerksamkeit hatte bei Katja gelegen. Zu Recht, ich hatte einen klasse Abend, war noch am Leben und stieg mit einer unglaublich attraktiven Frau in den Aufzug zu meiner Wohnung.

Ich führte Katja auf die Terrasse, wo sie sich beeindruckt umschaute. Für einen Moment ließ ich meinen Gast mit der Aussicht allein, holte aus meinem stets gut gefüllten Weinkühlschrank im Küchenbereich eine Flasche 2012er Bollinger Champagner und schenkte zwei Gläser ein. Als ich mit den Drinks zurück auf die Terrasse kam, stand Katja am Geländer und betrachtete den sternenbesetzten Münchener Nachthimmel.

„Danke für den schönen Abend.“

Ich reichte ihr ein Glas Champagner, wir stießen an und tranken einen Schluck. Dann stellten wir gleichzeitig die Gläser weg und sahen uns an. So ein perfektes Gesicht, dachte ich. Wir kamen uns näher, unsere Lippen berührten sich und wir küssten uns.

Zunächst noch etwas zaghaft, doch mit jedem Moment leidenschaftlicher.

Irgendwann lag dann Katjas Kleid vor dem Esstisch, mein Hemd wenige Meter dahinter, unsere Schuhe im Flur und der Rest unserer Kleidung vor meinem Bett im Schlafzimmer. Meine Lippen glitten über ihre weiche Haut und ich sog ihren Duft ein. Der Sex mit Katja war fantastisch.

Ich lag auf meinem Bett, noch immer erregt, mit Katja in meinem Arm. Ihre nackte Haut auf meiner, konnte ich ihren schnellen Herzschlag spüren. So abgeschmackt es klang, aber mein Leben war eine Achterbahn! Die unglaublichste Woche in meinem Arbeitsleben zog im Zeitraffer an mir vorbei und endete damit, dass ich mit der atemberaubendsten Frau im Universum in meinem Bett lag. Ich fragte Katja, ob sie bleiben wolle. Sie antwortete, indem sie mich erneut ausgiebig küsste. Das Leben war auf meiner Seite.

Sonntag, Tag 5

Als ich am nächsten Morgen aufwachte, war das Bett neben mir leer.

„Katja?“

Keine Antwort. Ich stand auf, schaute im Bad nach, keine Katja. Auf dem Boden lagen nur noch meine Kleider in der Wohnung verstreut, ihre Sachen fehlten. Stattdessen fand ich auf dem Esstisch einen Zettel.

„Lieber Kai, ich danke Dir für den tollen Abend. Du bist ein wundervoller Mann! In meinem Kopf dreht sich gerade alles, ich glaube, es passiert im Moment zu viel für mich. Ich brauche eine Pause und fahre zu einer Freundin nach Berlin. Nicht böse sein, ich melde mich. Alles Liebe, Katja.“

Ich setzte mich auf einen Stuhl und las die Nachricht erneut. Zunächst war ich enttäuscht, doch wenn man darüber nachdachte, war das auch zu erwarten gewesen. Dann dachte ich an den Abend und die Nacht, und ich musste grinsen. Das war alles unglaublich. Sollte Katja sich erst mal wieder finden. Ich war fest davon überzeugt, dass das nicht die letzte Nacht mit ihr gewesen war.

Die Drinks vom Vorabend meldeten sich in meinem Körper. Jetzt erst mal einen starken Kaffee. Während ich in der Küche an der Espressomaschine hantierte, klingelte und vibrierte mein Smartphone, das ich am Abend zuvor auf die Küchentheke gelegt hatte. In der Hoffnung, dass Katja es vielleicht doch nicht ohne mich aushielt und sich bei mir meldete, griff ich nach dem Telefon und war genervt, als auf dem Display Sophia Hart angekündigt wurde. Das Telefon zeigte 9:27 Uhr an. Ich war versucht, es einfach klingeln zu lassen und wegzulegen. Dann nahm ich den Anruf aber doch entgegen. Noch bevor ich mich richtig melden konnte, fing Sophia an zu sprechen.

„Kai, bitte hör genau zu! Die haben mich entführt! Hilf mir! Bitte!"

Sie atmete schwer, schien zu weinen und klang panisch. Jemand nahm ihr das Telefon weg und eine tiefe Männerstimme übernahm.

„Wenn du deine Freundin lebend wiedersehen möchtest, dann bring uns das vollständige Ikarus-Patent mit allen technischen Beschreibungen. Wir melden uns nachher noch mal und sagen dir, wo wir uns treffen. Sei bereit. Keine Polizei. Keine Fehler. Wir beobachten dich."

Bevor ich noch irgendetwas sagen konnte, wurde der Anruf beendet. Ich stand wie gelähmt in der Küche mit meinem Smartphone in der Hand, unfähig, einen klaren Gedanken zu fassen. Ich rang nach Luft. Nach einer Ewigkeit kam ich wieder zu mir. Nun fuhr mein Gehirn Achterbahn. Was war das eben? Ein mieser

Scherz? Aber Sophia hatte nicht im Entferntesten lustig geklungen, im Gegenteil, ich hatte sie noch nie so gehört. Und wer war der Mann? Gehörte er zu den finsteren Mächten, die meine Mitarbeiter umbrachten oder umbringen ließen … und versucht hatten, auch mich zu ermorden? Er wollte das vollständige Ikarus-Patent mit allen technischen Beschreibungen. Das hatte ich selbst nicht. Schlimmer noch, ich hatte überhaupt gar keine Beschreibungen! Nichts, null. Und was hatte Sophia jetzt damit zu tun? Meine Freundin? Was war damit gemeint? Freundin, so wie als Freund, oder Freundin, so wie als Paar? Wer kommt auf sowas? Die Fragen in meinem Kopf überschlugen sich und ich fand keine einzige Antwort.

Ich dachte darüber nach, die Polizei zu verständigen. Das schien der einzig vernünftige Weg zu sein. In meinem Kopf hallten Sophias flehende Worte, ihr zu helfen. Ich schluckte meinen gesamten Groll der letzten Jahre auf sie hinunter und wägte ab, was ich tun sollte. Ich hatte nicht, was die Entführer für meine Kollegin forderten. Die Polizei könnte versuchen, ihr Telefon zu orten oder was auch immer, die kannten sich mit sowas aus. Anderseits war die Stimme deutlich gewesen: Keine Polizei. Wir beobachten dich. Mir lief ein kalter Schauer den Rücken hinunter, trotz der Junitemperaturen. Und dann Perlinger. Wenn ich mit dieser Geschichte bei ihm auftauchte, dann würde er wieder alles Mögliche vermuten und am Ende glauben, dass ich hinter allem steckte oder mit einer Wahnsinnsgeschichte davon ablenken wollte. Je länger ich darüber nachdachte, desto mehr schloss ich die Polizei als Option aus.

Sei bereit. Also machte ich mich bereit. Ich duschte kurz, zog mir eine Jeans, ein Poloshirt und Sportschuhe an, trank zwei Tassen starken Kaffee und starrte auf mein Smartphone. An Frühstück war nicht zu denken, ich hätte keinen Bissen herunterbekommen.

Wir beobachten dich. Ich spähte aus allen Fenstern auf die Straße und in den Hinterhof, ob ich etwas Verdächtiges erkennen konnte. An dem sommerlichen Sonntagmorgen waren einige Passanten unterwegs und am Straßenrand parkten wie immer Autos. Ob in einem der Fahrzeuge jemand auf Beobachtungsposten saß, konnte ich in dem steilen Winkel von oben nicht erkennen. Es war auch müßig.

Während ich am Küchentresen saß und mein Smartphone nicht aus den Augen ließ, versuchte ich, mir einen Plan zurechtzulegen. Mir blieb nur, zu verhandeln und Zeit zu gewinnen. Außerdem musste ich besser verstehen, was hier gerade passierte.

Das vollständige Patent. Jordans Laptop war verschwunden und alle Daten bei der Munisol gelöscht. Sowohl Polizei als auch ich gingen davon aus, dass jemand die Informationen gestohlen hatte. Versuchte nun plötzlich eine weitere Partei, an Ikarus zu gelangen? Oder wies die Betonung auf Vollständigkeit eher darauf hin, dass die Entführer und die Diebe dieselben waren, nun das Patent besaßen, aber der Meinung waren, dass etwas fehlte? Mit allen technischen Beschreibungen. Das könnte darauf schließen lassen, dass, wer auch immer hinter all dem steckte, versuchte, die Erfindung nachzustellen, und nicht weiterkam. Also plante man, die entscheidenden Hinweise zu bekommen, indem man die Person erpresste, die den besten Zugang zu den Forschungsarbeiten der Munisol hatte: mich. Wie die Entführer auf die Idee kamen, dass Sophia und ich uns nahestehen könnten, war mir ein Rätsel. Andererseits, wer weiß, zu welcher Schlussfolgerung Sophias Besuch in der Nacht des Attentats auf mich führte. Wir beobachten dich. Mir fiel wieder ein, dass ich noch immer nicht wusste, was Sophia eigentlich von mir gewollt hatte.

Am meisten irritierte mich die brutale Offenheit, mit der versucht wurde, in den Besitz unserer Technologie zu kommen. Wie sollte das dann zu Geld gemacht werden, wenn die ganze Welt wusste, dass die Erfindung mit höchster krimineller Energie, Mord und Entführung von der Munisol geraubt worden war?

Natürlich könnte jemand hinterher behaupten, dass er auch an dem Thema gearbeitet habe und ganz allein zum Ergebnis gekommen war. Ja, die Ereignisse bei der Munisol seien tragisch gewesen, aber dafür könne man nichts. Vielleicht habe sich die Munisol einfach ungeschickt angestellt und dann Geschichten erfunden, um vom Misserfolg abzulenken. In der Vergangenheit habe es ja bereits spektakuläre Fehlschläge bei den Münchenern gegeben, man erinnere sich nur an das Kernfusionsdebakel.

So könnte man das erzählen. Schließlich gab es tatsächlich einen intensiven Wettlauf um Technologien, die wirtschaftlich klimaschonend Rohstoffe und Energie lieferten. Der Erste würde am meisten Geld damit machen.

Ich dachte darüber nach, was ich den Entführern sagen sollte, wenn sie mich wieder kontaktierten. Ich hatte nichts in den Händen. Andererseits hatte man Sophia ja nicht ihrer langen Beine wegen entführt, sondern um etwas von mir zu bekommen. Solange dieses Etwas nicht übergeben war, brauchte man Sophia. Und mich. Es wäre also unlogisch, uns im Moment etwas anzutun. Ich hoffte inständig, dass meine Gegenspieler sich an die Gesetzmäßigkeiten der Logik hielten.

Mein Smartphone leuchtete auf und brummte kurz, um den Eingang einer neuen SMS zu melden. Zittrig öffnete ich die Nachricht, die von Sophias Telefon gesendet war.

„Warte um 10:30 an den Koordinaten, Weiteres folgt."

Unter dem Text standen Zahlen. Erst schrieb ich sie auf einen Zettel, dann gab ich sie im Routenplaner des Smartphones ein. Mir wurde ein Parkplatz an einer Landstraße östlich von München angezeigt. In dieser Gegend war ich noch nie gewesen. Meiner Kenntnis nach gab es dort nichts außer Wald. Der Routenplaner gab als Ankunftszeit 10:28 Uhr an. Ich musste los.

Kurz vor halb elf kam ich an dem Parkplatz an. Mir war nicht bewusst gewesen, dass es, gerade mal eine knappe halbe Stunde von München entfernt, solch verlassene Winkel existierten. Außer Bäumen sah ich nicht viel. Ich prüfte, ob mein Telefon Empfang hatte, um bloß nicht die nächste Nachricht zu verpassen. Wie viele Nachrichten bis zu einem Treffen wohl noch kamen? Würde es überhaupt eines geben, oder wozu sollte das alles führen? War das eine Falle? Schnitzeljagd hatte ich schon als Kind nicht gemocht. Ich war extrem angespannt und wollte es hinter mich bringen, den Entführern zu sagen, dass ich nicht liefern konnte.

Auf der gesamten Fahrt durch München und später den Wald hatte ich mich gefragt, was ich eigentlich machen sollte, wenn ich tatsächlich mehr Zeit erhielt. Mir war nichts Sinnvolles eingefallen. Also beschloss ich, einen Schritt nach dem anderen zu machen. Erst einmal müsste ich den Aufschub überhaupt bekommen. Und nicht draufgehen.

Mein Telefon meldete sich. Wieder eine Textnachricht von Sophia, diesmal mit der Aufforderung, mich sofort zu neuen Koordinaten zu begeben und dort zu warten. Schnitzeljagd. Ich gab die Daten in mein Navi ein. Die Fahrzeit wurde mit weniger als zehn Minuten berechnet, das Ziel schien mitten im Wald zu liegen.

Ich startete den Motor und machte mich auf den Weg. Nach wenigen Kilometern auf der Landstraße forderte mich mein Navi auf, südlich in eine kleine Straße abzubiegen. Schließlich führte die Route in einen schmalen Waldweg, der immerhin halbwegs befestigt und Porsche-befahrbar war. Ein paar hundert Meter später tauchte vor mir eine aus grobem Holz gezimmerte Hütte mit Satteldach am Wegrand auf. Mein Navi meldete, dass ich das Ziel erreicht habe.

Neben der Hütte befand sich eine größere freie Fläche. Die dunkelgrünen Fensterläden waren verschlossen, die Hütte wirkte unbewohnt. Ich wendete und parkte meinen Wagen, Fluchtrichtung. Ich sah mich um, konnte aber weder ein anderes Fahrzeug noch irgendjemanden ausmachen. Der Wald war jedoch dicht und die Sicht war beschränkt. Ich fühlte mich unbehaglich. Besser gesagt, ich bekam Angst. Oder war es bereits Panik?

Meine Hände zitterten und mein Puls hämmerte. Mein Magen rebellierte. Immerhin zeigte mein Telefon Empfang, wenn auch nur sehr schwach. Ich stellte den Motor ab, beschloss jedoch, erst einmal abzuwarten und im verriegelten Auto sitzen zu bleiben. Wenn nötig, würde ich schnell das Weite suchen.

Wenige Minuten später näherte sich langsam ein dunkler Van. Er kam aus der gleichen Richtung wie ich kurz zuvor. Ein amerikanisches Fabrikat, GMC. Das Fahrzeug hielt in einem Abstand von etwa zwanzig Metern auf dem Weg an. Zwei Männer stiegen aus und gingen langsam auf meinen Porsche zu. Schwarze Cargohosen, Springerstiefel und schwarze Bomberjacken. Beide waren mindestens 1,90 Meter groß, hatten kurz geschorene Haare und Figuren wie Türsteher oder Elitesoldaten in Hollywood-Filmen. Zehn Meter vor meinem Auto blieben sie stehen. Einer schob die Jacke nach hinten und zog eine Pistole aus dem Holster. Daher also Jacken im Juni. Unbeweglich blieb ich sitzen. Während der eine seine Waffe auf mich richtete, gab der andere mir mit einer eindeutigen Handbewegung zu verstehen, dass ich aussteigen sollte. Das tat ich auch und blieb vor meinem Wagen stehen. Die beiden schauten sich kurz an und raunten sich etwas zu, für mich klang es Englisch.

„Also, die Unterlagen", befahl mir der Unbewaffnete in akzentfreiem Deutsch, während der andere mich keine Sekunde aus den Augen ließ und permanent die Pistole auf mich richtete.

„Wo ist Sophia?"

Ich versuchte mit fester, tiefer Stimme zu sprechen.

Die beiden Schränke warfen sich einen mitleidigen Blick zu.

„Ich glaube nicht, dass du hier Forderungen stellen kannst."

„Wo ist Sophia?"

Diesmal war meine Stimme fest.

„In Sicherheit. Noch. Die Unterlagen."

„Mir ist nicht klar, welche Unterlagen Sie meinen. Sie haben doch bereits alles. Mehr als auf Jordans Laptop gibt es nicht. Dort waren alle Details. Er war ja schließlich der Projektleiter."

Ich wollte einen Schuss ins Blaue abgeben, weil ich annahm, dass die beiden Herren beziehungsweise deren Auftraggeber im Besitz von Jordans Laptop waren und hinter allem steckten. Offenbar hatte ich getroffen, denn der sprechende Schrank schien nachzudenken. Dann kam er auf mich zu und baute sich vor mir in voller Größe auf. Ich konnte die blonden Stoppeln seines Drei-Tage-Barts erkennen.

Der andere wechselte seine Position, sodass er mich im Schussfeld behalten konnte.

Der Mann schaute mir kalt in die Augen. Ich hielt seinem Blick stand. Dann schlug er zu. Seine Faust bohrte sich tief in meine Magengrube. Mir blieb die Luft weg, ich kippte auf die Knie. Nach Atem ringend kämpfte ich gegen den Drang, mich zu übergeben. Er packte mich an den Haaren und zog mich wieder auf die Füße. Sein Gesicht kam meinem sehr nah, sodass ich seinen Atem riechen konnte, der nach Erdbeerkaugummi stank. Er sprach mit bedrohlich leiser Stimme.

„Klugscheißer stehen bei uns nicht hoch im Kurs. Verarsch uns nicht. Sonst kannst du die nächsten Blumen deiner kleinen Freundin aufs Grab legen. Die Unterlagen."

Es lief ganz und gar nicht gut. Der Kerl hielt mich noch immer an den Haaren gepackt. Ich wusste nicht, was mehr schmerzte, meine Kopfhaut oder mein Magen. Ich versuchte, wieder Herr der Lage zu werden und den Schlägertrupp zu beruhigen.

„Kein Stress, alles gut!"

Der Schrank ließ mich los.

„Also?"

„Ihr könnt es glauben oder nicht, ich weiß nichts von weiteren Unterlagen. Wenn ich die hätte, dann hätte ich sie doch mitgebracht. Oder glauben Sie, dass mir irgendein Technikkram wichtiger ist als meine Freundin?“

Die beiden Männer sahen sich fragend an. Der Punkt ging an mich. Jetzt durfte ich keinen Fehler machen.

„Ich könnte in die Firma fahren und nach weiteren Unterlagen suchen. Schließlich bin ich erst seit Mittwoch in der Abteilung, das wissen Sie bestimmt. Kann sein, dass es noch weitere Akten gibt, auf die ich bisher nicht gestoßen bin. Ich brauche nur etwas Zeit. Sie sind doch am Drücker! Sie haben doch nichts zu verlieren!“

Die Schränke wechselten wieder Blicke.

„Ok. Du hast bis zweiundzwanzighundert. Wenn du dann nicht lieferst, seid ihr beide tot, erst die Schlampe, dann du.“

Unvermittelt schlug er wieder zu, genau auf die gleiche Stelle. Ich fiel erneut zu Boden, mir blieb die Luft weg und ich kämpfte gegen das Ersticken. Gleichzeitig brannte meine Magengrube vor Schmerz und signalisierte den Wunsch, zu erbrechen. Ich wälzte mich im Dreck. Dann spürte ich einen Stiefel, der mein Gesicht seitlich auf den Boden drückte. Warum mussten sie mich jetzt noch quälen und demütigen? Aus meinen Schmerzen formte sich Zorn. Ohnmächtige Wut. Der Tritt, den ich noch verpasst bekam, ging da schon unter.

„Zweiundzwanzighundert.“

Ich hörte, wie sich die Männer entfernten und in ihr Fahrzeug einstiegen. Am Boden liegend, immer noch nach Atem ringend, öffnete ich wieder die Augen und sah, wie der Van wendete und sich entfernte.

Langsam kam ich wieder zu Atem. Als Amateurboxer musste ich auch den einen oder anderen Schlag einstecken, aber da war ich vorbereitet. Doch ein Boxhandschuh ist kein Vergleich zu den Fingerknöcheln an einer nackten Faust. Ich saß auf dem sandigen Waldboden, stützte mich nach hinten ab und starrte in den blauen Himmel. Atmen. Immerhin hatte ich Zeit gewonnen. Ich dachte an Sophia. Ob die Entführer mit ihr so brutal umgingen wie mit mir? Diese Dreckschweine. Die Vorstellung, dass sie Sophia schlugen oder gar Schlimmeres antaten, zerriss mich innerlich.

Ich hatte bis zweiundzwanzig Uhr Zeit gewonnen und sollte sie nutzen. Womit auch immer, aber sicherlich nicht damit, im Wald herumzusitzen. Ich rappelte mich vom Boden auf, klopfte den Schmutz so gut es ging von mir ab, wischte mit dem Handrücken den Waldboden aus meinem Gesicht und stieg in mein Auto.

Der Motor meines Porsches fauchte, als ich aufs Gas trat. Sand und kleine Steine wirbelten hinter mir auf, als ich meinen Frust am Gaspedal abreagierte und den schmalen Waldweg entlang raste. Mit hoher

Geschwindigkeit bog ich auf die Straße zurück, sodass das Heck des Fahrzeugs kurz ausscherte. Ich trat weiter aufs Gas. Der Sechszylinder hinter mir brüllte auf. Die 450 PS beschleunigten den Wagen mit Leichtigkeit auf über 160 Kilometer pro Stunde. Bäume flogen links und rechts an mir vorbei. Ich war im Tunnel. Wut und Zorn, brennende Kopfhaut und schmerzende Magengrube, Demütigung und Verzweiflung, Sophia, alles vermengt sich in mir. Plötzlich tauchte vor mir der schwarze Van auf. Er fuhr nicht sonderlich schnell, offensichtlich hatten die Gangster es nicht eilig. Ich näherte mich ihnen wie im Tiefflug. Dann brannte bei mir die Sicherung durch.

Die Straße durch den Wald war recht schmal, es passten gerade so zwei Fahrzeuge nebeneinander. Trotzdem überholte ich den GMC. Als ich auf seiner Höhe war, trat ich voll auf die Bremse und passte mich seiner Geschwindigkeit an. Ich zog hart nach rechts, rammte den Van und drückte weiter nach rechts. Dumpfes, metallisches Kratzen, Knirschen und Quietschen drang in meine Ohren, als die Fahrzeuge sich berührten und aneinander rieben. Adrenalin und Glücksgefühle schossen durch meinen Körper, während ich die Mistkerle von der Straße schob. Unvermittelt begann mein Porsche auszubrechen, ich musste kämpfen, um nicht die Kontrolle über das Fahrzeug zu verlieren. Wie wild kurbelte ich am

Lenkrad. Dann stand ich quer auf der Straße. Der Motor starb ab, Staub wirbelte auf und Totenstille breitete sich aus.

Langsam verflog mein Rausch und mein Verstand begann wieder einzusetzen. Ich sah mich in meinem Wagen um. Keiner der Airbags hatte ausgelöst, alles schien einigermaßen heil geblieben zu sein.

Wo blieb der Van mit seinen gewalttätigen Irren? Panisch schaute ich mich um. Dann sah ich ihn. Oder besser gesagt, was von ihm noch übrig war. In einiger Entfernung hinter mir hing das schwarze Fahrzeug in den Bäumen. Soweit ich sehen konnte, war die Front völlig zerstört. Von den Männern keine Spur. Nichts wie weg war mein erster Reflex. Ich versuchte, meinen Wagen zu starten und beim zweiten Versuch sprang er auch an. Langsam rollte ich los, um zu prüfen, ob der Porsche noch fahrtüchtig war. Er fuhr nicht ganz gerade, aber er fuhr. Irgendetwas rappelte am rechten Vorderrad.

Nach einigen Metern hielt ich wieder an und begann nachzudenken. In dem einsamen Waldstück war an dem Sonntagmorgen keinerlei Verkehr. Ich ließ den Rückspiegel nicht aus den Augen. Aber am Van bewegte sich nichts. So langsam drang in mein Gehirn, was gerade passiert war. Ich hatte Sophias Entführer von der Straße gedrängt. Sie schienen schwer verletzt oder gar tot zu sein. Sie würden vielleicht nicht zu

Sophia zurückkehren können, und falls die beiden allein arbeiteten, dann saß meine Kollegin irgendwo allein fest und niemand wusste wo. Im schlimmsten Fall würde sie verdursten. Was um alles in der Welt hatte ich Vollidiot angerichtet? Da schoss mir durch den Kopf, dass Sophia sich vielleicht mit den Entführern im Van befand. Ich konnte gerade noch hektisch die Fahrzeugtür öffnen, bevor ich mich auf die Straße übergab.

Wie gelähmt saß ich in meinem Sportsitz. Ich musste nachsehen, ob Sophia in dem Van war, auch wenn das einfach nicht sein durfte. Und falls sie dort nicht war, musste ich herausfinden, wo sie versteckt wurde. Meine einzige Chance war, Hinweise im Wrack des Entführerautos zu finden. Alles in mir wehrte und sträubte sich dagegen, dem Van auch nur einen Meter näher zu kommen. Es half nichts. Ich legte den Rückwärtsgang ein und setzte langsam zurück.

Kurz vor der Unfallstelle stoppte ich, ließ den Motor sicherheitshalber laufen und legte den Vorwärtsgang ein. Ich drehte mich um und versuchte, durch die Heckscheibe Genaueres zu erkennen. Das Auto war auf der Fahrerseite an einen Baum geprallt. Bis hinter die Fahrertür war es eingedrückt. Die Beifahrerseite war von mir abgewandt. Um hier etwas zu sehen, musste ich aussteigen. Ich wartete einen kurzen Moment und beobachtete die Unfallstelle. Niemand war zu sehen, nichts bewegte sich. Dann stellte ich den Motor ab und stieg aus.

Je näher ich kam, desto deutlicher konnte ich die Zerstörung des GMC erkennen. Anscheinend war das Auto ungebremst an den Baum geknallt. Vermutlich hatten die Gangster mich nicht anfliegen sehen und waren völlig überrascht worden. Ich ging hinten um den Wagen herum, das Heck war unbeschädigt. Möglichst leise versuchte ich, eine der Hecktüren einen Spalt zu öffnen, was problemlos gelang. Ich spähte in den Van, die Anspannung zerriss mich fast. Doch außer einer grauen Decke war der Laderaum leer, keine Sophia. Mehr als erleichtert, lehnte ich die Tür an und atmete tief durch. Ich hatte meine Kollegin also mit meiner unüberlegten Aktion nicht verletzt oder gar getötet. Nichtsdestotrotz schwebte sie noch immer in Lebensgefahr. Ich musste weitermachen. Vorsichtig näherte ich mich der Beifahrerseite. Die rechte Front war ebenfalls stark eingedrückt, jedoch bei Weitem nicht so katastrophal wie die andere Seite. Überall lagen Glasscherben. Die Windschutzscheibe war um den Baum gewickelt, die Seitenscheibe gab es nicht mehr. Mein Herz pochte bis zum Hals, als ich einen vorsichtigen Blick ins Innere des Fahrzeugs warf. Beinahe hätte ich mich gleich wieder übergeben.

Der sprechende Schrank saß auf dem Beifahrersitz, der jedoch irgendwie nach hinten verschoben war. Der

Typ hing leicht verdreht in seinem Gurt, das Gesicht blutüberströmt, und bewegte sich nicht. Am Steuer saß dann wohl der andere Kerl, der mich mit der Waffe bedroht hatte. Aber genau konnte ich das nicht erkennen, der Van und der Mann waren eins geworden. Ich taumelte zurück und wäre der Länge nach hingeschlagen, wenn nicht ein Baum hinter mir gestanden hätte. Ich hatte gerade zwei Menschen getötet. Das alles geriet völlig außer Kontrolle.

Mein Entsetzen über mich selbst wich etwas, als ich mir klarmachte, dass es sich um Schwerstkriminelle handelte, die vermutlich Felix Jordan getötet und obendrein Sophia Hart entführt hatten. Vielleicht steckten sie auch hinter dem Anschlag auf mich und waren in Mechtersheims Ableben involviert, nachdem er nicht mehr gebraucht worden war. Es war Notwehr gewesen. Ich hatte den Krieg nicht begonnen. Oder einfach ein bedauerlicher Unfall.

Ich musste verschwinden, bevor jemand vorbeifuhr und mich entdeckte. Aber vorher brauchte ich einen Hinweis, wo Sophia festgehalten wurde. Also ging ich zurück und schaute erneut durch das fehlende Beifahrerfenster ins Innere des Fahrzeugs, in der Hoffnung, irgendetwas zu finden, was mir weiterhelfen konnte. Ich steckte meinen Oberkörper durch die Fensteröffnung. Dabei berührte ich fast den blutüberströmten Beifahrer. Mir lief es eiskalt den

Rücken hinunter. Ich suchte nach irgendwelchen Zetteln oder Notizen, aber in den Trümmern war nichts auszumachen. Dann atmete ich tief durch, überwand mich und durchsuchte die Jackentaschen des Gangsters. Plötzlich hatte ich dessen Smartphone in der Hand. Ich war wie elektrisiert.

Das Telefon war unbeschädigt, aber gesperrt. Ohne nachzudenken packte ich den Zeigefinger der leblosen rechten Hand des Besitzers, legte ihn auf den Fingerabdruckscanner - und das Gerät gewährte mir Zugang.

Ich begann, das Smartphone mit einer Systematik zu durchsuchen, als wäre es meine tägliche Arbeit. Ich funktionierte einfach. Zunächst öffnete ich die Anrufliste. Um keine Zeit zu verlieren, nahm ich mein Smartphone aus der Hosentasche und begann den Verlauf abzufotografieren. Ich würde das später genauer ansehen. Dann öffnete ich den Kartendienst, und das Glück war auf meiner Seite. Offensichtlich war das Smartphone als Navi verwendet worden, denn das letzte Ziel war der Treffpunkt im Wald gewesen. Ich fotografierte alle Ziele in der Historie, die meisten waren Münchener Adressen. Auch meine war darunter. Dann wischte ich das Smartphone ab, um meine Fingerabdrücke zu entfernen, und warf es zurück in den Van. Höchste Zeit zu verschwinden.

Auf halber Strecke zurück nach München verließ ich die Bundesstraße und fuhr in ein Industriegebiet, das am Sonntag menschenleer war. Vor der weißen Halle einer Baufirma stellte ich meinen Wagen auf einem leeren Parkplatz ab und stieg aus. Ich brauchte frische Luft und musste meine nächsten Schritte planen. Außerdem musste ich mir den Wagen ansehen. Er zog immer stärker nach rechts. Die Vibrationen an der Vorderachse hatten während der Fahrt zugenommen.

Die rechte Seite war der Länge nach mit Beulen und tiefen Kratzspuren übersät. Da sowohl der Van als auch mein Porsche schwarz lackiert waren, konnte man bei flüchtigem Blick trotzdem den beträchtlichen Schaden fast übersehen. Das rechte Vorderrad sah übel aus, immerhin hatte der Reifen noch Luft. Vermutlich hatte die Radaufhängung etwas abbekommen. Fürs Erste war der Wagen aber noch halbwegs fahrtüchtig. Ich würde mich später um die unauffällige Beseitigung der Schäden kümmern. Jetzt musste ich Sophia finden.

Ich lehnte mich an mein Auto und begann, die abfotografierten Daten durchzusehen. Als Erstes nahm ich mir die Zielehistorie aus dem Kartendienst vor. Eine Adresse kam häufiger vor als alle anderen. Ich gab diese in meine Navi-App ein. Das Ziel lag im feinen Grünwald, dem Wohnort der Reichen und Schönen im Süden von München. Möglicherweise war das die Zentrale der Gangster. In Grünwald gab es viele große Häuser und Villen, man legte großen Wert auf Privatsphäre und Diskretion. Sicherlich kein schlechter Platz, um ungestört kriminellen Machenschaften nachzugehen. Ich würde es auf einen Versuch ankommen lassen müssen.

Anschließend ging ich die Anrufliste durch. Insgesamt gab es nur Verbindungen zu wenigen unterschiedlichen Nummern. Ausgehend von den Vorwahlen schien es sich ausnahmslos um Mobiltelefonnummern zu handeln. Nur einmal gab es eine Verbindung mit einer US-amerikanischen Vorwahl. War mein Gegner die CIA? Meine morgendlichen Bekanntschaften hatten auf mich einen militärisch ausgebildeten Eindruck gemacht. Mich gruselte. Auf der anderen Seite klang das wenig wahrscheinlich. Ich konnte mir nicht vorstellen, dass der amerikanische Geheimdienst derart aggressiv und plump auf deutschem Territorium vorging. Mir wäre auch neu gewesen, dass sich die CIA für umweltfreundliche Technologien interessiert. Das musste nichts bedeuten, es gab sehr viele Anschlüsse in den USA.

Eine Stimme in mir meldete sich mit dem dringenden Appell, dass es jetzt wirklich an der Zeit war, die Polizei einzuschalten und die Überprüfung der Adresse Profis zu überlassen. Spezialisten könnten auch die angewählten Mobiltelefone orten. Es war ganz eindeutig der Moment gekommen, meine Erkenntnisse der Polizei zu übergeben. Nur, wie sollte ich erklären, woher ich die Informationen hatte? Und obendrein lagen zwei Tote am Wegesrand im Ebersberger Forst, die ich unter keinen Umständen mit mir in Verbindung bringen wollte. Ein Festmahl für Perlinger. So entschied ich mich, erst einmal selbst den Ort auszukundschaften. Vielleicht war es ja auch gar nicht das Versteck der Entführer. Gegebenenfalls konnte ich dann noch immer die Polizei mitsamt Sondereinsatzkommando bestellen.

Die Fahrt nach Grünwald war mühsam. Es kostet mich viel Aufmerksamkeit, den ständig ausbrechenden Wagen auf der Straße zu halten. Ich wollte aber auch nicht unnötig Zeit verlieren, deswegen versuchte ich, so zügig wie möglich zu fahren. Zumindest war ich abgelenkt und konnte mir nicht zu sehr den Kopf über die nicht enden wollenden Katastrophen zerbrechen, in die ich gerade mit atemberaubender Geschwindigkeit hineinschlitterte.

Ich näherte mich dem Ziel. Die Adresse lag in einem Villenviertel. Hier bestimmten große Grundstücke mit hohen Zäunen oder Hecken das Bild. Nur gelegentlich konnte man einen Blick auf die stattlichen Häuser dahinter werfen. Einer der Munisol-Vorstände wohnte in der Nähe. Er würde doch mit der Entführung nichts zu tun haben?

Ich rollte langsam an der Zieladresse vorbei, ein großes Eckgrundstück, das mit einer halbhohen Mauer und einer blickdichten, hohen Koniferenhecke dahinter umgeben war. Die Einfahrt war mit einem mannshohen Stahltor geschützt, daneben stand ein Mast mit Überwachungskameras. In einigem Abstand hinter dem Tor konnte ich ein villentypisches, dunkles Walmdach erkennen. Ernüchtert bog ich in die Seitenstraße und parkte am Straßenrand. Wie sollte ich herausfinden, ob sich Sophia in dem Anwesen befand? Ich spielte mit dem Gedanken, nun doch die Polizei anzurufen. Doch was sollte ich sagen? Dass ich vor einer Villa in Grünwald stehe und vielleicht eine entführte Kollegin im Haus ist? Genauso gut konnte hier ein Fußballstar wohnen. Dass ich die Adresse aus dem Smartphone eines toten Mannes kopiert habe, dessen Auto ich vorher von der Straße gedrängt hatte? Die Lage war verfahren.

Ich stieg aus dem Auto aus und ging die Straße weiter, um einen besseren Eindruck von der Umgebung zu bekommen. Es war mittlerweile früher Mittag. Anwesen reihte sich an Anwesen, es herrschte praktisch kein Verkehr. Man saß wohl hinter den Mauern und Hecken und genoss den warmen Sonntagmittag am Pool oder auf der Terrasse. Da wäre ich jetzt auch lieber gewesen. Stattdessen trieb ich mich in Grünwald herum und versuchte, mir unauffällig Zugang zu einem fremden Haus zu verschaffen, um dieses auszukundschaften.

Nachdem ich an zwei oder drei Grundstücken entlangspaziert war, drehte ich um und schlenderte langsam zurück. Ich wechselte die Straßenseite, um einen besseren Blickwinkel auf mein Ziel zu bekommen, dem ich mich nun von hinten näherte. Auch von dieser Seite war abgesehen vom Dach des Hauses wenig zu erkennen. Dafür erregte etwas anderes meine Aufmerksamkeit. Das Grundstück, welches rückwärtig am möglichen Gangsterversteck anschloss, war nur mit einer etwa brusthohen Mauer umschlossen und man konnte zwischen losen gepflanzten Büschen durchsehen. An der Grenze zu meinem Ziel stand kleines Gebäude mit großen Scheiben und flachem Dach. Davor befand sich eine Terrasse, die an einen hübschen Swimmingpool angrenzte. Das Gebäude war wohl so eine Art Außenwohnzimmer, um eine gute Zeit am Pool zu genießen. Das Interessante war ein halbhoher holzverkleideter Verschlag neben der Chillout-Area. Ich vermutete, dass dort die Pooltechnik untergebracht war. Es sollte kein Problem darstellen, darauf und von dort auf das Dach des Gebäudes zu gelangen. Von da hätte ich zumindest einen guten Blick auf das

Nachbarhaus und könnte sogar auf das Grundstück gelangen.

Ich spähte durch die Sträucher und konnte niemanden am Pool ausmachen. Jetzt oder nie. Die Mauer war kein großes Hindernis. Im Schutz der Büsche schlich ich mich Richtung Pool. Noch immer war niemand zu sehen und auch im Haus bewegte sich nichts. Ich stieg auf den Technikkasten, zog mich von dort auf das Dach hoch und legte mich sofort flach hin. Klar, vom Dachgeschoss der Häuser war ich zu sehen, aber falls jemand im Garten herumlief, musste er mich ja nicht sofort bemerken.

Das Nachbarhaus war eine typische Neunzigerjahre-Villa. L-förmig, große Fenster auf eine weitläufige Terrasse. Das Dach war durchsetzt mit großen Gauben. Natürlich fehlte auch nicht der obligatorische Swimmingpool. Ich konnte weder im Garten noch im Haus jemanden erkennen. Alles war still, nur eine der Terrassentüren stand sperrangelweit offen.

Es ergaben sich für mich vier Möglichkeiten. In dem Haus wohnten anständige Menschen und alles war ein großer Irrtum. Oder es war das Hauptquartier der Gangster, aber Sophia war an einem anderen Ort. Oder Sophia war da und hatte Bewacher. Oder Sophia war allein dort und es gab nur die Entführer, die ich im wörtlichen Sinne aus dem Verkehr gezogen hatte. Die ideale letzte Variante hatte eine Wahrscheinlichkeit von fünfundzwanzig Prozent, was nichts anderes bedeutete, als dass ich schleunigst verschwinden sollte. Als ich mich bereits auf dem Rückzug befand, wurde mir schlagartig klar, dass Sophia wichtiger war als Wahrscheinlichkeitsrechnungen. Also schluckte ich ein paar Mal, nahm Anlauf und sprang mangels besserer Ideen vom Dach über die Hecke auf den Nachbarrasen. Auch wenn das Gebäude recht niedrig war, landete ich hart, verlor das Gleichgewicht und fiel auf den Rasen. Wenig elegant, aber ich war auf dem Grundstück.

Dicht an die Hecke gedrängt humpelte ich mit schmerzenden Knöcheln in Richtung Terrasse und offenes Fenster. Um in das Haus hineinschauen zu können, musste ich meine Deckung verlassen und ein Stück quer über den Rasen zur Terrasse laufen. Ich holte tief Luft und rannte geduckt los. Niemand schien mich zu bemerken. Ich drückte mich mit dem Rücken an die Mauer links von der geöffneten Terrassentür, wartete und lauschte. Kein Geräusch war zu hören. Absolute Stille.

Nach einer Ewigkeit nahm ich all meinen Mut zusammen und schlich geduckt durch die offene Tür. Ich betrat offensichtlich das Wohnzimmer, in dem eine schwere Ledersitzgruppe mir Deckung bot. Wieder wartete ich und lauschte. Kein Laut, das Gebäude schien menschenleer. Und warum ließ man dann die Terrassentür offenstehen? Mein Puls schlug schneller.

Nachdem ich mehrere Minuten im Schutz des Sofas verharrt hatte, überwand ich mich und schlich um die Sitzgruppe herum. Ich spähte vorsichtig durch den rechten geöffneten Flügel der Doppeltür, die auf einen breiten Korridor führte. Und erschrak fast zu Tode. Auf den weißen Fliesen in der Mitte einer großzügigen Eingangshalle lag eine männliche Person regungslos auf dem Rücken in einer roten Pfütze. Der Mann hatte das Format der Schränke vom Vormittag und war ähnlich gekleidet. Da er keine Jacke trug, war sein Holster zu sehen, in dem eine Waffe steckte. Ich konnte eine Einschussstelle in der Brust des Mannes erkennen und ein Einschussloch auf der Stirn. Ich nahm an, dass er überrascht worden war, ansonsten hätte er doch seine Waffe gezogen. Erschossen sich die Gangster nun gegenseitig? Meine Gedanken überschlugen sich. Was sollte das nun wieder bedeuten? Immerhin hatte ich ihren Unterschlupf gefunden, denn nach Fußballspielern sah das nicht aus.

Vorsichtig schlich ich im Erdgeschoss von Raum zu Raum. Die Küche wirkte aufgeräumt, lediglich ein paar Wasserflaschen standen auf dem Tisch. Dann warf ich einen prüfenden Blick ins Gäste-WC, welches sich wie bei so ziemlich jedem Haus neben dem Eingang befand. Immer wieder blieb ich stehen und lauschte, ob ich irgendwo ein Geräusch vernehmen konnte, aber alles blieb still. Ich fragte mich, ob Sophia im Haus war. Andererseits war nicht davon auszugehen, dass sie permanent laut um Hilfe schreien würde und so womöglich den Zorn ihrer Bewacher auf sich zog.

Also suchte ich weiter nach ihr. Die nächste Tür in der Eingangshalle war nur angelehnt. Ich schob sie einen Spalt auf und erstarrte. In dem Zimmer befanden sich mehrere Tische U-förmig angeordnet, welche mit Monitoren und Computern vollgestellt waren. Vor einem der Computer saß auf einem Bürosessel ein Mann mit dem Rücken zu mir. Er bewegte sich nicht. Eigentlich saß er auch nicht richtig in dem Stuhl, sondern hing schlaff darin. Dann bemerkte ich das Loch in seinem Hinterkopf. Ich betrat vorsichtig den Raum und musste mit aller Kraft gegen den Brechreiz ankämpfen. Das Gesicht und der vordere Teil des Kopfes des Mannes waren von der austretenden Kugel weggerissen worden und über den mittleren Schreibtisch und die Bildschirme verteilt. Ich versuchte tief und langsam zu atmen. Für so einen Anblick war ich nicht gemacht. Mein geschundener Magen verkrampfte sich erneut.

Zur Ablenkung betrachtete ich die Bildschirme auf den seitlichen Tischen etwas genauer. Jeder Monitor zeigte die Bilder von je vier Überwachungskameras. Darauf waren der Außenbereich der Villa zu sehen, die

Straße, das Tor, die Auffahrt, die Terrasse und der Garten. Mir lief ein eiskalter Schauer den Rücken herunter. Ich war also direkt durch das Bild gelaufen und wäre vermutlich äußerst unfreundlich empfangen worden, wenn die Bewacher nicht vorher erschossen worden wären. Dabei hatte ich gar keine Kameras gesehen. Wer hatte die beiden Männer getötet? Und viel wichtiger, wo waren der oder die Killer? Noch im Haus? Ich war wie versteinert. Mein Poloshirt wurde immer stärker von meinem Angstschweiß durchtränkt. Wieder horchte ich. Wieder alles mucksmäuschenstill.

Mein Blick wanderte auf den nächsten Bildschirm. Ich konnte kaum glauben, was ich sah. Das waren eindeutig die Büros meiner Abteilung bei der Munisol! Ich konnte den Kicker erkennen, der im ersten Stock im Aufenthaltsbereich der Projektleiter stand. Ein anderer Ausschnitt zeigte eines der Glaskastenbüros. Die Kamera schien an der Decke hinter dem Schreibtischstuhl versteckt. Man konnte von schräg oben auf einen sehr aufgeräumten Schreibtisch schauen. Das war eindeutig der von Jordan. Die Munisol war verwanzt! Das war alles vollkommen irre. Doch bevor ich weiter über die Konsequenzen meiner Entdeckung nachdenken konnte, fiel mein Blick auf einen Monitor auf dem Tisch gegenüber. Ein Kamerabild zeigte einen halbdunklen Raum. In der Mitte stand ein Stuhl, auf dem eine Person saß, die einen Sack über dem Kopf hatte. Eindeutig eine Frau. Ihre Handgelenke und Knöchel waren an den Stuhl gebunden. Sophia. Mein Herz raste vor Aufregung, meine Hände zitterten. An der Wand des Raums war ein typisches Kellerfenster zu sehen.

Ich ging zurück in die Eingangshalle und suchte die Kellertreppe. Sophia musste einfach hier sein. Den Gedanken, dass sie auch an einem anderen Ort sein konnte, wollte und konnte ich nicht zulassen. Die breite, repräsentative Treppe in der Halle führt nur nach oben. Verzweiflung und ohnmächtige Enttäuschung überfielen mich. Hatte dieses verdammte Haus kein Untergeschoss? Ich konnte nicht aufgeben. Nicht hier und nicht jetzt. Also vermied ich, über den Toten in seiner Blutlache zu stolpern und suchte nach einer Kellertreppe.

Leise und vorsichtig öffnete ich die übrigen Türen im Erdgeschoss, eine nach der anderen. Jedes Mal stockte mir der Atem, wenn ich in ein Zimmer schaute. Noch mehr Tote? Oder zur Abwechslung ein Lebender, der mich dann erschoss? Nach zwei leeren Zimmern wurde ich fündig. Hinter der Tür führte eine geflieste Treppe nach unten. Am liebsten hätte ich laut gejubelt, aber ich riss mich zusammen und biss mir auf die Lippen. Ohne das Licht einzuschalten und so geräuschlos wie möglich tastete ich mich die Treppe hinunter.

Es war nicht völlig finster und meine Augen gewöhnten sich rasch an die Lichtverhältnisse. Die Treppe endete in einem größeren Vorraum, von dem sowohl Türen wie auch ein langer Gang aus gingen. Wieder Türen. Wieder Lauschen. So langsam hatte ich Routine. Einen Spalt weit aufmachen, vorsichtig reinschauen, warten, ob sich etwas bewegt, dann ganz aufmachen. Die erste Tür führte in ein Billardzimmer, die nächste in einen Vorratsraum. Als ich die dritte Tür öffnete, musste ich kurz vor Glück die Augen schließen.

Ich erkannte das Kamerabild sofort wieder. In der Mitte des ansonsten leeren Raums stand der Metallstuhl mit der festgebundenen Sophia. Sie trug Sportkleidung. Ihre Handgelenke und Knöchel waren mit Klebeband an die Armlehnen und Stuhlbeine gefesselt. Über ihren Kopf war ein schwarzer Stoffsack gestülpt. Der Raum war nicht ganz so dunkel, wie es auf dem Kamerabild ausgesehen hatte, der Lichtschacht machte seinem Namen Ehre.

„Sophia!“, flüsterte ich. „Ich bin’s, Kai.“

Der Sack bewegte sich und ich konnte ein leises Grunzen hören. Vermutlich war sie geknebelt. Ich nahm vorsichtig den Sack ab und blickte in Sophias Gesicht. Obwohl es nicht besonders hell in dem Raum war, schien das Kellerlicht im ersten Moment in ihren Augen zu schmerzen. Dann sah sie mich an, als wollte sie mir etwas sagen, aber ihr Mund war mit Klebeband verschlossen. Tränen liefen über ihr Gesicht. Ich traute mich nicht, das Klebeband einfach abzureißen, ich wollte sie nicht verletzen.

„Nur einen Moment noch, ich mach dich los!“

Sophias flehender Blick ließ etwas in mir zerspringen. Ich versuchte, ihre Hände loszubekommen, aber das Band klebte wie der Teufel. Verzweiflung stieg in mir auf. Wir mussten dringend hier weg. Aber es half nichts, ich benötigte irgendeinen scharfen Gegenstand, um die Fesseln durchzuschneiden.

„Ich muss ein Messer holen.“

Schweren Herzens ließ ich Sophia zurück und rannte so leise wie möglich die Treppe hinauf in die Küche. Einmal blieb ich kurz stehen, um zu lauschen, es war noch immer alles still. Ich fühlte, dass mir die Zeit davonlief. Bevor hier jemand auftauchte, mussten wir raus sein. Ich war schon viel zu lange in dem Haus. Hektisch nahm ich ein Küchenmesser und rannte zurück zu Sophia in den Keller. Vorsichtig schnitt ich das Klebeband durch, zuerst an ihren Handgelenken, dann an den Knöcheln. Sophia riss ihre Hände los und befreite sich von dem Klebeband über ihrem Mund. Sie schrie kurz auf vor Schmerz.

„Wir müssen leise sein.“

Ich entfernte das Klebeband an ihren Beinen und half ihr aus dem Stuhl. Sie wankte. Kein Wunder, nachdem sie stundenlang festgebunden war.

„Kai!“

„Leise. Wir müssen weg hier. Bist du ok? Kannst du laufen?“

Sie nickte schwach. Ich hielt sie am Arm und nach ein paar wackeligen Schritten hatte sie sich wieder gefangen.

„Bleib dicht hinter mir.“

Ich schlich die Treppe hinauf, Sophia dahinter. Bevor wir in die Halle traten, drehte ich mich zu ihr um.

„Nicht erschrecken und nicht darüber fallen, da liegt einer deiner Entführer tot im Flur.“

Sophia schaute mich entsetzt an.

„Hast du …?“

Ich erklärte ihr leise, dass jemand anderes ihre Bewacher erledigt hatte. Nach erneuter Prüfung, ob die Luft rein war, rannten wir zu der zum Glück unverschlossenen Eingangstür. Ich nahm Sophia an der Hand und wir liefen, so schnell wir konnten, die Auffahrt hinunter zum Eingangstor. Da ich keine Zeit damit verschwenden wollte herauszufinden, wie man das Tor öffnen konnte, half ich kurzerhand meiner Kollegin, drüber zu klettern. Anschließend zog ich mich selbst hoch und sprang auf der anderen Seite hinunter. Meine Knöchel meldeten sich umgehend.

Als wir in endlich in meinem Wagen saßen, überkam mich eine unendliche Erleichterung. Tränen stiegen mir in die Augen. Ich bemerkte erst jetzt, welche Anspannung sich in mir aufgestaut hatte, die nun allmählich abzufallen begann. Ich startete den Porsche und fuhr los. Nichts wie weg hier. Sophia saß unbeweglich neben mir und starrte ins Leere, während ich mich auf den bockigen Porsche konzentrierte.

„Ich friere, ich habe Durst und ich muss aufs Klo."

Mehr sagte sie nicht.

Auf der Rückbank lag eine Jacke von mir. Ich griff hinter mich und reichte sie ihr. Sophia wickelte sich damit ein. Sie zitterte am ganzen Körper.

Ich ließ mich zum nächsten amerikanischen Schnellrestaurant navigieren. Während Sophia auf die Toilette ging, kaufte ich Wasser, Cola, Burger und Pommes. Wir gingen zurück zum Auto, ich gab Sophia das Wasser und nahm mir eine Cola. Das Essen rührten wir beide nicht an.

Dann stellte Sophia ihren Becher zur Seite, beugte sich zu mir herüber, umarmte mich und fing an zu weinen. Sie schluchzte und ihr ganzer Körper bebte. Da ich nicht wusste, was ich sagen sollte, sagte ich gar nichts und drückte sie nur sanft an mich. Als sie keine

Tränen mehr übrig hatte, richtete sie sich wieder auf und starrte erneut ins Leere.

„Ich hatte eine solche Scheißangst. In was für einen Mist bin ich hier hineingeraten?"

Als sie anfing zu reden, schloss ich die Augen. Ich wartete darauf, dass sie mir Vorwürfe machte und mich fragte, in was ich sie hineingezogen hatte. Aber das tat sie nicht. Einerseits war ich erleichtert, aber andererseits fühlte ich mich trotzdem zutiefst schuldig, auch wenn ich selbst anscheinend zwischen die Fronten geraten und zum Spielball geworden war. Ich gab ihr eine Kurzfassung der Ereignisse. Dabei berichtete ich die Sache mit dem Van in einer alternativen Fassung, die meine Beteiligung am Umfall ausließ.

„Verstehe ich das richtig, jemand versucht, unsere Technologie zu stehlen, besticht und tötet unsere Mitarbeiter? Das hat aber alles nicht richtig funktioniert und es fehlen wichtige Informationen, um die Erfindung kopieren zu können. Deswegen geht man zum Chef der Abteilung, also zu dir. Um dich zur Zusammenarbeit zu motivieren, hat man mich entführt, weil die Gangster denken, dass wir ein Paar sind?"

„So ungefähr. Du in meinem Hauseingang, ich schicke dir Blumen … So mal kurz drauf geschaut, könnte man zu dem Schluss kommen."

„Dass mich Blumen einmal fast das Leben kosten würden ...“

Sie schüttelte ungläubig den Kopf.

„Möchtest du mir erzählen, was dir passiert ist?“

Nach einem kurzen Moment setzte sie vorsichtig an. Es fiel ihr sichtlich schwer. Am Morgen war sie früh aufgestanden und hatte den schönen Sommertag mit einer Runde Joggen vor dem Frühstück beginnen wollen. Bereits nach ein paar hundert Metern wurde sie von zwei Männern gepackt und in einen Lieferwagen gezerrt. Sie wurde gefesselt, geknebelt und ein Sack wurde ihr über den Kopf gezogen, sodass sie nichts mehr sehen konnte. Man habe ihr erklärt, dass, wenn sie nicht kooperierte, man sie erst quälen und dann töten würde.

Mein Mund wurde trocken und ich konnte Sophia nicht in die Augen blicken.

Dann wurde sie aus dem Wagen getragen, auf einen Stuhl gesetzt und dort festgeklebt. Sie hatte die ganze Zeit den Sack über dem Kopf und keine Ahnung, wo sie war. Irgendwann sollte sie das Passwort für ihr Smartphone nennen. Später musste sie mich zur Kooperation auffordern. Ansonsten saß sie stundenlang auf dem Stuhl, die Augen verbunden, und hatte viel Zeit, vor Angst fast zu sterben.

Sophia erzählte ihre Geschichte völlig emotionslos, als ob sie aus der Zeitung vorlese. Sie war ohne

Zweifel traumatisiert und benötigte ärztliche Hilfe. Immerhin gab es keine Hinweise darauf, dass die Entführer sie geschlagen oder gar angefasst hätten.

„Ich bring dich jetzt zur Polizei. Du benötigst Hilfe."

Sie widersprach mir nicht und ich startete den Wagen. Die Adresse vom Landeskriminalamt war in noch meinem Navi gespeichert. Perlinger sollte sich um Sophia kümmern. Ich konnte ihn zwar nicht leiden, aber ich ging davon aus, dass er wusste, was zu tun war. Ich wollte vermeiden, dass Sophia auf irgendeiner Polizeistation herumsaß und niemand sie angemessen betreute.

Auf der Fahrt in die Innenstadt sprachen wir kaum ein Wort. Sophia blickte weiterhin ins Leere und ich wusste nicht, was ich sagen sollte. Ich steckte in dem Dilemma, dass ich einerseits wollte, dass Perlinger und seine Truppe sich um Sophia kümmerten und sie schützten. Andererseits hatte ich keinerlei Bedürfnis, der Polizei zu nahe zu kommen und erklären zu müssen, wie es zu der Befreiungsaktion gekommen war und warum in meiner Nähe auf einmal so viele Tote herumlagen.

Also bat ich Sophia, bei der Polizei die Geschichte ihrer Befreiung etwas anders zu erzählen. Nämlich, dass plötzlich jemand in den Raum gekommen sei, das Klebeband durchschnitt und sie anwies, bis hundert zu zählen, bevor sie den Sack vom Kopf nehmen durfte und verschwinden konnte. Das habe sie dann auch so gemacht. Im Gang wäre sie fast über einen Toten gefallen. Dann sei sie aus dem Haus gerannt, über das Tor geklettert und habe ein vorbeifahrendes Auto angehalten und den Fahrer gebeten, sie zur Polizei zu fahren. Es war beachtlich, mit welcher Leichtigkeit ich mittlerweile Märchen erfinden konnte.

Erstaunlicherweise stellte Sophia keine Fragen und sagte nur: „OK. Du kannst dich auf mich verlassen."

Bevor sie in der Nähe des Präsidiums ausstieg, umarmte sie mich noch einmal.

„Du hast dein Leben für mich riskiert."

Dann verschwand meine vermeintliche Geliebte in dem Polizeigebäude. Sophia hatte sich noch immer in meine Jacke gewickelt, obwohl es mittlerweile warmer Sommer war. Ich schaute ihr kurz nach und hoffte, dass Perlinger meine Jacke nicht erkannte. Mir fiel ein, dass ich Sophia immer noch nicht gefragt hatte, was sie eigentlich neulich von mir wollte. Wir hatten eine wirklich gestörte Kommunikation. Nein. Ich hatte eine gestörte Kommunikation. Es war Zeit, das Weite zu suchen.

Inzwischen war es kurz vor vier. Ich musste mich sortieren. Als Erstes sollte ich meine Spuren verwischen und meinen ramponierten Porsche loswerden sowie Ersatz auftreiben. Ich rief Ferhat an und erklärte ihm, dass ich dringliche Probleme mit meinem Wagen hätte. Zufälligerweise war der Goldkerl gerade in seinem Autohaus und verbrachte den Sonntagnachmittag mit Papierkram.

„Wenn du nicht wieder Schlägereien anfängst, kannst du einfach vorbeikommen, ich bin sowieso im Büro."

Ich war unheimlich erleichtert und spürte, wie die Anspannung weiter von mir abfiel. Mit Mühe schaffte ich die Strecke vom Landeskriminalamt in der Innenstadt zu Ferhats Porsche-Niederlassung im Münchener Norden. Das Auto fuhr mittlerweile in so ziemlich jede Richtung, nur nicht geradeaus. Ich stellte den Porsche vor der Reparatur-Annahme ab, da kam Ferhat schon aus dem Gebäude.

„Mann, Mann, Mann. Ich frag lieber nicht."

Ferhat hatte den Porsche auf die Hebebühne gefahren und betrachtete mit Hilfe einer Montagelampe von unten den Schaden am rechten Vorderrad.

„Neue Radaufhängung rechts, Achse dazu, einmal komplett alles. Dann noch der Karosserieschaden, mindestens eine Woche. Übrigens siehst du ähnlich beschissen aus wie dein Auto. Mach dich mal sauber. In der Zwischenzeit gehe ich zaubern."

Er brachte mich in die Umkleide seiner Werkstatt und warf mir ein T-Shirt seiner Firma zu. Ich zog mein verschwitztes und schmutziges Poloshirt aus und ging zum Waschbecken. Mein Spiegelbild sah in der Tat furchtbar aus. Verdreckt, mit Schrammen und Rötungen von dem Stiefel in meinem Gesicht. Dazu noch die Würgemale an meinem Hals. Das kalte Wasser in meinem Gesicht tat unendlich gut, auch wenn es schmerzte. Nachdem ich mich gründlich gewaschen hatte, zog ich das frische T-Shirt an und versuchte, den Staub und Schmutz von meiner Hose abzuklopfen. Danach fühlte mich deutlich besser. Ferhat kam zurück und hielt mir baumelnd einen Autoschlüssel mit Porsche-Logo vor die Nase.

„Dein Glückstag heute. Schwarz und schnell."

Er ging mit mir vor das Gebäude und zeigt lässig und stolz auf einen schwarzen 911er, von meinem Modell auf den ersten Blick nicht zu unterscheiden.

„Vorführwagen. Ganz lassen."

Ferhat drückte mir den Schlüssel in die Hand und grinste breit. Ich war tief beeindruckt und berührt. Er stellte keine Fragen und half mir einfach. Ich hoffte, dass ich ihm eines Tages einen ähnlichen Freundschaftsdienst erweisen konnte.

In meiner Wohnung angekommen, ging ich direkt ins Bad, gönnte mir eine ausgedehnte Dusche und zog mir frische Sachen an. Mit einem Gin Tonic in der Hand machte ich es mir in der Lounge auf der

Dachterrasse bequem. Es war ein fantastischer Sommerabend. Ich lag einfach nur da, schaute in den strahlend blauen Himmel, verfolgte die sich auflösenden Kondensstreifen und trank langsam. Einerseits tat mir alles weh. Die Knöchel, die Magengrube, die Kopfhaut, das Gesicht. Ich hatte kräftig einstecken müssen. Andererseits war ich überglücklich, dass ich Sophia finden und in Sicherheit bringen konnte. Ha, legt euch nicht mit Kai Herzog an, sonst landet ihr im Straßengraben!

Im gleichen Moment fragte ich mich, ob das für mich Konsequenzen haben würde. Ob man herausfinden würde, dass ich es gewesen war, der die Gangster von der Straße gedrängt hatte? Zumindest gab es keine Zeugen und mir würden hundert Ausreden einfallen, warum ich nicht die Polizei gerufen hatte. War ich nun ein Held oder doch nur ein Mörder? Meine Euphorie verflog und ein flaues Gefühl stieg in mir auf.

Dazu die merkwürdige Rettung von Sophia. Je länger ich darüber nachdachte, desto mehr sah es danach aus, als hätte mir jemand den Weg bereitet. Die getöteten Bewacher, die offene Terrassentür … Alles war geradezu beängstigend einfach für mich gewesen. Wer zog hier im Hintergrund die Strippen? Erneut fuhr mein Hirn Achterbahn.

Beim zweiten Gin Tonic fiel mir wieder der letzte Abend ein. Der Irrsinn des Tages hatte mich Katja völlig vergessen lassen. Doch nun dachte ich wieder an sie und unsere leidenschaftliche Nacht. Was sie wohl gerade machte? Ihre Nähe fehlte mir. Die Leichtigkeit, die sie mir verliehen hatte, war wie eine Droge. Insbesondere im Vergleich zu all den anderen furchtbaren Ereignissen der letzten Tage. Ich nahm mein Smartphone und schickte ihr eine kurze Nachricht.

„Denke an Dich! Hoffe, es geht Dir gut!"

Sie wollte Abstand und Ruhe, das hatte ich zu respektieren, aber ihr mitzuteilen, dass sie mir etwas bedeutete, konnte nicht falsch sein. Als nur ein paar Minuten später mein Smartphone brummte und Katja mir zwei Smileys schickte, war meine Welt für einen Moment in bester Ordnung.

Doch dann sprang mein Gehirn von Katja auf ihren toten Freund Felix Jordan. Und schon war ich wieder mitten im Chaos, welches ich krampfhaft zu ordnen versuchte. Also wieder von vorn, was wusste ich inzwischen? Eine hochprofessionelle Spionagegruppe verschaffte sich mithilfe von Ralf Mechtersheim Zugang zur Munisol und überwachte Felix Jordan, um dessen Forschungsergebnisse zu erhalten. In dem Moment, als die Entwicklung gelungen und patentfähig war, beseitigte man das Genie und stahl die Ergebnisse.

Aber etwas ging schief und den offensichtlich technisch bewanderten Auftraggebern fehlten letzte Puzzlestücke, um Ikarus nachzustellen. Anscheinend war der Druck so hoch, dass man aus der Deckung ging und offen die fehlenden Bausteine forderte. Vielleicht ging man davon aus, dass man sich am Ende aller Mitwisser entledigen konnte. Das hieße aber nichts anderes, als dass man nach der Übergabe der fehlenden Informationen sowohl mich als auch Sophia aus dem Weg schaffte. Mir wurde übel, das war in den letzten Tagen schon fast ein Dauerzustand geworden.

Doch wieder ging etwas schief. Erst schickte ich einen Teil der Spione in die Flora des Ebersberger Forsts, dann erledigte wer auch immer den Rest der Truppe. War hier eine zweite unsichtbare Macht am Werk? Und was wollte sie? War sie Freund oder Feind? Es war zum Verzweifeln.

Ich musste zurück zum Anfang, zu Jordans Forschungsarbeit. Wie auch immer musste ich die vollständigen Ergebnisse in die Hände bekommen. Damit könnte ich den Wahnsinn aufhalten. Wenn ich das Patent einreichen könnte, wäre es zu spät für jegliche finstere Machenschaften. Die Technologie wäre öffentlich und unwiderruflich Eigentum der

Munisol. Damit hätten alle Spionageaktivitäten keinen Nutzen mehr. Es wäre zu Ende.

Beim dritten Gin Tonic zerbrach ich mir den Kopf, wie ich an Jordans vollständige Berichte kommen konnte. Plötzlich fiel mir die Besprechung mit den IT-Nerds vom Donnerstag ein, die bestehende Forschungsdaten mittels künstlicher Intelligenz auswerteten. Waren die Ergebnisse aus dem Ikarus-Projekt Teil der Untersuchungen? Hatte die IT-Gruppe eine unabhängige Kopie der Daten? Und wenn ja, wie aktuell war der Stand? Vor Aufregung verschüttete ich beinahe meinen Drink.

Ich eilte in die Küche, wo auf der Theke die Tasche mit meinem Laptop lag. Mit zittrigen Händen loggte ich mich ins Netzwerk der Munisol ein. Ich suchte aus meinem elektronischen Kalender die Namen der Teilnehmer der Donnerstagsbesprechung heraus. Es war zwar Sonntagabend, aber ich hatte die Hoffnung, dass wenigstens einer der Nerds lieber vor dem PC saß, als an einem perfekten Juniabend an der Münchener Freiheit Mädchen hinterherzuschauen.

Das interne Kommunikationssystem erlaubte festzustellen, wer gerade online war. Ich ging die Namensliste durch und schon beim zweiten Teilnehmer wurde mir Aktivität angezeigt. Ich nutzte den Firmenchat und schickte eine Nachricht an den mir angezeigten Nico Klein, dessen Name mir nichts sagte. Keine Minute später rief der IT Spezialist per Videocall an.

„Herr Doktor Herzog, was kann ich für Sie tun?"

Ich schilderte dem jungen Mann mein Anliegen, dass ich auf der Suche nach verloren gegangenen, sehr wichtigen Daten sei und mich fragte, ob er Kopien vom Ikarus-Projekt habe. Ob ich die Projektnummer habe, wollte Nico wissen, dann könne er zielgerichteter suchen. In seiner Abteilung arbeite man mit sehr, sehr vielen Daten, praktisch Duplikaten aller Forschungsarbeiten der Munisol aus den letzten zehn Jahren. Ich erklärte, ihm den Projekt-Code umgehend zu senden, dankte für seine Unterstützung am Sonntagabend und legte auf.

Nachdem ich den Code herausgesucht und ihm geschickt hatte, setzte ich mich auf einen der Barhocker, um nicht vor Nervosität wie Rilkes Panther durch die Wohnung zu schleichen. Ich versuchte, gleichmäßig zu atmen und nicht meine Fingernägel zu zerbeißen. Es dauerte es keine zehn Minuten und ich erhielt Antwort von der IT-Fachkraft.

„Letzte Aktualisierung vom Dienstag dieser Woche. Folgend der Link zu den Berichten in unsere Datenbank. Habe Ihnen Zugriff gegeben. Viel Spaß damit. :-) Schönen Sonntagabend. Nico."

Ich klickte gespannt auf den Link. Mein Atem beschleunigte sich, als auf dem Bildschirm ein Fenster mit einer Vielzahl an Verzeichnissen erschien. Nachdem ich zunächst wahllos Dateien öffnete, kurz überflog und gleich zur nächsten gesprungen war, hielt ich inne. So wurde das nichts. Ich musste mit System vorgehen. Also versuchte ich, die Struktur der Informationen zu erfassen.

Die Daten waren nach verschiedenen Typen sortiert. Es gab ein Verzeichnis mit Projektfortschrittsberichten, eines mit dem Titel Messdaten, ein anderes war mit Versuchsaufbau bezeichnet. Weiter ging es mit Kostenaufstellung über Literatur bis hin zu Patententwurf. Das war die exakte Kopie der Dokumentation des Ikarus-Projekts. Ich hatte den heiligen Gral gefunden! Die Dinge begannen sich endlich zu meinen Gunsten zu wenden. Kai Herzog war wieder voll im Geschäft! Das Adrenalin in meinen Adern ließ alle Schmerzen vergessen.

Ich widmete meine Aufmerksamkeit dem letzten Projektfortschrittsbericht. Detailliert war beschrieben, wie der Prozess chemisch ablief, welche Änderungen an dem bionischen Katalysatorsystem in der Versuchsapparatur vorgenommen wurden und wie dadurch die Wirksamkeit um ein Vielfaches gesteigert werden konnte. Neben textlichen Zusammenfassungen waren einige technische Zeichnungen sowie viele Diagramme und Tabellen mit Experimentalergebnissen abgebildet. Am Ende des

Dokuments stand die Rubrik „nächste Aktionen". Darin gab es nur einen einzigen Eintrag: Patentschrift fertigstellen und einreichen.

Felix Jordan hatte offensichtlich das geschafft, woran so viele vor ihm gescheitert waren. Und dafür hatte er mit seinem Leben bezahlt. Meine Begeisterung wich Nachdenklichkeit. Welches Unheil hatte diese vermeintliche Rettung der Menschheit bereits schon angerichtet. Anderseits musste man auch scharf trennen. Das Unheil richteten verbrecherische Industriespione an, nicht die Technologie. Und diese hatte riesiges Potenzial, das ich nun heben würde. Champagner!

Während ich mir in schillerndsten Farben meinen Erfolg und den unausweichlichen Aufstieg in den Vorstand ausmalte, hörte ich plötzlich ein leises, metallisches Geräusch. Es kam eindeutig von meiner Wohnungstür. Jemand schloss die Tür auf. Mein Blut gefror in den Adern. Der vordere Teil meiner Wohnung war als Loft angelegt, ein einziger hoher, großer Raum, Esszimmer, Wohnzimmer und Küche in einem, mit großen Fenstern auf die Dachterrasse. Die Wohnungstür führte direkt in diesen Raum.

Ich starrte auf die Tür, die sich so geräuschlos wie zügig öffnete. Reflexartig klappte ich den Laptop zu. Im gleichen Moment betraten drei Männer meine Wohnung. Sie trugen dunkle, elegante Anzüge. Auf den ersten Blick ordnete ich sie osteuropäischer Herkunft zu, aber sicher war ich mir nicht. Als sie mich an der Küchentheke sitzen sahen, zogen zwei von ihnen blitzschnell Pistolen mit aufgeschraubten Schalldämpfern und richteten sie auf mich. Einerseits hatte ich furchtbare Angst, dass ich nun geräuschlos erschossen werden würde, andererseits machte sich Resignation in mir breit.

Das wievielte Mal in den letzten Tagen und Stunden griff man mich an oder wollte mich töten? Es nahm einfach kein Ende. Während ich regungslos in meiner Küche stand und mich wunderte, dass trotz der auf mich gerichteten Pistolenläufe mein Magen sich noch nicht gemeldet hatte, trat aus dem Hintergrund der dritte Mann nach vorn. Er war deutlich älter als die bewaffneten Herren. Im Gegensatz zu den beiden trug er keine Handschuhe.

„Guten Abend, Herr Doktor Herzog. Bitte entschuldigen Sie unser ungebührliches Eindringen. Ich bedauere dies sehr. Leider müssen wir eine außer Kontrolle geratene, für uns äußerst wichtige Angelegenheit wieder in Ordnung bringen. Ich setze auf Ihre Kooperation."

Der Mann sprach nahezu akzentfrei Deutsch, die Wortwahl wirkte auf jedoch etwas altbacken. Er trug im Gegensatz zu seinen Kollegen eine Krawatte und war insgesamt geschmackvoll gekleidet. Ein

Gentleman schien vor mir zu stehen, nur dass solche nicht in meine Wohnung einbrachen und mich bedrohten. Immerhin hatten sie die Tür nicht eingetreten, sondern offensichtlich einen Schlüssel benutzt, wobei sich die Frage aufdrängte, wie sie an diesen gelangen konnten.

Die Vorstellung, dass diese Leute willkürlich in meine Privatsphäre eindringen konnten, erschreckte mich und machte mich gleichzeitig wütend. Wie lange spazierten sie hier schon aus und ein? Aber erst einmal galt es herauszufinden, was die abendlichen Störenfriede von mir wollten, auch wenn es mehr als nahelag, dass die Besucher zu der Katastrophenserie der letzten Tage gehörten.

„Darf ich fragen, um welche wichtige Angelegenheit es sich handelt, bei der meine Kooperation benötigt wird? Im Übrigen würde ich es begrüßen, wenn in meiner Wohnung keine Waffen gezeigt würden."

Ich sah dem Anführer ruhig und unbewegt in die Augen, der meinem Blick gelassen standhielt. Er gab seinen Mitarbeitern ein kurzes Zeichen, woraufhin sie die Pistolen unter ihren Jacketts wieder verschwinden ließen, jede meiner Bewegungen jedoch genau im Auge behielten und ohne Zweifel jederzeit bereit waren, wieder aktiv zu werden.

„Herr Doktor Herzog, wir benötigen die vollständigen Akten und Berichte zum Ikarus-Projekt."

Das hatten wir doch heute schon einmal. Wieder Achterbahn in meinen Gedanken. Gehörte diese Truppe zu den Schlägern, die Sophia entführt und die Munisol abgehört hatten oder arbeitete sie auf eigene Rechnung? Stilistisch unterschied sie sich stark von den ungehobelten Gorillas vom Vormittag. Anzüge gegen Bomberjacken, Nachschlüssel gegen Entführung. War ich am Vormittag den Amerikanern begegnet, während die Männer in meiner Wohnung aus Osteuropa kamen? Russen, war dem Aussehen und Akzent nach meine erste Vermutung, aber sich war ich mir nicht. Genauso gut konnten es Polen oder selbst Finnen sein. Wie auch immer, ich glaubte an die universelle Kraft meiner erprobten Strategie: zu mauern und die gepflegte Konversation fortzusetzen, um Zeit zu schinden.

„Ich fürchte, ich habe nicht, was Sie suchen. Es dürfte Ihnen nicht entgangen sein, dass die Munisol Opfer von Sabotage und Spionage geworden ist. Die Anlagen sind zerstört, der Erfinder getötet, die Daten gestohlen. Falls Sie das nicht selbst veranlasst haben, dann sollten Sie sich an diejenigen wenden, die dafür verantwortlich sind."

Der Anführer zuckte mit den Achseln.

„Das haben wir bereits erledigt. Übrigens haben wir bei dieser Gelegenheit Ihren Attentäter neutralisiert und Ihnen bei der Befreiung Ihrer Kollegin assistiert.

In meiner Kultur dürfte ich für diese Handreichungen einen Gefallen erwarten, bereits aus Höflichkeit."

Ich war platt. Vor mir standen die Mächte aus dem Hintergrund, die mir am Mittag den Weg zu Sophia geebnet und die Konkurrenz ausgeschaltet hatten. Sowie, wenn ich richtig gehört hatte, Mechtersheim getötet hatten. Es waren also mindestens zwei Parteien hinter dem Ikarus-Projekt her. Ich hatte von Anfang an den richtigen Riecher gehabt, die Erfindung des Jungforschers hatte ungeahnte Sprengkraft.

„Ich danke Ihnen für Ihre Hilfe. Wie bereits erwähnt, kann ich Ihnen in Sachen Forschungsbericht nicht weiterhelfen."

Der Anführer sah mich erst mitleidig, dann streng an.

„Herr Doktor Herzog, bitte machen Sie die Dinge nicht unnötig kompliziert. Wir wissen, dass Sie soeben Zugang zu Kopien der vollständigen Akten erhalten haben."

Ich war vollkommen überrumpelt. Die Gentlemen, die keine waren, überwachten meinen Laptop. Dazu hatten sie einen Schlüssel von meiner Wohnung und vermutlich war diese Wohnung verwanzt, höchstwahrscheinlich auch mein Smartphone. Wie hatten sie sich Zugang zu all diesen Dingen verschafft?

In mir stiegen Zorn und Wut auf. Was bildeten diese Männer sich eigentlich ein? Drangen in meine komplette Privatsphäre ein und forderten wie selbstverständlich die Herausgabe von Dokumenten, die der Munisol gehörten. Das war an Arroganz und Unverschämtheit schwer zu überbieten. In diesem Zusammenhang war das pseudo-gewählte Geschwafel der reinste Hohn. Entsprechend war meine Reaktion.

„Ich wüsste nicht, was Sie berechtigt, hier in meine Wohnung einzubrechen, mich abzuhören und Forschungsergebnisse einzufordern, die der Munisol und ganz bestimmt nicht Ihnen gehören. Verschwinden Sie!"

Ich hatte meinen Satz noch nicht beendet, da wusste ich schon, dass ich einen schweren Fehler begangen hatte. Ein Blick des Alten genügte und sofort war wieder eine Waffe auf mich gerichtet. Ohne dass einer der Eindringlinge etwas sagte, war mir klar, dass ich mich besser nicht rührte.

Während der eine mich mit der Pistole in Schach hielt, sprang der andere geräuschlos und federnd wie ein Tiger auf mich zu und riss mich von meinem Hocker auf den Fußboden. Er drückte mir sein Knie in den Rücken, sodass ich mich vor Schmerz kaum bewegen konnte. Mit Leichtigkeit bog man meine Arme auf den Rücken und legte mir Handschellen an. Ich spürte das kalte Metall an meinen Handgelenken und hörte das Klicken, als die Fesseln einrasteten.

Anschließend zogen mich die beiden hoch und schleiften mich durch meine Wohnung. Als mein Blick sich kurz mit dem des Anführers kreuzte, schüttelte dieser nur wortlos den Kopf. Zielstrebig zerrten mich die Angreifer in mein Badezimmer. Offensichtlich kannte man sich gut in meiner Wohnung aus, war das Einzige, was mir durch den Kopf schoss. Darüber hinaus war ich nicht imstande, auch nur einen klaren Gedanken zu fassen.

Im Bad angekommen, trat mir jemand von hinten in die Kniekehlen, sodass ich zu Boden sackte. Ich wurde am Kopf gepackt und auf den Rücken gedrückt, indem sich einer der Männer auf meinen Brustkorb kniete. Mir blieb die Luft weg. Meine Wirbelsäule wurde zwischen meine auf dem Rücken gefesselten Arme gepresst. Ich schrie vor Schmerzen auf.

Plötzlich wurde mein Kopf gepackt und mit einem Handtuch umwickelt. Ich konnte nichts mehr sehen. Das Atmen durch das schwere Handtuch wurde fast unmöglich. Ich geriet in totale Panik. Obwohl ich versuchte, Luft in die Lungen zu bekommen, schien nichts anzukommen. Dann spürte ich das Wasser. Die Poren des Handtuchs verschlossen sich augenblicklich. Bei jedem Versuch zu atmen, saugte ich nur Wasser an. Ich erstickte. Oder ertrank. Oder beides. Ich versuchte, zu strampeln und den Kerl auf mir abzuwerfen, aber ich war wie in einem Schraubstock.

Immer mehr Wasser. Ich röchelte, würgte, erbrach mich und starb.

Dann war das Handtuch weg und ich konnte mich bewegen. Ich rang nach Luft, wälzte mich über die harten Fliesen, schlug mit dem Kopf auf. Versuchte verzweifelt zu atmen. Hatte ich das nicht erst neulich erlebt? Mein Überlebenswille war stärker als die Resignation.

Irgendwann wurde ich gepackt und auf meine Füße gestellt. Langsam füllten sich meine Lungen wieder mit Luft. Ich begann, meine Umgebung wahrzunehmen. Links und rechts von mir befand sich jeweils einer der Männer und hielt mich am Arm, damit ich nicht umfiel. In der Tür stand der Anführer mit ausdruckslosem Gesicht, die Hände vor sich gefaltet.

„Sie haben die Wahl."

Ich hatte ganz und gar nicht den Eindruck, dass ich eine Wahl hatte, wenn meine Alternativen zwischen Forschungsdaten übergeben und Waterboarding lagen. Oder Tod, sei es gezielt oder bei einem Folterunfall. Alles in mir brannte, schmerzte und ächzte. Jetzt war es soweit, die Bastarde hatten mich gebrochen. Ich gab auf.

Mit schwachem Nicken signalisierte ich meine Bereitschaft zu tun, was von mir verlangt wurde.

Ich wurde zurück an den Esstisch gebracht. Die Männer öffneten kurz die Handschellen, allerdings nur, um meine Hände vom Rücken nach vorn zu bringen und erneut zu fesseln. Sie holten den Laptop vom Küchentresen und stellten ihn vor mich.

„Dateien öffnen."

Ich tat, wie mir geheißen. Nachdem ich mich eingeloggt hatte, erschienen die Kopien der Forschungsberichte auf dem Bildschirm genauso, wie sie waren, bevor ich den Computer eilig zugeklappt hatte.

„Und nun?"

Das Sprechen fiel mir schwer, mein ganzer Körper war eine einzige Wunde. Doch die Demütigung schmerzte noch mehr. Am liebsten hätte ich den Kopf auf den Tisch gelegt und geheult, aber die letzte Bastion meines Stolzes und meiner Würde wollte ich um keinen Preis hergeben - und geholfen hätte es auch nicht. Also riss ich mich zusammen.

„Löschen. Alles. Die Dateien, die Verzeichnisse. Nichts bleibt zurück."

Vor Überraschung und Verwirrung vergaß ich für einen Moment meine Schmerzen und meine geschundene Seele. Die Daten löschen? Das ergab doch überhaupt keinen Sinn. Warum dann der ganze Aufstand?

„Bitte? Ich soll die Daten löschen?"

„Korrekt. Vernichten Sie, was noch übrig ist. Diese Technologie ist äußerst schädlich und führt nur zu

Chaos. Und Chaos ist schlecht. Wir stellen die Ordnung wieder her. Zum Vorteil aller."

„Sie können den Fortschritt nicht aufhalten", entfuhr es mir leise.

„Ob es als Fortschritt zu bezeichnen ist, sei dahingestellt. Zumindest wird diese Technologie keinen Schaden mehr anrichten. Und wir tragen weder die Verantwortung für den Tod Ihrer Kollegen noch für die Explosion in Ihrem Unternehmen, noch für den Diebstahl. Ich möchte Sie daran erinnern, dass wir es waren, die für die Rettung Ihrer Kollegin gesorgt haben. Ich erwähnte bereits, Chaos. Sie selbst sind darin gefangen. Wir helfen nur. Beenden Sie das nun."

Der Anführer wies auf den Laptop. Mir blieb nichts übrig, als die Kopien zu löschen. Den heiligen Gral, die Rettung des Planeten und den Zenit meiner Karriere. Ich wählte widerstandslos alle Dateien aus und gab den Befehl zum Löschen. Vermutlich würde niemand das Fehlen bemerken. Die IT-Leute optimierten Algorithmen und Programmcodes. Was dabei genau an Daten ausgewertet wurde, war weder von Interesse, noch hätten die Computerspezialisten das beurteilen können. Ich verstand jedoch nicht, was damit gewonnen war, schließlich hatte ich bereits damit begonnen, die Forschungsarbeiten rekonstruieren zu lassen. Was in den Köpfen vieler

Menschen ist, kann man nun mal nicht löschen. Der Alte schien Gedanken lesen zu können.

„Ich gehe davon aus, dass Sie erkannt haben, dass diese Technologie schlecht ist. Für die Munisol, für Sie, für andere. Daher vertraue ich darauf, dass Sie keine weiteren Arbeiten in dieser Richtung beauftragen werden. Es liegt in Ihrer Verantwortung."

Die Tatsache, dass er auf Drohungen verzichtete, was passieren würde, wenn ich seinen Wünschen nicht entsprach, war pure Machtdemonstration. Er hatte es gar nicht nötig, da offensichtlich war, was geschehen würde, wenn ich mich nicht an die Anweisungen hielt. Genauso offensichtlich war es, dass vor diesen Mächten nichts zu verbergen war. Sie waren überall und sahen alles, das war mir aufs Deutlichste vorgeführt worden. Erneut sank ich innerlich zusammen.

Plötzlich ertönte die Türklingel und die beiden Handlanger griffen zu ihren Waffen. Gleichzeitig aktivierte sich der Bildschirm neben der Wohnungstür, auf dem man sehen konnte, wer vor der Haustür stand. Perlinger. Von meinem Platz aus konnte ich trotz der Entfernung klar den Hauptkommissar erkennen. Ich wusste nicht, ob ich mich freuen und auf Hilfe durch den Polizisten hoffen sollte, oder ob das zu einer Eskalation der Situation führen und in der völligen Katastrophe enden würde.

„Nicht beachten."

Der Anführer blieb gelassen. Die auf mich gerichteten Waffen unterstrichen die Anordnung. Perlinger klingelte erneut, diesmal aufdringlicher. Regungslos blieb ich sitzen und starrte auf den Tisch. Ich traute mich nicht, noch einmal in Richtung des Bildtelefons zu schielen. Die Klingel verstummte. Stattdessen meldete mein Smartphone auf der Küchentheke vibrierend und klingelnd einen Anrufer. Ich tippte darauf, dass Perlinger mich nun versuchte, per Telefon zu erreichen. Es war klar, dass nach Sophias Erscheinen bei der Polizei diese irgendwann auch bei mir auftauchen würde.

Der Anführer nahm mit einem Taschentuch mein Smartphone an sich und betrachtete das Display, bis es verlosch und der Anruf abgebrochen wurde. Dann legte er es vor mich und forderte mich auf, das Gerät auszuschalten. Damit beugte er vor, dass Perlinger mich orten lassen konnte. Einerseits konnte es helfen, dass die osteuropäischen Herren und die deutsche Polizei nicht aufeinanderprallten und ich im wahrsten Sinne des Wortes in die Schusslinie geriet. Anderseits war nun auch nicht mehr auf Hilfe zu hoffen, falls sich die Dinge noch weiter zuspitzten. Doch eigentlich gab es hierfür keinen Grund. Im Gegenteil, ich hatte getan, was von mir gefordert worden war. Man hatte mir klar gemacht, was weiter von mir verlangt wurde, also konnte der Trupp nun abziehen. Nur Perlinger stand im Weg und ich hoffte inständig, dass er schnellstens verschwinden würde. Ich schaltete das Smartphone aus.

Nach einer kurzen Weile wandte sich der Anführer wieder an mich.

„Herr Doktor Herzog, nachdem wir nun gemeinsam die Dinge wieder in Ordnung bringen konnten, wofür ich Ihnen sehr danke, gibt es nur noch eine Sache, die wir zusammen erledigen müssen. Danach hat es uns nie gegeben."

Ein zarter Lichtstreifen leuchtete auf einmal an meinem inneren Horizont auf. War es möglich, dass diese furchtbare Situation endlich zu Ende ging, die Quälereien aufhörten und ich wieder meine Freiheit zurückerhielt? Bevor ich noch darüber nachdenken konnte, was noch passieren musste, erklärte mir der Alte, dass ich aufstehen und mitkommen solle.

Einer der schweigsamen Folterknechte brachte eine von mir herumliegende Jacke und hängte sie über die Handschellen an meinen Handgelenken. Offenbar waren wir im Begriff, die Wohnung zu verlassen, und man wollte meine Fesseln verdecken. Wo sollte ich jetzt hingebracht werden? Ich verstand überhaupt nichts mehr. Ich stolperte hinter dem Anführer her, links und rechts jeweils eine Wache. Ich spürte, wie etwas Hartes in meinen Rücken gedrückt wurde. Ein klarer Hinweis, was mich erwartete, falls ich Zicken machen würde.

Niemand begegnete uns auf dem Weg von meiner Wohnung hinunter auf die Straße. Ich war erleichtert, mein Verlangen nach Komplikationen war aufgebraucht. Wir überquerten die Straße und gingen auf einen weißen Transporter zu. Einer meiner Wächter öffnete dessen Schiebetür gerade so weit, dass ich hindurchpasste, und schubste mich in den Wagen. Ich strauchelte und war im Begriff zu stürzen, doch ich wurde festgehalten. Im gleichen Moment fiel die Tür hinter mir ins Schloss.

Zusammen mit den beiden Handlangern stand ich gebückt in dem Transporter. Als ich sah, was sich dort verbarg, wurde mir klar, warum sie es so eilig gehabt hatten, die Tür zu schließen. Im vorderen Bereich war eine kurze Sitzbank, der hintere Teil jedoch war bis zur Decke vollgestopft mit elektronischer Ausrüstung und Bildschirmen. Von hier aus hatte man mich also überwacht.

Bevor ich den Spionagearbeitsplatz genauer betrachten konnte, drehten mich die Männer weg und fesselten meine Hände wieder auf dem Rücken. Anschließend setzten sie mich auf die Bank und schnallten mich an. Meine Schultern und mein Rücken taten höllisch weh. Ich hatte einen unbeschreiblichen

Drang, vor Schmerz aufzuschreien, aber Klugheit und Stolz unterdrückten meinen Reflex. Als wäre das nicht genug gewesen, bekam ich einen dunklen Stoffsack über den Kopf gestülpt. Völlig überflüssig, das Fahrzeug hatte im Transportbereich überhaupt keine Fenster. Licht aus, alles dunkel, was sollte das? Vermutlich hatten die Herren Freude daran, mich zu quälen.

Ich hörte, wie die Männer kurz miteinander sprachen. Das war russisch, jetzt war ich mir sicher. Meine beruflichen Tätigkeiten hatten mich immer einmal wieder nach Moskau geführt und auch wenn ich bis auf einige Höflichkeitsfloskeln kein Russisch sprach, hatte ich es oft genug im Ohr gehabt. War das der KGB? Flammte der kalte Krieg wieder auf? CIA gegen KGB? Doch wie passte die Munisol und vor allem ich dazu? Nichts passte zusammen.

Die Tür wurde geöffnet und wieder geschlossen. Mir war nicht klar, ob beide ausgestiegen waren oder ob noch jemand in meiner Nähe war. Es spielte auch keine Rolle. Ich saß regungslos auf dem Sitz und versuchte, die in mir aufsteigende Panik zu bekämpfen. Mein Puls raste. Langsam und konzentriert atmen, befahl ich mir. Immerhin ließ der Sack über meinem Kopf einigermaßen die Luft durch. Nur noch eine Aufgabe, was auch immer das war, dann ist die Terrorgruppe nie dagewesen. Ich sprach die Worte leise immer wieder vor mich hin. Reiß dich noch einmal zusammen, Herzog, gleich hast du es hinter dir.

Der Transporter fuhr los. Ich versuchte, an den Bewegungen des Wagens zu erahnen, wohin wir fuhren, gab es jedoch schnell auf. Mit der Zeit wurden die Abstände zwischen Anfahren und Abbremsen länger. Daraus schloss ich, dass wir München verließen und auf einer Landstraße oder Autobahn unterwegs waren. Plötzlich fiel mir Sophia ein. So ähnlich musste sie sich auch gefühlt haben, mit dem Sack über dem Kopf. Entführungsopfern Säcke über den Kopf zu ziehen, schien heutzutage zum Standardprogramm von Kriminellen zu gehören.

Zumindest mein Sarkasmus funktionierte noch. Obwohl ich mit meiner eigenen elenden Lage hätte beschäftigt sein sollen, ließ mich die Vorstellung, was Sophia durchgemacht haben musste, frösteln. Immerhin war ich in der Situation, dass man mir die baldige Freiheit in Aussicht gestellt hatte.

Vielleicht setzte man mich irgendwo an einer einsamen Stelle aus, damit die Mächte der Finsternis genug Zeit hatten, für den Fall im Nichts zu verschwinden, dass ich unartigerweise umgehend die Polizei verständigte. Ja, das ergab Sinn. Wie es Sophia wohl inzwischen ging? War sie zu Hause, allein mit sich, oder kümmerte sich jemand um sie? War sie im

Krankenhaus? Die Gedanken an meine Kollegin lenkten mich ab.

Landeskriminalamt München, 21:30 Uhr

"Keine Spur von Herzog, die Tür öffnet er nicht und ans Telefon geht er auch nicht".

Perlinger quetschte den letzten Kaffee aus einer der Thermoskannen auf dem Tisch im Besprechungszimmer und setzte sich zu seinen Kollegen der Sonderkommission Munisol, die am Nachmittag aus ihrem viel zu kurzen Wochenende gerufen worden waren. Die Müdigkeit war dem Hauptkommissar anzusehen, da halfen auch die Unmengen an Kaffee nichts, die zu jeder Sitzung bereitgestellt und von allen ausgiebig konsumiert wurden. Eigentlich hatte Perlinger den Sonntag nutzen wollen, um sich etwas auszuruhen und vor allem Zeit mit Lilly zu verbringen, die in den letzten Tagen wie so oft viel zu kurz gekommen war. Doch als ihn am Nachmittag die Nachricht erreichte, dass Sophia Hart offensichtlich von einer Entführung befreit im Polizeipräsidium aufgetaucht sei, war an Entspannung nicht mehr zu denken. Stattdessen hatten sich die Ereignisse überschlagen.

Schnell war Perlinger klar geworden, dass die Aussage der Munisol-Managerin Unstimmigkeiten aufwies und nicht der Wahrheit entsprechen konnte. Die plötzliche Freilassung sowie die Behauptung, dass die Frau irgendein vorbeifahrendes Auto angehalten habe, um sich zur Polizei bringen zu lassen, kamen dem Beamten merkwürdig vor.

Also ließ er sich die Aufnahmen der Überwachungskameras vor dem Gebäude zeigen. Darauf sah man Frau Hart aus einem schwarzen Porsche steigen. Die Vergrößerung der Bilder zeigte nicht nur, dass das Fahrzeug von keinem anderen als Kai Herzog gesteuert wurde, sondern man konnte auch Beschädigungen über die gesamte rechte Seite des Autos erkennen. Damit konfrontiert, erzählte die Dame betreten, wie ihre Befreiung sich wirklich zugetragen hatte. Ihm war schwergefallen, Sophia Hart in die Mangel zu nehmen, denn es war unübersehbar, wie mitgenommen sie war. Im Gegenteil, sie benötigte psychologische Betreuung, doch das lehnte sie ab. Sie wolle nur nach Hause gefahren werden.

Während Perlinger in den Aussagen des Entführungsopfers bohrte, hatte ein Sondereinsatzkommando die Villa in Grünwald gestürmt. Aber das Haus war leer gewesen. Kein Toter in der Eingangshalle, kein Metallstuhl mit Klebebandresten im Keller. Nichts. Nur leere Räume. Ein Trupp der Kriminaltechnik hatte sich daran gemacht, den Ort genauer unter die Lupe zu nehmen und in den Fugen des gefliesten Flurs sowie an der Wand in einem der Erdgeschossräume geringfügige Blutspuren entdeckt, ansonsten schien das Haus gründlich gereinigt worden zu sein. Es war auffällig, dass keinerlei Fingerabdrücke zu finden waren. Letztlich hatten sie sich entschieden, das gesamte Haus auf geringste DNA-Spuren zu untersuchen. Die Kollegen vor Ort schoben Nachtschicht.

„Seid ihr inzwischen weitergekommen?"

Perlinger sah in die Runde.

„Bisher nicht. Wir werden warten müssen, was die Forensiker finden. Aber das kann dauern."

Maja Friedrich zuckte mit den Achseln, dann fuhr sie fort.

„Eines will mir nicht in den Kopf. Angenommen, Sophia Hart sagt die Wahrheit und Herzog ist mit ihr abgesehen von dem kurzen Stopp im Schnellimbiss direkt ins Präsidium gefahren, dann hätte man bis zum Eintreffen unserer Kollegen nicht einmal drei Stunden gehabt, um die Leichen, falls es sie gab, zu entsorgen und alles sauber zu machen. Wer kann so etwas?"

Noch bevor jemand darauf antworten konnte, platzte Karsten Schultheis in den Raum.

„Das glaubt ihr nicht! Ich habe in München und Umland bei allen Dienststellen angefragt, ob sie gestern oder heute einen Unfall aufgenommen haben, in den Herzogs Porsche verwickelt war oder gewesen sein könnte. Gerade kam von den Kollegen aus Ebersberg die Meldung rein, dass sie heute Morgen einen Van gefunden haben, der gegen einen Baum geprallt war. Fahrer und Beifahrer tot, beide keine Papiere, dafür aber bewaffnet. An der Fahrerseite wurden Spuren gefunden, die danach aussehen, als hätte es eine seitliche Berührung mit einem anderen Fahrzeug gegeben: schwarz-metallic, von der Kollisionshöhe ein

Sportwagen, eventuell von einem Porsche, der Lack wird noch untersucht."

Perlingers Körper straffte sich.

„Schreibt Doktor Kai Herzog zur Fahndung aus. Lasst sein Smartphone orten."

Ich hatte keine Ahnung, wie lange wir unterwegs waren. Irgendwann hatte ich völlig abgeschaltet. Alles war in weite Ferne gerückt. Dann hielt der Transporter an und der Motor ging aus.

Die Tür wurde geöffnet und jemand zog den Sack von meinem Kopf. Das Licht im Innenraum des Fahrzeugs blendete mich. Einer der jüngeren Männer öffnete meinen Sicherheitsgurt und zog mich aus dem Sitz und aus dem Transporter. Meine Augen gewöhnten sich wieder an die Lichtverhältnisse. Die Sonne war mittlerweile untergegangen, die Dämmerung hatte eingesetzt.

Ich versuchte mich zu orientieren. Wir befanden uns auf einer schmalen Brücke über einem kleinen Fluss, der aussah wie ein Kanal. Ich vermutete, dass wir am Isarkanal im Nordosten von München waren. Kurz vor der Brücke am Rande eines Feldweges parkte ein schwarzer Porsche 911. Als ich mich wieder umdrehte, kam einer der Männer mit einem dicken Seil auf mich zu. Schlagartig schoss das Adrenalin in meine Adern und mein Gehirn lief auf Hochtouren. Schwarzer Porsche, mein Porsche, Seil, erhängen. Mein Tod. Eine nie dagewesene Klarheit durchströmte mich. Diese verfluchten, verlogenen Dreckschweine werden es niemals schaffen, meinen Selbstmord zu inszenieren. Niemand hängt Kai Herzog auf. In diesem Leben nicht und auch in keinem anderen. Alles lag vor mir, so klar und funkelnd wie der Sternenhimmel.

Unvermittelt rannte ich los. Der Bewacher an meiner Seite war völlig überrumpelt und bekam mich nicht zu fassen. Ich raste auf den Kerl mit dem Seil zu, so schnell ich konnte, und rannte ihn über den Haufen. Das Brückengeländer ließ ich dabei keine Sekunde aus den Augen. Mit aller Kraft, die mir meine Verzweiflung und mein Zorn ermöglichten, lief ich darauf zu. Knallte mit der Hüfte an den harten Stahl. Warf mich vornüber. Schlug mir alle Knochen an. Freier Fall. Dann der Aufschlag auf dem Wasser. Unvorstellbarer Schmerz, als würde ich in tausend Stücke zerspringen. Dann Kälte. Wasser. Wieder Wasser. Wieder keine Luft. Wieder Ertrinken. Diesmal wirklich. Ich versuchte aufzutauchen, aber meine vollgesogene Kleidung zogen mich nach unten. Meine auf den Rücken gefesselten Arme waren nutzlos.

Plötzlich spürte ich den Grund. Mit aller Kraft stieß ich mich mit den Beinen nach oben ab. Mein Kopf schoss aus dem Wasser, ich schnappte nach Luft und ging sofort wieder unter. Meine Lungen wollten bersten, mein Kopf schwoll an. Das Wasser darf nicht in meine Lunge. Kai Herzog verreckt nicht jämmerlich im Isarkanal. Ich kriege keine Luft! Rückenschwimmen. Du brauchst keine Arme. Ich kriege keine Luft! Kontrolliere deine Beine. Mein Überlebenswille übernahm.

Irgendwie gelang es mir, mit den allerletzten Kräften in den Beinen an die Oberfläche zu gelangen und mich wie beim Toter-Mann-Schwimmen auf dem Rücken zu stabilisieren. Am Anfang ging ich noch nach jedem Japsen nach Luft unter und musste mich trotz schwindender Kräfte immer wieder mühsam an die Oberfläche arbeiten, aber nach einiger Zeit kam ich regelmäßig zu Atem und trieb auf dem Rücken auf dem Kanal.

Trotz der sommerlichen Temperaturen war das Wasser kalt. Nach und nach jedoch gewöhnte ich mich an die Temperatur. Das Wasser kühlte meine Prellungen, und was auch immer für Verletzungen ich mir bei meinem Sprung in die Freiheit zugezogen hatte.

Während sich mein Atem weiter beruhigte, setzte mein Gehirn wieder ein. Wo waren die Mörder? Der Kanal hatte eine starke Strömung, ich konnte die Brücke nicht mehr sehen. Die fortgeschrittene Dämmerung tat ihr Übriges. Ich schwamm rückwärts mit der Strömung und versuchte, die Umgebung zu erfassen. Der Kanal war nicht sehr breit, vielleicht zehn Meter. Links und rechts waren Bäume. Keine Menschenseele war auszumachen. Ich hoffte, dass die Russen annahmen, ich sei ertrunken und entsprechend abgezogen waren. Ich wollte es einfach glauben.

Das Wasser trug mich immer weiter, ich hatte mittlerweile meinen Rhythmus gefunden, ohne Arme einigermaßen kräfteschonend zu schwimmen. Je weiter ich mich von den Mistkerlen entfernte, desto besser. Ein Gefühl von Triumph stieg in mir auf. Ha, habt ihr gedacht, ihr könnt den Herzog einfach aufhängen und entsorgen. Falsch gedacht! Nicht mit mir!

Plötzlich spürte ich, wie mich eine eisige Kälte erfasste. Ich musste schleunigst aus dem Wasser, bevor ich unterkühlte, mich nicht mehr bewegen konnte und dann doch noch ertrank. Also änderte ich meinen Kurs sanft in Richtung Ufer, nicht zu schnell, damit mir die Kraft nicht ausging. Das Manöver dauerte deutlich länger, als ich gedacht hatte. Die Strömung war stark.

Irgendwann konnte ich mit den Füßen den Grund ertasten. Doch das Ufer war steil und glitschig, sodass ich immer wieder abrutschte und zurück ins Wasser fiel. Ohne Arme war es schwierig, das Gleichgewicht zu finden. Als ich zum x-ten Mal wieder ins Wasser fiel, blieb ich liegen. Ich konnte nicht mehr. Ich hatte einfach keine Kraft mehr. Ich fing an zu heulen. Es ging nicht mehr.

Doch je länger ich heulte, desto mehr hasste ich mich dafür. Wie hatte es mit mir nur so weit kommen können? Ich schwamm gefesselt irgendwo am Rand des Isarkanals, klitschnass, zerschunden, halb ertrunken und halb erfroren. Vielleicht hatte ich keine Kraft mehr, aber der letzte Rest an Stolz und Würde war noch immer nicht erloschen.

Ich wälzte mich auf den Rücken. Schob mich aus dem Wasser und grub mich mit den Händen im rutschigen Ufer ein. Dann wieder, Hacken in den Boden drücken, nach oben schieben und mit den Fingern in die Böschung krallen. Zentimeter für Zentimeter, so lange, bis ich am Kamm angekommen war. Nun sah ich, dass der Damm auf der anderen Seite ebenfalls steil abfiel. Also ließ ich mich einfach hinunterrollen und blieb auf einer Wiese liegen. Die nasse Kleidung hing wie ein Gewicht an mir. Mein Körper war taub, ich spürte nichts mehr außer der Kälte, die mich unaufhörlich zittern ließ.

Ich konnte mich nicht erinnern, wie lange ich im Gras gelegen hatte. Als in der Ferne ein Vogel durch die Nacht schrie, war es wie ein Weckruf für mich. Herzog, steh auf! Also rappelte ich mich hoch und versuchte, mich in der Dunkelheit zu orientieren.

Hinter mir war der Isarkanal, links und rechts Wald, vor mir Wiesen. In einiger Entfernung konnte ich einige einsame Gebäude erahnen, vermutlich ein Bauernhof.

Die Hände noch immer hinter dem Rücken in den Handschellen machte ich mich auf den Weg über die Wiesen. Die nassen Kleider klebten an mir und ich fror erbärmlich. Nach kurzer Zeit erreichte ich den Hof. An einer Scheune brannte schwach eine Lampe, ansonsten war alles dunkel. Ich war unschlüssig, ob ich auf mich aufmerksam machen und um Hilfe bitten sollte.

Denn was sollte ich sagen? Hallo, ich heiße Kai Herzog, lassen Sie sich nicht davon irritieren, dass ich völlig durchnässt bin und Handschellen trage, übrigens, wären Sie so nett, mich von diesen zu befreien?

Das klang wenig überzeugend. Man würde die Polizei rufen. Dann würde die große Fragerei losgehen und ich hätte nur bedingt überzeugende Antworten. Außerdem könnte der Wirbel meine russischen Gäste wieder auf den Plan rufen. Im Moment hoffte ich, dass die einen mich für tot hielten und die anderen keine Ahnung hatten, wo ich steckte und mich auch nicht orten konnten. Das war gut so, das gab mir Sicherheit und Zeit, darüber nachzudenken, wie ich aus diesem Schlamassel wieder herauskommen konnte.

So klingelte ich nicht, sondern schaute mich um. Im spärlichen Licht konnte ich einen Schuppen mit geöffnetem Tor erkennen, darin ein etwas betagter Traktor und daneben eine Werkbank, auf der Hämmer, Schraubenzieher und Zangen herumlagen. Das war die Gelegenheit, die verdammten Handschellen loszuwerden. Ich betrat den Schuppen und suchte im Halbdunkel nach geeignetem Werkzeug.

Plötzlich flammte gleißendes Licht auf und in dem Raum wurde es taghell. Ich musste die Augen zusammenkneifen.

„Jetzt ganz ruhig, mein Freund. Die Hände nach oben und langsam umdrehen!"

„Ich komme in Frieden!"

Das war sicherlich der dümmste Satz, den ich je gesagt hatte, aber mir fiel einfach nichts Besseres ein. Ich drehte langsam den Kopf. Vor mir stand ein grauhaariger, kräftiger Mann jenseits der sechzig in blauer Arbeitshose, Unterhemd und mit einem Gewehr im Anschlag, das er auf mich gerichtet hatte.

„Die Hände!"

„Würde ich gern, geht leider nicht, schauen Sie doch!"

Ich drehte mich mit dem Rücken zu dem offensichtlichen Hofbesitzer, sodass er meine missliche Lage sehen konnte.

„Ja, was ist denn das? Ein Krimineller auf der Flucht vor der Polizei? Da habe ich ja einen schönen Fang gemacht“, hörte ich den Mann erstaunt rufen.

Ich wendete mich ihm wieder zu und blickte ihm unbewegt in die Augen.

„Nein, kein Krimineller auf der Flucht vor der Polizei. Ein Physiker, der heute keine Lust hatte, sich ermorden zu lassen. Mein Name ist Kai Herzog. Bitte helfen Sie mir.“

Ich hätte klingeln sollen.

Meine Antwort überraschte den Landwirt sichtlich. Ich konnte ihm ansehen, dass er nachdachte. Unschlüssig musterte er mich.

„Bitte!“ Ich flehte ihn an. „Ich arbeite bei der Munisol in München. Geben Sie meinen Namen im Internet ein, da finden Sie mich leicht, mit Bild und Lebenslauf. Wahrscheinlich sogar meine Schuhgröße.“

„Hab keinen Empfang hier draußen.“

Dann brummte der Mann etwas in der Art, dass die Geschichte zu irre sei für eine Lüge, sicherte sein Gewehr und lehnte es an die Wand. Er ließ mich stehen und wühlte im Gerümpel hinter dem Traktor, bis er mit einem Bolzenschneider in der Hand zurückkehrte.

„Stillhalten.“

Kurzes Knirschen und Knacken - und meine Hände waren wieder frei. Eine bisher nicht gekannte Liebe zum Leben durchströmte mich, als ich endlich wieder meine Arme bewegen konnte. Ich bedankte mich überschwänglich bei meinem Retter.

„Und nun? Soll ich die Polizei oder einen Arzt rufen?“, wollte der Landwirt wissen.

Das hielt ich für keine gute Idee. Ich wollte erst mal von der Bildfläche verschwunden bleiben. Also sagte ich, dass das nicht nötig sei. Als er mich fragend ansah, erklärte ich ihm in aller Kürze, dass man gerade versucht hatte, mich umzubringen, ich nicht wüsste, wem ich noch trauen könne, inklusive der Polizei, und zunächst lieber versteckt bleiben möchte.

„Verstehe. Du musst aus den nassen Sachen raus.“

Der Bauer nahm sein Gewehr, schaltet das Licht im Schuppen aus und führte mich zum Wohnhaus.

„Ich bin der Franz.“

„Kai.“

Er brachte mich in die Küche und wies mich an, dort zu warten. Ich rieb mir die schmerzenden Handgelenke, die Fesseln hatten tiefe Schürfungen hinterlassen. Mir war eiskalt. Nach kurzer Zeit kam Franz wieder, mit einem Handtuch, einer Decke und trockenen Sachen.

Ich versuchte, mich auszuziehen, aber es gelang mir nicht. Die nassen Kleider klebten an mir, ich war steif von der Kälte und konnte mich vor Schmerzen kaum bewegen. Schließlich half mir Franz. Es war erbärmlich. Ich stand nackt in irgendeiner Bauernhofküche und konnte mich nicht mehr allein umziehen.

„Mein Gott, schaust du aus“, entfuhr es dem Landwirt.

Ich blickte an mir herab. Meine Vorderseite war übersät mit Blutergüssen und Abschürfungen. Besonders übel sahen mein Becken und meine Hüfte aus. Die Rolle über das stählerne Brückengeländer hatte deutlich Spuren hinterlassen.

„Was ist mit meiner Rückseite?“

„Nicht viel besser.“

Franz reichte mir das Handtuch und ich trocknete mich vorsichtig ab, jede Berührung war schmerzhaft. Er half mir, mich wieder anzuziehen. Ich hatte in meinem gesamten Leben noch nie die Unterwäsche eines anderen getragen und es war sicherlich das Letzte, was ich normalerweise tun würde, aber in dieser Nacht war ich einfach nur dankbar für die etwas zu große, verblichene Feinrippunterwäsche und die dicken Wollsocken. Als ich endlich in einer schlabbrigen Jogginghose und einem viel zu großen Flanellhemd steckte, fühlte ich mich trotz aller Schmerzen wie neugeboren. Ich wickelte mich in der Decke ein und setzte mich an den Küchentisch, während Franz zwei Flaschen Bier aus dem Kühlschrank holte.

„Ich glaube, die brauchen wir jetzt."

Wir stießen an und saßen einander schweigend gegenüber.

„Warum hilfst du mir?"

„Weiß nicht. Fühlt sich richtig an."

Zum zweiten Mal an diesem Tag war ich tief berührt und beeindruckt von der Selbstlosigkeit und der Hilfsbereitschaft, die man mir gewährte, während ich in größten Schwierigkeiten steckte. Ich fragte mich, was ich getan hätte, wenn ein tropfnasser, zerlumpter Kerl in Handschellen vor meiner Tür gestanden hätte. Die Antwort kannte ich und das beschämte mich zutiefst.

Je länger wir da saßen, ich in meine Decke gehüllt, desto mehr fiel die Kälte von mir ab. Die Uhr an der Wand zeigte halb zwölf. Plötzlich überkam mich ein Mordshunger, mein Magen knurrte. Ich hatte den ganzen Tag nichts gegessen, daran hatte ich noch gar nicht gedacht. Auch wenn es mir unangenehm war, nach allem, was Franz bereits für mich getan hatte, noch weitere Ansprüche anzumelden, bat ich um ein spätes Abendbrot. Gierig machte ich mich über Brot, Wurst und Käse her, die der Landwirt mir brachte. Franz stellte mir auch noch ein zweites Bier hin.

„Warum will man dich killen?"

Mit vollem Mund erzählte ich meinem Retter, was in den letzten Tagen passiert war. Davon, dass ich seit

Kurzem Forschungschef der Munisol war, ein junger Mitarbeiter eine unglaubliche Erfindung gemacht hatte, die Erdöl ersetzen konnte und unendlich wertvoll war. Aber auch gefährlich für Leute, die ihr Geld heute mit Öl und Gas verdienten. Ich ahnte, dass meine abendlichen, ungebetenen Gäste aus dieser Richtung kamen. Wie ich zwischen die Fronten von Industriespionage, Sabotage und Mord geriet und man versuchte, mir die Sache in die Schuhe zu schieben und warum ich mich von der Polizei im Moment lieber fernhielt.

Gebannt hörte Franz mir zu. Als mein Bericht zu Ende war, schüttelte er den Kopf.

„Wirklich verrückte Geschichte. Ich dachte, sowas gibt es nur im Fernsehen. Was wirst du jetzt tun?"

Ich starrte auf meine Bierflasche.

„Wenn ich das nur wüsste."

In mir war eine riesige Leere. Ich war unendlich müde und erschöpft.

„Wo sind wir hier eigentlich?"

„Auf dem Bergamhof. Nähe von Moosburg."

Moosburg kannte ich, das war etwa eine Dreiviertelstunde von der Münchener Innenstadt entfernt. Man hatte mich an einem möglichst abgelegenen Ort in aller Stille entsorgen wollen. Ein eiskalter Schauer lief mir den Rücken hinunter.

Die Uhr zeigte mittlerweile Mitternacht.

„Bleib die Nacht hier, morgen kannst du dann weitersehen."

Dankbar nahm ich die Einladung des Landwirts an, es mir auf dem Sofa im Wohnzimmer bequem zu machen. Morgen würde ich weitersehen. Ich war noch am Leben, das war ein Anfang.

Montag, Tag 6

Die Nacht war kurz und ich schlief schlecht. Immer wieder wachte ich auf. Meine Prellungen schmerzten und es fiel mir schwer, eine einigermaßen bequeme Position zu finden. Wenigstens fror ich nicht mehr. Sobald ich eingeschlafen war, träumte ich wildes Zeug, das entweder mit über mir zusammenstürzenden Wassermassen oder Ersticken zu tun hatte. Mehrmals wachte ich in Panik auf. Ich war fast erleichtert, als ich Franz in der Küche klappern hörte. Es fing gerade an, hell zu werden.

„Wie war das Sofa?“, fragte mich Franz, als ich vorsichtig in die Küche schaute.

„Das Sofa war prima, ich weniger“, murmelte ich und schaute meinem Gastgeber beim Kaffeekochen zu. Die Wanduhr zeigte gerade mal fünf Uhr. Plötzlich fiel mir auf, dass ich meine Armbanduhr nicht mehr trug. Das war mir in der Nacht gar nicht aufgefallen. Vermutlich hatte ich sie im Isarkanal verloren. Da lagen nun zwanzigtausend Euro im Fluss. Was soll’s, sie passte sowieso nicht zu meinem momentanen Kleidungsstil. Ich war erstaunt, wie wenig mich der Verlust meiner sündhaft teuren Luxusuhr betrübte.

„Du bist früh auf den Beinen“, bemerkte ich.

„Die Viecher.“

Ich fragte Franz, ob er den Hof allein bewirtschaftete und erfuhr, dass seine beiden Söhne bereits aus dem Haus waren und der mühseligen sowie wenig einträglichen Landwirtschaft den Rücken gekehrt hatten. Seine Frau war auf Kur und kam erst in einigen Tagen zurück. Während er von seinem Leben auf dem Hof erzählte, spürte ich, wie sehr ich es genoss, mit Franz beim Frühstück zu sitzen, fernab von allem, und einfach zu plaudern. Dann musste er in den Stall, um seine Tiere zu versorgen, und ich musste mir überlegen, was ich nun tun sollte. Alle meine Probleme tauchten schlagartig wieder vor meinem inneren Auge auf.

Viel sprach dafür, zur Polizei und Perlinger zu gehen und um Hilfe und Schutz zu bitten. Außerdem konnte ich auf die Möglichkeiten und die Macht der Munisol zurückgreifen. Heute war Montag. Ich sollte das Unternehmen informieren, was alles passiert war. Mir war auch nicht klar, wie Sophia verfuhr. Ging sie zur Arbeit und berichtete über die gestrige Entführung? Und was trieben die zwei Spionagegruppen? Oder waren es mehr? Kai Herzog war ohne Ankündigung von der Bildfläche verschwunden. Das machte mich verdächtig und war ein weiterer triftiger Grund, mit den Behörden zu kooperieren, um dem entgegenzuwirken.

Dagegen sprach, dass ich keine Ahnung hatte, was Perlingers derzeitiger Informationsstand war und welche Schlüsse er daraus zog. Er hatte mich ohne Zweifel im Visier. Aus Routine, aus Abneigung gegen mich, und weil die subversiven Kräfte im Hinter- oder Untergrund sich größte Mühe gaben, mir alles in die Schuhe zu schieben. Dazu noch die Toten im Wald, die auf mein Konto gingen, sowie die von den Russen liquidierten Gangster in der Grünwalder Villa. Überall war Herzog in der Nähe gewesen und hatte vermutlich Spuren hinterlassen. Die einzige Frage war, wie gründlich man danach suchte. An Perlingers Stelle hätte ich mich ganz oben auf der Liste und würde mich bei der erstbesten Gelegenheit festnehmen.

Ich brauchte Zeit, um die Dinge wieder unter Kontrolle zu bekommen. Unter meine Kontrolle. Ich war nun erst einmal unsichtbar geworden, das war gut. Was mir aber fehlte, waren Ressourcen und Infrastruktur. Oder mit anderen Worten, ich konnte nicht zurück in meine Wohnung, hatte keine Papiere, kein Geld, keinen Internetzugang. Außerdem kein Auto - und mit Blick auf meine zerlumpten Kleider, die Franz in eine große Tüte gestopft hatte, nichts zum Anziehen. Ich war also pleite und obdachlos.

Mit einer weiteren Tasse Kaffee verließ ich das Haus und setzte mich auf eine Bank im Hof. Ich sah zu, wie die Sonne aufging, und überlegte, wen ich um Hilfe bitten konnte. Meine Eltern lebten in Frankfurt, das war erstens zu weit weg und zweitens wollte ich sie auf keinen Fall in diese gefährliche Gemengelage auch noch hineinziehen. Außerdem, wäre ich der Gegner und auf der Suche nach mir, ich würde als Erstes die Familie und nahe Angehörige überwachen. Damit fiel auch meine Schwester in Köln aus. So richtig enge Freunde, denen ich voll vertraute und die mir Unterstützung gewährten, was auch immer ich angerichtet hatte, fielen mir keine ein, zumindest keine, die hier in der Nähe waren.

Ich spielte mit dem Gedanken, Tabea zu kontaktieren, verwarf diesen aber umgehend. Plötzlich wusste ich, wer mir helfe würde. Julia. Genauer gesagt, Frau Dr. med. Julia Steinbach, Kardiologin und meine leidenschaftlichste Beziehung vor Tabea, die es aber irgendwie nicht in die Langfristigkeit geschafft hatte.

Franz kam aus dem Stall gestapft und setzte sich neben mich.

„Und?"

„Ich muss zurück nach München."

Als ich in den Bus stieg, brüllte mir Franz hinterher, ich solle auf mich aufpassen und am Leben bleiben. Das war ohne Zweifel ein guter Rat, den ich mir vornahm zu beherzigen. Ich drehte mich um, winkte meinem spontanen Gastgeber zum Abschied und quittierte seine Worte mit Daumen nach oben.

Franz war mein Retter in der Not gewesen. Er hatte mich von den Handschellen befreit und mir Schutz für die Nacht gewährt. Nicht genug, überließ er mir seine Kleidung, dazu Schuhe, die zwar etwas zu klein waren, aber darauf kam es im Moment nicht an. Er hatte mich mit seinem alten Benz zur Bushaltestelle in Moosburg gefahren und mir schließlich dreißig Euro in die Hand gedrückt, damit ich zurück nach München fahren konnte. Sobald ich die Dinge geregelt hatte, würde ich ihn besuchen, meine Schulden begleichen und ein paar Bier mit ihm trinken, auf der Bank vor seinem Haus.

Der Weg zurück verlief zunächst mit dem Bus nach Freising und von dort per S-Bahn bis in die Münchener Innenstadt. Ich hatte überlegt, die ganze Strecke per Bus zurückzulegen, um den kameraüberwachten Bahnsteigen und Zügen auszuweichen. Mittlerweile war ich völlig paranoid. Ich traute sowohl den Russen als auch den Hintermännern der eliminierten, vermutlich amerikanischen Söldnertruppe zu, die örtlichen Überwachungssysteme anzuzapfen und nach mir zu suchen.

Letztlich entschied ich mich für die direktere und schnellere Variante und versuchte, den Kameras aus dem Weg zu gehen, ihnen den Rücken zuzudrehen und permanent auf den Boden zu schauen. Ich hoffte, auf diese Art zu vermeiden, mit meinem Gesicht ins Bild zu geraten. Vielleicht hatte man die Suche nach mir auch aufgegeben. Aber so richtig daran glauben konnte ich nicht.

Die Fahrt mit der S-Bahn dauerte eine knappe Dreiviertelstunde. Mit jedem Halt füllte sich der Zug mehr und mehr mit Berufspendlern und Schülern. Je voller es wurde, desto sicherer fühlte ich mich. So konnte ich in der Menge untertauchen. Während ich aus dem Zugfenster sah, dachte ich über meine nächsten Schritte nach.

Julia würde ohne Zweifel überrascht sein, wenn ich nach vielen Jahren einfach so vor ihr stehen würde, aber ich war mir sicher, dass sie mich nicht hängen ließ und mir half. Die Frage war, was dann, wie konnte ich aus diesem Horrorfilm entkommen?

Meine Lage ließ sich auf zwei Kernprobleme reduzieren. Erstens musste ich dafür sorgen, dass man aufhörte, das Patent zerstören oder stehlen zu wollen. Zweitens musste ich die Polizei überzeugen, dass sie mich beschützte und nicht verdächtigte. Mir wurde schnell klar, dass ich zunächst Problem Nummer eins lösen musste. Anschließend würde sich Problem Nummer zwei vermutlich ein Stück weit von selbst erledigen.

Also zurück zu Jordans Forschungen, welche es nun eigentlich nicht mehr gab. Bei der Munisol war alles zerstört oder gestohlen. Die ungehobelten Schränke hatten Jordans Laptop, behaupteten aber, dass wichtige Teile fehlten. Soweit ich die Russen verstanden hatte, hatten sie den Laptop an sich genommen, um alles in der Versenkung verschwinden zu lassen.

Meines Erachtens hatten die Herren jedoch übersehen, dass die Forschungsdaten bereits an die Hintermänner der Schlägertruppe übergeben worden waren, denn wie hätte man sonst wissen können, dass etwas fehlte? Die Söldner waren dazu sicherlich nicht in der Lage, dazu bedurfte es hoher technischer und wissenschaftlicher Kenntnisse, insbesondere um in so kurzer Zeit eine solche Auswertung zu vollziehen.

Das hieß nichts anderes, als dass irgendwo auf der Welt Spezialisten schon länger daran gearbeitet hatten und daher die Daten schnell einordnen konnten. Und das bedeutete, dass zwar die exekutive Speerspitze von mir und den Russen entsorgt worden war, die Auftraggeber und Hintermänner aber nach wie vor existierten. Ich vermutete, dass es nur eine Frage der Zeit war, bis sie sich wieder an der Front aufgestellt hatten, um dann erneut die fehlenden Puzzlestücke zu jagen.

Die Osteuropäer hingegen wollten sichergehen, dass die aus ihrer Sicht gefährliche und schädliche Technologie niemals das Tageslicht erblickte. Falls die Gruppe nur halb so professionell agierte, wie ich es annahm, blieb sie auf Beobachtungsposten, um gegebenenfalls sofort wieder aktiv zu werden.

Das alles bestätigte meine Schlussfolgerung, dass erst dann Ruhe war, wenn die Munisol das Patent eingereicht und veröffentlich hatte. Denn dann war es für jegliche subversive Machenschaften zu spät und die kriminellen Aktivitäten würden keinen Sinn mehr ergeben. Nur hatte ich keinerlei Daten und Ergebnisse mehr, die zur Patentanmeldung notwendig gewesen wären. Natürlich konnte ich versuchen, die gesamten Forschungsarbeiten rekonstruieren zu lassen. Doch das würde mindestens Monate dauern. Und die russischen Folterknechte hatten keinen Zweifel gelassen, was passieren würde, wenn man keine Ruhe gab. Ich brauchte dringend eine Abkürzung.

Während die S-Bahn Haltestelle für Haltestelle passierte, zerbrach ich mir den Kopf, wie ich Jordans Ergebnisse auftreiben könnte. Der Zug wurde immer voller, die Plätze neben mir waren mittlerweile auch besetzt. Eine Gruppe großer, junger Männer unterhielt sich lautstark. Sie schienen von einer ausgedehnten nächtlichen Sauftour zurückzukehren. Was sie sprachen, klang für mich holländisch. Holland, das war es! Mein Vorgänger als Forschungschef, Jon van Laaren, war ebenfalls Holländer und, soweit ich Claudia verstanden hatte, nach Amsterdam zur Konkurrenz gewechselt. Ich hatte mich mit van Laaren ohnehin in Verbindung setzen wollen, um in Erfahrung zu bringen, warum er die Munisol verlassen hatte und ob er ahnte, was in der Abteilung vor sich ging. Vielleicht konnte er mir auch helfen, die Kernstücke der Technologie zusammenzutragen.

Es war ein dünner und sehr brüchiger Strohhalm. Ob van Laaren die wesentlichen Elemente aus dem Ikarus-Projekt wirklich in ausreichender Detailtiefe kannte und halbwegs im Kopf hatte, war fraglich. Andererseits war die Entwicklungstätigkeit auf dem Feld der Kohlendioxid-Umwandlung eine absolute Leuchtturmaktivität, da sollte der Forschungschef Interesse und Einblick haben.

Je länger ich darüber nachdachte, desto klarer wurde mir, dass ich dringend mit meinem Vorgänger sprechen musste. Möglicherweise konnte er mir über die technischen Inhalte hinaus noch weitere wertvolle Erkenntnisse oder Beobachtungen mitteilen. Wer weiß, vielleicht hatte Jon van Laarens spontaner Abgang auch andere Hintergründe als nur eine spannende Offerte von der Konkurrenz. Ich musste nach Amsterdam.

Es war gerade erst halb acht, als ich am Münchener Hauptbahnhof ankam. Dort herrschte das um diese Zeit übliche Gedränge, was mir gelegen kam, da ich nicht auffallen wollte. An einem Souvenirstand im Bahnhof erwarb ich von meinem übrig gebliebenen Geld eine billige, schwarze Schirmmütze, die ich tief ins Gesicht zog. Zusammen mit der schlabbrigen Jogginghose, dem zu großen Flanellhemd und den zu kleinen, abgetragenen Halbschuhen war die Tarnung perfekt. Ich sah aus wie ein Penner. Vermutlich wäre selbst meine Mutter an mir vorbeigelaufen, ohne mich zu erkennen. Beim Anblick meines Spiegelbilds im Schaufenster des Bäckerstands fragte ich mich, ob ich über meine gelungene Verwandlung triumphieren oder in Tränen ausbrechen sollte, was aus dem Spitzenmanager im stilsicheren Maßanzug innerhalb von gerade mal vier Tagen geworden war. Doch bevor ich in unnützes Selbstmitleid abgleiten konnte, konzentrierte ich mich auf meinen Plan und verließ den Bahnhof in nördlicher Richtung.

Julias Arztpraxis lag in der Nähe des Königsplatzes, keine Viertelstunde zu Fuß. Zumindest ging ich davon aus, dass sie noch immer dort praktizierte. Während unserer wilden Zeit hatte sie die Praxis gerade übernommen und mir wäre kein Grund eingefallen, warum sie woanders hätte hingehen sollen. Die Lage war perfekt. Ich wollte auch nicht, dass mir ein Grund einfiel.

Über Bekannte hatte ich Julia kennengelernt und war ihrem feinsinnigen Humor und ihrer Schönheit sofort verfallen. Wir hatten eine großartige Beziehung und es war keine Minute langweilig mit ihr. Ständig sprühte die Leidenschaft und das Feuer brannte, manchmal schlugen die Flammen auch etwas zu hoch, dann krachte es heftig, aber es dauerte nie lange bis zum nächsten Versöhnungssex.

Umso enttäuschender war das unspektakuläre Ende unserer Beziehung. Ich war am Anfang meiner Karriere und bekam das Angebot, für ein Jahr in der Niederlassung der Munisol in Hongkong zu arbeiten, während Julia die einmalige Chance erhielt, eine Spitzenpraxis für Kardiologie zu übernehmen. Und plötzlich war unsere Leidenschaft für unsere Karrieren größer als für unsere Beziehung.

Vermutlich hatte ich erwartet, dass Julia mich von meinem Auslandseinsatz abbringen wollte, und vielleicht interpretierte ich ihre Unterstützung als Gleichgültigkeit. Ich konnte mich noch genau daran erinnern, wie ich mich von ihr verabschiedete und uns beiden nichts Besseres einfiel als ein erbärmliches „Man sieht sich". Nach ein paar Emails und SMS verlief sich die heißeste aller Beziehungen belanglos im Sand. Als ich aus Asien zurückkam, konnte ich mich nicht überwinden, wieder Kontakt mit ihr aufzunehmen. Sie tat es auch nicht und irgendwann kam dann Tabea und Julia geriet in Vergessenheit.

Ich hatte Glück und die Praxis hatte bereits geöffnet. Eine Sprechstundenhilfe war mit Vorbereitungen am Empfang beschäftigt. Selbstbewusst baute ich mich vor ihr auf.

„Mein Name ist Doktor Kai Herzog, Frau Doktor Steinbach erwartet mich. Lassen Sie sich bitte nicht von meinem unpässlichen Äußeren irritieren."

Die junge Dame war sichtlich überrumpelt und überfordert. Meine Worte und mein Auftreten passten nicht im Geringsten mit meinem Aussehen zusammen. Erst sah sie mich misstrauisch und verunsichert an, dann bat sie mich, kurz zu warten, drehte sich um und verließ den Empfangstresen, um die Frau Doktor über den frühmorgendlichen Besucher zu informieren. Und vermutlich, um nachzufragen, ob sie mich rauswerfen sollte.

Während ich wartete, schaute ich mich um. Julias Praxisräume waren beeindruckend. Im Hochparterre eines repräsentativen Altbaus untergebracht, hinterließen die hohen mit Stuck verzierten Decken zusammen mit dem massiven Parkett im Kontrast zu der schlichten und modernen Einrichtung ihre Wirkung. Julia hatte von ihrer Klasse offensichtlich nichts eingebüßt. Das bestätigte sich umgehend, als sie zusammen mit ihrer Assistentin im Korridor auftauchte.

Ihre Augen strahlten wie am ersten Tag, als sie mich sah. Nur ihre roten Locken, die sich wie ein Leuchtfeuer von ihrer blütenweißen Arztkleidung abhoben, waren deutlich kürzer als früher.

„Kai Herzog. Du traust dich was. Was um alles in der Welt machst du hier? Und überhaupt, wie siehst du eigentlich aus? Brauchst du Geld?“

Julia stemmte ihre Fäuste in die Hüften, zog streng ihre Augenbrauen zusammen und ihre unzähligen Sommersprossen tanzten um ihre Nase. Ihre tiefgrünen Augen blitzten mich an. Wie immer erfasste sie schnell den Kern der Sache, denn in der Tat, ich benötigte vor allem Geld.

„Hallo Julia.“

Ich setzte mein bestes und breitestes Lächeln auf.

„Ich hätte wohl anrufen sollen?“

„Aha. Wann? Zur Terminvereinbarung heute oder vor zehn Jahren?“

Autsch. Möglicherweise hatte ich die Situation etwas falsch eingeschätzt. Die Sprechstundenhilfe hatte sich in der Zwischenzeit geschäftig aus dem Staub gemacht.

„Hör mal Julia, kann sein, dass ich mich dir gegenüber damals falsch verhalten habe. Falls ich dich verletzt habe, dann tut es mir unendlich leid und ich bin ein Riesenesel. Aber hier und heute steck ich bis zum Hals und darüber hinaus in Schwierigkeiten und du bist im Moment der einzige Mensch auf diesem Planeten, dem ich noch vertraue."

Ich sah sie ernst und vermutlich auch verzweifelt an. Meine Rede verfehlte ihre Wirkung nicht. Nach kurzem Zögern entspannten sich Julias Gesichtszüge und ihr Blick wurde milder und wärmer. Sie schob meinen Hemdkragen zur Seite und berührte vorsichtig meine Schrammen und Würgemale am Hals.

„Das mit den Schwierigkeiten bis zum Hals ist wohl wörtlich zu verstehen. Komm mit."

Ich folgte ihr in eines der Behandlungszimmer und musste innerlich grinsen, als ich mich dabei erwischte, wie ich Julia auf den Hintern schaute und an unsere gemeinsame Zeit dachte. Bis jetzt war unser Wiedersehen gar nicht so schlecht gelaufen.

Julia setzte sich an einen großen Schreibtisch und wies mir den Platz gegenüber zu.

„Auf die Geschichte bin ich gespannt."

Sie stützte ihre Ellenbogen auf den Tisch, legte ihr Kinn in die Hände und sah mich mit einer Mischung aus Neugier und Vorwurf an. Dabei fiel mir auf, dass sie einen Ehering an der rechten Hand trug. Ich spürte einen leichten Stich, obwohl ich wusste, wie albern das war. Besaß ich auch nur einen Funken Anstand und

Ehre, dann wünschte ich mir für Julia, dass sie den besten aller Ehemänner gefunden hatte.

Aber ich war nicht zu ihr gegangen, um mich irgendwelchen Sentimentalitäten hinzugeben, vielmehr benötigte ich ihre Hilfe, damit ich meinen Plan umsetzen konnte. Also wischte ich die Vergangenheit und Julias Reize aus meinem Kopf und berichtete über die Ereignisse der letzten Tage, und was ich nun tun wollte. Mittlerweile hatte ich Routine.

Je länger ich erzählte, desto fassungsloser sah sie mich an. Als ich fertig war, schüttelte sie sichtlich entsetzt den Kopf.

„Das ist ja völliger Wahnsinn!"

Dann erhob sie sich aus ihrem Sessel und forderte mich auf, mein Hemd auszuziehen. Beim Anblick meines mit Schürfwunden und Blutergüssen übersäten Körpers zuckte sie zusammen.

„Um Gottes Willen. Bist du sicher, dass du keine Brüche oder inneren Verletzungen hast?"

Julia fing an, mich abzutasten und mir tausend Fragen zu stellen, um meinen Gesundheitszustand einzuschätzen. Doch ich wiegelte ab und schwor ihr, zwar eine Menge Kratzer abbekommen zu haben, aber hey, Unkraut vergeht nicht, schlechten Menschen geht es immer gut. Sie verzog zweifelnd ihr Gesicht: „Wenn Du meinst." Die Sommersprossen meldeten sich wieder. Schweigend saßen wir nebeneinander auf der Untersuchungsliege.

„Was brauchst du?“

Manchmal sind es wenige Worte, die den Unterschied machen. Ich hatte mich in Julia nicht geirrt.

„Hast du was zu schreiben?“

Kaum hatte Julia mir Block und Stift gegeben, schrieb ich los. In der S-Bahn hatte ich mir alles bis ins Detail überlegt. Bevor ich ihr meine Aufstellung gab, sagte ich ihr kleinlaut, dass mir vollkommen klar sei, dass ich sehr viel von ihr verlange. Aber ich würde ihr alles in Kürze zurückzahlen, sie könne sich zu einhundert Prozent auf mich verlassen. Innerlich zuckte ich kurz, erst einmal müsste ich das alles überleben. Aber ich konnte nicht anders, als das als gegeben vorauszusetzen. Während Julia meine Liste überflog, beobachtete ich die Reaktion ihrer immer wilder tanzenden Sommersprossen.

„Wow, was du also brauchst, sind: eine Jeans Größe 34/34, zwei Poloshirts Größe L, zwei Boxershorts gleiche Größe, zwei Paar Socken Größe 44, ein Paar Sportschuhe entsprechend, eine Kapuzenjacke - alles in gedeckten Farben -, eine dunkle Sonnenbrille, ein Smartphone Prepaid 100 GByte, einen Rucksack, Zahnbürste, Zahnpaste, Deo, Kamm, Seife, Shampoo, Handtuch, Block, Stift. Und tausend Euro bar?“

Natürlich hätte ich Julia auch nur um Geld bitten können, aber man musste beim Kauf eines Prepaid-Smartphones den Ausweis zeigen, und ich hatte keinen. Zum anderen durfte ich nicht auffallen, wenn ich, aussehend wie ein Landstreicher, auf Shoppingtour ginge. Und ich wollte so schnell wie möglich aus München raus, bevor mich noch einer meiner Verfolger entdecken konnte.

Ich nahm an, dass Julia mir den Block ins Gesicht und mich aus der Praxis werfen würde. Stattdessen riss sie das Blatt ab, faltete es, steckte es in die Hosentasche und zog ihren Arztkittel aus.

„Verstanden. Hast immer noch die gleiche Größe. Gib mir eine Stunde. Meine Assistentin zeigt dir, wo du duschen kannst und eine Tasse Kaffee findest."

Weg war sie. In diesem Moment wurde mir endgültig klar, dass es der größte Fehler meines Lebens gewesen war, diese Frau nicht mehr anzurufen.

Die Sprechstundenhilfe steckte vorsichtig ihren Kopf durch die Tür und brachte mich in den für Patienten unzugänglichen Bereich der Praxis. Sie zeigte mir die Kaffeeküche und die Dusche, drückte mir ein Handtuch in die Hand und überließ mich mir selbst.

Ich stand eine Ewigkeit unter der Dusche und genoss die Reinigung und das warme Wasser. Nachdem ich mich wieder mit Franz' Kleiderspende angezogen hatte, nahm ich mir eine Tasse Kaffee, setzte mich an den Küchentisch und schaute aus dem Fenster. Es fühlte sich alles eigenartig an. Über Nacht war ich aus meinem Leben verschwunden und abgetaucht. Wie leicht das ging! Gleichzeitig spürte ich eine ungeheure Schwere. Das alles schien surreal.

Meine Gedanken schweiften durch brennende Hallen, tote Industriespione, Brückenstürze, Julia, Hongkong, meine Karriere, oder was davon noch übrig war. Ich nahm nicht wahr, wie die Zeit verging. Dann ging die Tür auf und Julia stand mit Tüten bepackt im Zimmer.

„Ich denke, ich habe alles. Achtundfünfzig Minuten."

Sie strahlte mich stolz an und präsentierte ihre Einkäufe. Während ich mir die neuen Sachen anzog, goss sie sich einen Kaffee ein und setzte sich an den Tisch. Die Patienten mussten heute etwas länger warten. Nachdem ich die restlichen Einkäufe im Rucksack verstaut hatte, griff Julia in ihre Handtasche und gab mir ein Bündel mit Geldscheinen.

„Ich würde es begrüßen, wenn du den Kredit zurückzahlen würdest. Für tausend Euro muss ich eine Menge EKGs machen. Übrigens sind für die Einkäufe dann noch siebenhundertfünfzig fällig. Du treibst mich in die Pleite."

Sie lachte.

Ich erneuerte mein Versprechen, in ein paar Tagen meine Schulden zu begleichen. Obwohl ich es eilig hatte, setzte ich mich zu Julia an den Tisch, es ließ mir keine Ruhe.

„Du trägst einen Ring."

„Ich bin seit sechs Jahren verheiratet. Heiko, er ist wundervoll und macht mich glücklich. Wir haben eine kleine Tochter, Luisa."

Sie zog ihr Smartphone aus der Tasche und zeigte mir das Foto eines etwa dreijährigen Mädchens, das auf den Schultern eines Mannes saß. Beide lachten fröhlich.

„Du hast eine tolle Familie. Freut mich sehr für dich."

Es tat weh. Selbst schuld.

„Und du?"

„Geschieden. Keine Kinder."

Sie nickte nachdenklich und starrte in ihre Tasse.

„Ich hatte gedacht, dass du nach Hongkong wieder zu mir zurückkommst. Ich war mir ganz sicher. Aber du kamst nicht. Du bist einfach für immer gegangen. Einfach so."

Traurigkeit lag auf ihrem Gesicht, die Sommersprossen standen still. Ich schaute Julia betreten an und fühlte mich unendlich schäbig.

„Es tut mir leid."

„Ist zehn Jahre her."

„War eine super Zeit."

„Ja, das war es."

Sie lächelte, aber die Bitterkeit war noch immer in ihren Augen.

Ich musste los. Ich bedankte mich bei Julia wortreich für ihre spontane und großzügige Hilfe und betonte, dass ich tief in ihrer Schulde stünde. Egal wo und wann, ich sei immer für sie da, wenn sie mich brauche. Selten meinte ich etwas so ernst.

Die Liste mit meinen Rettern wurde immer länger: Ferhat, Franz und nun Julia. Wir umarmten uns und Julia ermahnte mich, am Leben zu bleiben und meine Schulden zurückzubezahlen. Es war bereits das zweite Mal an diesem Tag, dass mir ans Herz gelegt wurde, nicht draufzugehen. Das gab mir zu denken. Ich setzte Basecap und Sonnenbrille auf, nahm den Rucksack und verließ die Praxis zurück in Richtung Bahnhof.

Landeskriminalamt München, 8:35 Uhr

„Beide Unfalltote aus dem Ebersberger Forst sind unseren Datenbanken unbekannt, keine Treffer, weder für die Fingerabdrücke noch die DNA. Karsten hat nun bei Interpol angefragt.“

Maja streckte die Beine aus und starrte an die Decke. Sie saß bereits seit über einer Stunde bei Perlinger im Büro. Die beiden Hauptkommissare diskutierten wieder und wieder die letzten Erkenntnisse, ohne dabei Fortschritte zu machen. Perlinger nahm den vorläufigen Bericht der Pathologie von seinem Schreibtisch und blätterte darin.

„Die Forensiker tippen auf Amerikaner. Alle Kleidungsstücke waren amerikanische Produkte und die Schuhgröße auf der Sohle der Springerstiefel war amerikanisches Maß. Was machen bewaffnete Amerikaner am Sonntagvormittag im Ebersberger Forst und wieso stoßen sie mit Herzogs Porsche zusammen?“

Die Kriminaltechnik hatte mittlerweile die Lackspuren an dem zerstörten Van zweifelsfrei dem von Herzog gefahrenen Porsche-Modell zugeordnet. Niemand in der Sonderkommission ging von einem Zufall aus. Jan Schön hatte sich bereits an die Arbeit gemacht, die Werkstätten abzuklappern. Vielleicht war der verschwundene Sportwagen des Managers dort zu finden. Man war sich einig, dass er bei ähnlichen Schäden wie am GMC nicht weit kommen konnte.

“Welche Rolle spielt Herzog in diesem Fall? Ist er der Strippenzieher im Hintergrund oder unverschuldet zwischen die Fronten geraten? Was hatte er gegen die Amerikaner? Warum musste er sie ausschalten?“ Maja versuchte, den Fall von einer größeren Flughöhe aus zu betrachten.

“Mit dem Begriff ‚unverschuldet‘ tue ich mich bei Herzog schwer“, erwiderte Perlinger. „Irgendwas führt der Mann doch im Schilde. Warum hat er Sophia Hart Märchen erzählen lassen? Und was hat es mit dem Unfall auf sich? Warum hat er nicht die Polizei gerufen, ist stattdessen einfach davongefahren und hat damit Fahrerflucht begangen? Mit zwei Toten! Das ist

eine schwere Straftat! Und wo steckt der Mann überhaupt? Keine Spur von ihm. Die Telefonortung hat bisher auch nichts ergeben. Ist der feine Manager untergetaucht? Wenn ja, warum? Wegen der Fahrerflucht? Oder aus einem ganz anderen Grund?"

„Oder ihm ist etwas zugestoßen. Einmal hat man bereits versucht, ihn zu töten", warf Maja ein.

Der Hauptkommissar verzog das Gesicht und kaute auf seiner Unterlippe. „Wenn das Auto von unserem James Bond hinüber ist und er nicht Fahrrad fährt, könnte er die öffentlichen Verkehrsmittel benutzen. Vielleicht sollten wir einmal die Münchener Bahnhofskameras unter die Lupe nehmen. In jedem Fall müssen wir ihn finden. Und zwar schnell."

Im Bahnhof angekommen, setzte ich meine Routine fort, Kameras wenn möglich aus dem Weg zu gehen sowie konsequent auf den Boden zu schauen. Ich zog mir an einem Automaten ein Zugticket nach Amsterdam, einmal Umsteigen in Frankfurt, Ankunft gegen 19 Uhr, perfekt. Blieb zu hoffen, dass es mir gelang, van Laaren aufzutreiben. Die Zeit bis zur Abfahrt verbrachte ich damit, mir ein paar Sandwiches und Wasser als Proviant zu kaufen.

Als der Zug aus dem Bahnhof rollte, begann ich mich das erste Mal seit vierundzwanzig Stunden etwas zu entspannen. Ich machte es mir auf meinem Zweite-

Klasse-Sitz am Fenster so bequem wie möglich. Der Wagen war nur etwa zu einem Viertel gefüllt und der Platz neben mir war unbesetzt.

Ich atmete durch. Ich konnte mich nicht erinnern, wann ich das letzte Mal in der Zweiten Klasse gesessen hatte, aber ich wollte zum einen Geld sparen, zum anderen möglichst in der Masse verschwinden. Es war erstaunlich, wie leicht es war, all die Statussymbole hinter mir zu lassen, die mir sonst so wichtig waren. Bei Gelegenheit würde ich darüber nachdenken, was mir das eigentlich über mich sagte. Bis Frankfurt waren es gute vier Stunden. Ich schloss die Augen und schlief sofort ein.

Es war ein fast komatöser, traumloser Schlaf, der mich umfing. Als ich wieder aufwachte, waren wir bereits hinter Stuttgart und durchfuhren das Neckarbecken mit seinen wunderschönen Hängen. Nachdem ich wieder einigermaßen bei Sinnen war, zog ich den Karton mit meinem neuen Smartphone aus dem Rucksack, packte es aus und nahm es in Betrieb. Die Uhr auf dem Display zeigt 12:43 Uhr. Es war Zeit, Dahlem anzurufen und ihm Bericht zu erstatten, zumindest in Ansätzen.

Ich hatte keine Ahnung, welche Telefonnummer Dahlem oder die Munisol hatte. Üblicherweise waren alle Nummern im Telefon eingespeichert und man rief lediglich den Eintrag im Adressbuch ab. So blieb mir nichts anderes übrig, als die Nummer der Telefonzentrale der Munisol im Internet nachzuschlagen und mich verbinden zu lassen. Als Dahlem das Gespräch entgegennahm, verließ ich meinen Platz und verdrückte mich in eine ruhige Ecke des Zuges. Mithörer konnte ich ganz und gar nicht gebrauchen.

„Herzog, wo stecken Sie?", empfing mich Dahlem mit gereiztem Unterton. „Die Polizei hat mich bereits nach Ihnen gefragt und scheint sehr dringenden Gesprächsbedarf mit Ihnen zu haben. Was geht hier vor?"

Das war klar. Natürlich hatte Perlinger sich nicht damit zufriedengegeben, dass ich ihm am Tag zuvor weder die Tür geöffnet hatte noch ans Telefon gegangen war. Die Frage war, was er Dahlem gesagt hatte. Ich gab mich am besten unwissend.

„Gibt es Neuigkeiten?"

Nein, die gab es nicht. Der im Unfall Munisol und Todessache Jordan ermittelnde Beamte Perlinger habe lediglich nachgefragt, wo er Doktor Herzog erreichen könne, um mit ihm verschiedene Aspekte der Ermittlungen zu besprechen, es sei offensichtlich dringend. Ich war etwas erleichtert. Offensichtlich ging Perlinger nun behutsamer zu Werk. Ich folgerte, dass er sich um Unklaren war, was gegenwärtig passierte, und im Trüben fischte. Gut so.

Ich gab Dahlem eine stark verkürzte Zusammenfassung der Ereignisse. Man könnte auch sagen, ich ließ so ziemlich alles weg. Kein Wort über den toten Mechtersheim, die entführte Sophia, die terminierten Amerikaner und die nach KGB riechenden Folterknechte, auch nichts über meinen vorübergehenden Fund bei den IT-Nerds. Ich deutete lediglich an, dass alles nach Sabotage und Industriespionage aussah und ich mit Hochdruck daran arbeitete, die verschwundenen Daten und Dokumente wieder aufzutreiben und zu rekonstruieren. Und genau deshalb hatte ich mich aufgemacht nach Amsterdam, um Jon van Laaren zu befragen.

„Gute Idee, Herzog."

Dahlem klang schon deutlich zufriedener. Ja, der Macher Herzog war wieder zugange, der würde die Sache schon schaukeln und sich dann seinen Job von Sophia Hart wiederholen. Mein Chef wusste, was er an mir hatte. Während ich mich selbst einmal mehr für genial und unersetzbar hielt, fiel mir ein, dass ich herausfinden musste, ob Dahlem über Sophias Entführung und meinen Einsatz bei ihrer Befreiung im Bilde war.

„Wie geht es Frau Hart?", fragte ich scheinheilig. „Sollte ich mich mal bei ihr melden, um sie in ihrer neuen Funktion zu unterstützen?"

„Nun, das schadet sicher nicht, auch wenn ich in der Besprechung mit Frau Hart heute Morgen nicht den Eindruck hatte, dass sie Schwierigkeiten hat."

Daraus schloss ich, dass sich Sophia trotz ihres sonntäglichen Albtraums ins Büro geschleppt, sich nichts anmerken lassen und den Übergriff für sich behalten hatte. Sophia war eine zähe Kämpferin, die sich in der rauen Topmanager-Welt umgeben von männlichen Alpha-Tieren durchzusetzen wusste. Daran hatte ich trotz meiner Abneigungen nie gezweifelt und sie bestätigte es erneut.

„Wann sind Sie zurück in München?"

Dahlem riss mich aus meinen Gedanken.

Ich erklärte ihm, dass ich plante, bis zum Abend am nächsten Tag wieder zurückzukehren. Dahlem schlug vor, dass wir uns dann bei ihm zu Hause treffen und in aller Ruhe den Stand der Dinge gemeinsam erörtern sollten. Ich spürte eine Erleichterung in mir. In den letzten Stunden hatte ich mich als einsamster Mensch der Welt gefühlt. Die Aussicht, gemeinsam mit Dahlem einen Weg aus dem Schlamassel zu planen, gab mir Kraft und Zuversicht. Wir verabredeten uns für den nächsten Abend und beendeten das Gespräch.

Ich ging zurück zu meinem Platz, ließ mich in meinen Sitz fallen und sah aus dem Fenster. Felder, Wiesen und Wälder rasten vorbei. Meine Gedanken kreisten um das Gespräch mit Dahlem. War es wirklich eine gute Idee, ihn derart im Dunkeln zu lassen? Die Munisol war verwanzt, ich wusste es, und ich veranlasste keine Gegenmaßnahmen. Wenn das herauskam, war mein Rauswurf nur noch Formsache.

Auch der Angriff auf mich, der Tod von Mechtersheim, ich hätte das unmittelbar berichten müssen. Je länger ich damit wartete, desto schwieriger wurde es, eine plausible und akzeptable Erklärung zu liefern. Und es grenzte schon fast an ein Wunder, dass Dahlem nicht von Perlinger, Sophia oder sonst wem Informationen über die von mir verschwiegenen Ereignisse der letzten Tage gesteckt bekommen hatte. Ich verstrickte mich immer mehr in zum Teil selbst verursachte Probleme und traf schlechte Entscheidungen, wenn ich zu sehr unter Druck geriet und die Ereignisse über mich hereinbrachen. Aber der Blick nach hinten half mir nun auch nicht, ich musste nach vorne denken und handeln.

Oder wusste Dahlem alles und ließ mich im Dunkeln? Ich spürte, wie mir gleichzeitig heiß und einmal mehr flau in der Magengrube wurde. Manipulierte Dahlem mich gerade? Mit welchem Zweck? Was hätte er davon gehabt? Eine andere Möglichkeit war die, dass Dahlem gar nicht wissen wollte, was wirklich vor sich ging. Damit er auf keinen Fall schmutzige Finger bekam und immer sagen konnte: „Ich wusste von nichts, keine Ahnung, was der Herzog da getrieben hat."

Ich entschied mich für diese Erklärung, die grundsätzlich zu Dahlems Art passte, immer, wenn es kritisch wurde, das Weite zu suchen und erst wieder in Erscheinung zu treten, wenn andere den Dreck weggemacht hatten - und bei Erfolgen diese für sich zu reklamieren.

An ihm sollte ich mir ein Beispiel nehmen. Dann hätte ich deutlich weniger blaue Flecken und ein größeres Büro mit besserer Aussicht. Davon unbenommen, musste ich mir bei Gelegenheit überlegen, wie ich am Ende die Geschichte präsentieren konnte, ohne dabei in Schwierigkeiten zu geraten. Doch das hatte erst einmal noch Zeit.

Nach einigem Grübeln kam ich zu dem Entschluss, Sophia anzurufen und zu fragen, wie es ihr ging, aber vor allem, was gerade in München los war und wie es am Tag zuvor mit der Polizei gelaufen war.

Erneut suchte ich mir einen Ort im Wagen, an dem ich ungestört sprechen konnte, und wählte Sophias Nummer, eine der wenigen Telefonnummern, die ich im Kopf hatte, da ihr Firmenmobiltelefon die gleiche Nummer besaß wie meins, lediglich die letzten beiden Ziffern waren unterschiedlich. Meine endete auf achtzehn, ihre auf achtzig. Nach nur einem kurzen Moment meldete sie sich.

„Hallo, Sophia Hart.“

„Ich bin’s, Kai.“

„Einen Moment, ich bin gerade in einem Meeting.“

Ich konnte hören, wie sie sich bei den Anwesenden entschuldigte und den Raum verließ.

„Ich muss gleich wieder zurück, wir besprechen gerade die Zusammenführung der beiden Segmente. Wo steckst du?“

„Ich muss ein paar Dinge regeln.“

Im Nachhinein fragte ich mich, ob es klug gewesen war, Dahlem über mein Reiseziel zu informieren. Daher hatte ich beschlossen, nun weniger auskunftsfreudig zu sein. Auch versetzte es mir einen Stich, als meine Konkurrentin nichts Besseres zu tun hatte, als gleich im ersten Satz zu erwähnen, dass sie gerade dabei war, meine ehemalige Abteilung zu übernehmen. Entsprechend war mein Bedürfnis verflogen, ein tiefergehendes Gespräch mit Sophia zu führen. Aber ich riss mich zusammen.

„Wie geht es dir?“

„Ich bin ok. Hier ist viel los. Das lenkt mich ab.“

Sie sprach leise, vermutlich stand sie auf dem Flur.

„Wie war es bei der Polizei gestern?“, kam ich ohne Umschweife zum Hauptgrund meines Anrufes.

„Ich habe wie besprochen meine Aussage gemacht, aber Perlinger hat sich die Videoüberwachung vom LKA-Eingang zeigen lassen und darauf gesehen, wie ich aus deinem Auto gestiegen bin. Mir blieb nichts anderes übrig, als ihm zu berichten, wie es wirklich war. Also ab dem Moment, an dem du mich befreit hast. Zumindest die Ereignisse vorher, und wie du mich gefunden hast, konnte ich verschweigen. Tut mir leid, Kai. Ich hatte es wirklich versucht."

Sie klang geknickt.

„Schon ok. Mir tut es leid, dass ich dich in Schwierigkeiten gebracht habe."

Ich hatte ein schlechtes Gewissen. Vor allem ärgerte ich mich, dass ich nicht daran gedacht hatte, dass ein Polizeigebäude üblicherweise überwacht wird und ich Sophia besser etwas weiter entfernt hätte absetzen sollen. Schon wieder hatte ich eine schlechte Entscheidung getroffen. Punkt für Perlinger.

„Die Polizei sucht nach dir. Perlinger hat mich vorhin angerufen und gefragt, ob ich in der Zwischenzeit Kontakt zu dir gehabt hätte. Was ja nicht der Fall war. Und dass, wenn du dich bei mir meldest oder bei mir auftauchst, ich ihm umgehend Bescheid geben solle. Ein Gespräch sei in deinem eigenen Interesse. Kai, was ist hier los?"

Mein Gehirn ratterte. Perlinger ließ also intensiv nach mir suchen, vermutlich sogar fahnden. Ich hatte das zwar erwartet, aber nun eine so deutliche Bestätigung zu erhalten, erhöhte den Druck. Je weniger Sophia wusste, desto besser.

„Wie gesagt, ich muss ein paar Dinge regeln. Ich denke, bald ist alles geklärt. Die Polizei kann ich dabei nicht gebrauchen. Bisher haben die mir auch nicht geholfen, sondern alles nur verkompliziert. Bis dann!"

Ich legte auf, noch bevor sie etwas sagen konnte. Ob sie nun Perlinger von unserem Gespräch informierte oder nicht, war mir egal. Es änderte nichts. Er suchte sowieso bereits nach mir und Sophia wusste nicht, wo ich mich aufhielt oder was ich vorhatte. Ich konnte nur hoffen, dass Dahlem dichthielt. In jedem Fall musste ich auf der Hut sein.

Zurück auf meinem Platz drifteten meine Gedanken zu Sophia und dem November vor zwölf Jahren. Wir waren im letzten Monat des Management-Trainee-Programms und hatten die letzte Aufgabe gestellt bekommen, die Entwicklung eines Vermarktungskonzepts für irgendeine technische Beratungsleistung. Alle Trainees, wir waren insgesamt zehn, legten sich ins Zeug und waren mächtig angespannt, denn jeder durfte sein Konzept vor einigen Mitgliedern des Munisol-Vorstands vorstellen. Jedem war bewusst, dass die Fünfzehn-Minuten-Präsentation mit darüber entschied, welche Position man nach Abschluss des Programms erhielt.

Am Vorabend des großen Tages, an dem die Vorstellungen stattfanden, kamen einige von uns auf die Idee, unsere Nervosität in einer Cocktailbar zu bekämpfen. Sophia und ich waren die letzten, die gingen. Wir waren zwar nicht betrunken, schließlich mussten wir am nächsten Tag uns von unserer besten Seite zeigen, aber von einigen Wodka Red Bull zumindest gut angeheitert.

Sophia hatte, völlig unerwartet, wenn man sie nur aus dem beruflichen Kontext kannte, ein beeindruckendes Talent, andere zu imitieren. Das hatte sie am Beispiel unserer Vorgesetzten, anderer Trainees und auch meiner Wenigkeit bewiesen. Wahrscheinlich war sie in ihrem letzten Leben Komikerin gewesen. Zumindest schien sie eine gute Beobachtungsgabe zu besitzen. So hatten wir uns zusammen prächtig amüsiert und viel gelacht. Als wir zur U-Bahn gingen, schmiegte sich Sophia immer wieder an mich. Es war eine kalte Nacht. Kurz bevor wir zu verschiedenen Bahnsteigen gingen, umarmten wir uns, wünschten uns viel Glück und Erfolg für den nächsten Tag - und plötzlich küssten wir uns. Ich kann mich noch gut erinnern, wie ich Sophia hinterherschaute, während sie die Rolltreppe hinunter verschwand, weswegen ich meine U-Bahn verpasste. Ich war total verknallt.

Am nächsten Morgen präsentierte Sophia dann als Erste ihr Marketingkonzept. Sie trug ein dunkelblaues Kostüm und sah fantastisch aus. Ich schwebte über den Wolken. Irgendwann stellte ich jedoch fest, dass sie nicht das präsentierte, was sie uns am Abend zuvor in der Bar gezeigt hatte, als wir uns über die Vorträge für den nächsten Tag unterhielten. Im Gegenteil, es war abgesehen von unwesentlichen Details exakt mein Konzept, perfekt dargestellt und von ihr vorgetragen. Die Zuhörer waren unübersehbar begeistert von ihr. Ich hingegen war völlig perplex. Offensichtlich hatte Sophia in dieser Nacht nicht sehr viel geschlafen, ihre Präsentation kurzfristig komplett geändert und meine Ideen geklaut. Grenzenlose Enttäuschung stieg in mir auf und alle meine Schmetterlinge flogen davon. Stattdessen machte sich ein schaler Geschmack in meinem Mund breit. Der Kuss des Judas.

Als ich an der Reihe war, leierte ich lustlos meinen Vortrag herunter, am liebsten wäre ich einfach gegangen. Mein damaliger Förderer zeigte sich entsprechend unzufrieden mit meiner Leistung. Sophia bekam als Belohnung einen Job in der Konzernstrategieabteilung, eine Position auf die jeder scharf war, da man den ganzen Tag für die Spitzenführungskräfte im Unternehmen sichtbar war, also üblicherweise steil Karriere machte. Ich dagegen landete in den Tiefen eines Geschäftsbereichs, was meiner anschließenden Karriere glücklicherweise keinen Abbruch getan hatte. Letztlich konnte ich auf Dauer mit meinen Fähigkeiten und Ergebnissen überzeugen. Mit Sophia wollte ich seitdem nichts mehr zu tun haben. Ich war zutiefst gekränkt.

Kurz vor Mannheim fiel mir ein, dass ich dringend Claudia anrufen musste. Ich war den gesamten Vormittag nicht aufgetaucht, hatte Termine platzen lassen und meine Assistentin hatte keinen Schimmer, wo ihr Chef steckte und wann er wieder zu erwarten war.

Ich verzog mich wieder in meine ruhige Ecke, rief erneut die Munisol-Telefonzentrale an und ließ mich mit Claudia verbinden. Ich hatte befürchtet, dass sie ziemlich sauer auf mich war. Doch sie schien vor allem erleichtert zu sein, als sie meine Stimme hörte.

„Ist alles in Ordnung bei Ihnen? Die Polizei hat heute schon nach Ihnen gefragt, wollte mir aber keine weiteren Informationen geben. Ich habe mir schon Sorgen gemacht, dass Ihnen nun auch etwas zugestoßen sein könnte."

Na ja, zugestoßen war mir so einiges, aber immerhin war ich noch am Leben. Im Gegensatz zu den Kollegen Jordan und Mechtersheim. Ich erklärte Claudia, dass ich kurzfristig einige Termine außer Haus wahrnehmen müsste, welche höchste Vertraulichkeit genossen. In wenigen Tagen sei ich zurück.

Perlingers Truppe machte also auch bei Claudia Jagd auf mich. Mittlerweile war ich mir sicher, dass es ein Fehler gewesen war, Dahlem so umfangreich in meinen Plan einzuweihen. Es war völlig offen, wer alles abgehört wurde, zumal insbesondere das

Forschungsgebäude offensichtlich ausgiebig verwanzt war. Durch meine Anrufe war ich zumindest für meine russischen Spielkameraden von den Toten wieder auferstanden. Letztlich war das aber auch schon egal. Wichtig war, dass ich Tatsachen schaffen konnte, bevor sie erneut meinen Weg kreuzten.

Ich bat Claudia, für heute und morgen alle meine Termine um ein paar Tage zu verschieben oder zur Not abzusagen. Dann verabschiedete ich mich und ging zu meinem Platz zurück, um meine Sachen zu packen. Der Zug lief bald in Frankfurt ein, Zeit zum Umsteigen. Meine Eltern kamen mir in den Sinn, als ich mich meiner ehemaligen Heimat näherte. Ich hatte sie immer noch nicht angerufen. Die gegenwärtigen Ereignisse hielten mir mehr als deutlich vor Augen, dass ich wichtige Dinge nicht immer aufschieben durfte. Sonst war es irgendwann zu spät. Und trotzdem musste ich den Kontakt erneut aufschieben.

Ohne Zwischenfälle erreichte ich den Anschlusszug nach Amsterdam und fand ein leeres Abteil. Nachdem ich mich in meinem Sitz bequem eingerichtet hatte, machte ich mich an die Arbeit, Jon van Laaren ausfindig zu machen. Eine kurze Recherche im Internet bei den üblichen Karriere-Plattformen ließ mich rasch fündig werden.

Van Laarens neue Wirkungsstätte war eine Start-up-Bude namens DFT, Dutch Future Technologies. So ganz klar wurde mir aus dem Internetauftritt des Unternehmens nicht, was deren Geschäftstätigkeit darstellte beziehungsweise wie die Inhaber gedachten, Geld zu verdienen.

Andererseits kannte ich viele Start-ups, deren Kernkompetenzen vor allem in blumigem Geschichtenerzählen und geschicktem Einsammeln von Investorengeldern lagen. Nach ein paar Jahren verschwanden sie dann entweder in der Versenkung oder es gelang, sie an etablierte Unternehmen zu verkaufen, denen zwar klar war, dass es sich nur um Hokuspokus handelte, aber die sich mit den schnittigen Geschichten schmücken und einen Hauch von Innovation, Aufbruchsstimmung und Jugend verströmen wollten.

Ich wählte die auf der DFT-Homepage angegebene Telefonnummer und landete bei einer netten, eifrigen Dame, der ich mich als Forschungsleiter der Munisol vorstellte und die ich darum bat, mit Jon van Laaren verbunden zu werden. Keine zehn Sekunden später hatte ich meinen Vorgänger am Telefon. Persönlich hatte ich ihn bei der Munisol nie kennengelernt, sondern kannte seinen Namen nur von den Organigrammen. Schließlich hatte ich noch vor wenigen Tagen nichts, aber auch gar nichts mit

Grundlagenforschung zu tun gehabt. Also stellte ich mich kurz vor und erklärte van Laaren, dass ich in Amsterdam zu tun und mir spontan überlegt hätte, dass es doch prima wäre, bei dieser Gelegenheit meinen Vorgänger im Amt zu treffen. Erfahrungsaustausch habe ja noch nie geschadet und van Laarens neuer Arbeitgeber mache einen spannenden Eindruck, vielleicht gebe es ja Kooperationsmöglichkeiten zwischen DFT und Munisol.

Spätestens an dieser Stelle hatte ich ihn. Wir verabredeten uns für den nächsten Vormittag um halb zehn in einem Café am Rande des Amsterdamer Grachtengürtels und nicht weit von van Laarens Büro entfernt. Zufrieden legte ich auf und lehnte mich in meinem Sitz zurück. Die Dinge liefen nach Plan. Nach meinem Plan.

Während der Zug sich Kilometer um Kilometer meinem Ziel näherte, ließ ich meinen Blick über die vorbeirasende Landschaft schweifen und meinen Gedanken freien Lauf. Katja kam mir wieder in den Sinn. Es fühlte sich an, als wäre es Monate her, dass wir den Abend gemeinsam verbracht hatten. Die Erinnerung an die Zeit mit ihr zauberte ein wohliges Lächeln in mein Gesicht. Ich fragte mich, was Katja wohl gerade machte und ob die Erinnerung an unseren

Abend auch bei ihr wohlige Gefühle auslöste. Gern hätte ich ihr eine Nachricht geschrieben, aber mein Smartphone mit Katjas eingespeicherter Nummer lag in meiner Wohnung. Falls es dort überhaupt noch war und keine der finsteren Mächte, die ihre bösen Spiele mit mir trieben, es mitgenommen hatte.

Während ich meinem Smartphone nachtrauerte, fiel mir ein, dass Teile meiner Smartphone-Daten automatisch in die Cloud kopiert wurden und ich mit meinem Ersatzgerät darauf zugreifen konnte. Nach einigen glücklosen Versuchen und Inanspruchnahme verschiedener So-wird's-gemacht-Videos im Internet gelang es mir, Zugang zu meinen Cloud-Daten zu erhalten. Nachrichten und Telefonbucheinträge funktionierten zwar nicht, aber immerhin konnte ich meine Bilder ansehen.

Ich blätterte durch die Aufnahmen und stellte fest, dass ich kein einziges Bild von Katja gemacht hatte. Das war sehr bedauerlich, offensichtlich hatte ich anderes im Sinn gehabt, als Erinnerungsfotos zu schießen. Plötzlich stolperte ich über die abfotografierten Display-Inhalte des Smartphones, dessen Besitzer ich am Tag zuvor in die Bäume geschickt hatte.

Erneut sprang mir die Telefonnummer in die Augen, deren Ländervorwahl in die USA wies. Ich versuchte, den Besitzer des Anschlusses im Internet zu finden, was fehlschlug. Man entdeckte also doch nicht alles im Internet.

Ich war fest entschlossen herauszufinden, wem die Nummer gehörte. Zu wissen, wer hinter den Söldnern steckte, würde mich auf meinem Weg aus dem Desaster einen großen Schritt nach vorn bringen und ich könnte zum Gegenangriff blasen. Klar, die Nummer konnte sonst wem gehören, aber ich konnte mir nur schwer vorstellen, dass die hochgerüsteten und professionell agierenden Industriespione ihre Einsatztelefone verwendeten, um sich nach dem Gesundheitszustand ihrer Großmutter zu erkundigen.

Mein Smartphone zeigte 16:54 Uhr. Das entsprach in den USA je nach Zeitzone zwischen kurz vor acht und kurz vor elf am Vormittag, schloss man Alaska und Hawaii aus. Ich legte mir eine Geschichte zurecht und wählte die abfotografierte Nummer. Nach nur wenigen Augenblicken meldete sich eine rauchige Männerstimme.

„Hello?“

Ich grüßte in meinem besten Englisch, entschuldigte mich mit höflichsten Floskeln für die Störung und stellte mich als Thomas König von der Deutschen Bank vor, Abteilungsleiter für die Betreuung internationaler Topkunden. Es sei mir und meinem Unternehmen furchtbar unangenehm, aber wir hätten Schwierigkeiten mit einer sehr umfangreichen, sehr dringlichen Überweisung. Offensichtlich liege ein Fehler in den Stammdaten vor, furchtbar unangenehme Sache.

Erwartungsgemäß verstand mein Gegenüber nur Bahnhof und schien völlig verwirrt. Ihm sei nicht klar, um welche Zahlung es gehe, er könne das gerade gar nicht zuordnen. Nachdem ich den Mann mit einem weiteren Wortschwall übergossen hatte und er noch immer keine Ahnung hatte, wovon ich redete, fragte ich ihn schließlich, ob er denn nicht Craig Mitchell von der Fortune Invest in Philadelphia, Pennsylvania sei? Komplett eingelullt gab mein Blind Date brav seine Identität preis. Er sei nicht Craig Mitchell aus Philadelphia, sondern Walter E. Thompson aus Houston, Texas. Und er habe auch nichts mit Investment Banking zu tun, sondern sei in der Ölbranche tätig.

Ich gab mich entsetzt, dass mir nun offenbar ein weiterer Fehler unterlaufen war und ich die falsche Person kontaktiert hatte. Es sei ein ganz furchtbarer Tag und mir unendlich peinlich, weshalb ich mich in aller Form für die Belästigung entschuldigen würde. Den Auftritt bis zum Ende zu spielen, fiel mir nicht leicht. Meine Hände waren feucht geworden, als ich notierte: Walter E. Thompson, Houston, Ölbranche.

Ich konnte es kaum abwarten, den Namen im Internet zu überprüfen. Vor Aufregung vertippte ich mich. Doch dann kam sofort ein Treffer. Mir fiel fast das Smartphone aus der Hand.

Bei Walter E. Thompson handelte sich um niemand anderen als den Chief Technology Officer des US-amerikanischen Unternehmens Gloroil, des größten westlichen Ölkonzerns, mit dem dreifachen Umsatz der Munisol. Mein Mund war völlig ausgetrocknet und in den Ohren hämmerte der Puls Stakkato. Mein Gehirn überschlug sich, die Gedanken rasten.

Ich griff nach dem Telefon, um Dahlem anzurufen und ihm zu berichten, wer hinter dem Angriff auf die Munisol steckte. Oder besser, erst Perlinger, damit ich endlich entlastet war und er in die richtige Richtung ermittelte.

Mir lief der Schweiß über das Gesicht. Endlich konnte ich alles aufklären und in mein Leben zurückkehren. Ich suchte im Internet nach der Nummer des Landeskriminalamts in München und wählte die Nummer. Als sich eine Damenstimme meldete und mich ausgesucht höflich nach meinem Anliegen fragte, brach ich den Anruf ab, legte das Smartphone langsam auf den Klapptisch vor mir und starrte es an.

Mein Puls hatte aufgehört zu rasen und ich war ganz ruhig. Ich kämpfte mit den Tränen. Niemanden würde ich anrufen. Was hatte ich denn? Eine Telefonnummer aus dem Anrufverzeichnis eines Mannes, den ich getötet hatte. Und was bewies der Anruf? Sollte ich eine der Topführungskräfte eines der größten Konzerne in den USA beschuldigen, Industriespionage zu betreiben, wegen einer Telefonnummer? Ich, Kai Herzog, der von der Polizei verdächtigt wurde, ein Mörder zu sein? In der Luft würde man mich zerreißen. Alle hätte ich gegen mich. Die allmächtige Gloroil, die Munisol, die nicht in einen Konflikt mit einem solchen Schwergewicht gezogen werden wollte, die Polizei und Gott weiß, wer noch. Erstaunlicherweise wurde mir nicht übel. Ich war wohl bereits über dem Punkt, dass mir mein Schicksal noch auf den Magen schlagen konnte. Nur eine unendliche Leere breitete sich in mir aus.

Lang saß ich unbeweglich einfach nur da. Irgendwann fing mein Verstand wieder an, seine Arbeit aufzunehmen. Gloroil. Mir war das Unternehmen bestens bekannt, die Munisol hatte in der Vergangenheit ein breites Sortiment von Technologiekomponenten in die Ölindustrie geliefert, die diese zur Förderung und Verarbeitung benötigte. Vor einigen Jahren hatte die Munisol dann die gesamte Sparte verkauft. Wir waren davon ausgegangen, dass in Zeiten von Umwelt- und Klimaschutz diese Art von Geschäftsaktivitäten dem Untergang geweiht sei. Daher gaben wir das damals noch hochprofitable Geschäft zu einem frühen Zeitpunkt für Unsummen an gierige Investoren ab, denen jegliches Gespür für sich ankündigende Götterdämmerungen fehlte. Danach hatte die Munisol nichts mehr mit diesem Industriesektor zu tun gehabt - und ich die Gloroil aus den Augen verloren.

Nichtsdestotrotz hatte ich mit dem Hinweis auf Gloroil eine enorm wertvolle Information erhalten. Doch ich musste langsam und besonnen vorgehen. Meine erste Euphorie war wenig zielführend und vor allem sehr gefährlich. Ich hatte einen Informationsvorsprung bekommen und wusste nun, wer zumindest einer der Feinde war, ohne dass es diesem bekannt war. Das musste ich nutzen. Dazu benötigte ich ein besseres Verständnis, was die Gloroil im Schilde führte und welche Zusammenhänge bestanden.

Also recherchierte ich los, das tat mir gut. Wieder einmal wurde ich vor völlig neue Tatsachen gestellt. Wieder einmal galt es, die Situation aus gänzlich anderer Perspektive zu betrachten. Meine Emotionen fuhren seit Tagen Achterbahn. Euphorie folgte dem Absturz, ich zog mich am eigenen Schopf aus dem Morast und rappelte mich auf, nur um den nächsten Nackenschlag zu erhalten und in die nächste Depression zu stürzen. Dann wieder zurück auf Los und alles von vorne.

Aber für eine tiefenpsychologische Analyse meines Gemütszustands hatte ich jetzt keine Zeit. Ich machte mich an die Arbeit, im Internet Hintergrundberichte zur Gloroil zu suchen und zu studieren. Das Angebot war reichlich.

Der amerikanische Ölkonzern war nach dem Zweiten Weltkrieg zur unangefochtenen Nummer eins in der westlichen Welt aufgestiegen und steigerte Jahr um Jahr seinen Umsatz und seine Gewinne. Während insbesondere die europäischen Ölmultis in den letzten Jahren dazu übergegangen waren, sich Gedanken über die Zeit nach der fossilen Industrieperiode zu machen und teils lautstark in der Öffentlichkeit, teils heimlich und leise im Hintergrund an klima- und umweltverträglichen Geschäftsmodellen arbeiteten, ignorierten die Gloroil-Manager die gesellschaftspolitischen Entwicklungen komplett.

Anzeichen für einen Klimawandel als Folge des gigantischen Kohlendioxidausstoßes durch die Menschheit in den letzten hundert Jahren taten sie als Mumpitz linksradikaler und subversiver Kräfte ab. Zugleich sponserten sie mit riesigen Summen Politiker, die auf dem gleichen Trip waren.

Doch mit der Zeit isolierte sich der Konzern immer mehr in der internationalen Geschäftswelt, sah man von manchen arabischen Ölscheichs und russischen Oligarchen einmal ab. Selbst in China, welches sein unglaubliches Wirtschaftswachstum auf der ausgiebigen Nutzung fossiler Rohstoffe gründete, war die Erkenntnis gereift, dass langfristig andere Lösungen her müssten.

Gloroils ignorante Strategie mündete darin, dass mehr und mehr Investoren sich von dem Unternehmen abwandten, was zu einem massiven Verfall des Aktienkurses und damit des Börsenwerts führte. Ich stolperte über einen Bericht, dass ein gewisser Richard Sanders, der einen Investmentfonds betrieb und in diesem Gloroil-Aktien in großem Umfang hielt, massiv das Management angegriffen und auf eine Änderung der Strategie und letztlich die Ablösung der Chefetage gedrängt hatte. Da hatte es unseren ehemaligen CFO also hin geweht. Richie machte nun auf Investment.

Nach und nach fegte ein regelrechter Shitstorm von Investoren und Börsenanalysten über Gloroil hinweg. Doch es schien, dass die harte Kritik von außen eher dazu führte, dass die Gloroil-Oberen noch stärker an ihren Überzeugungen festhielten und noch lauter verkündeten, dass man sich gewiss nicht von irgendwelchen schwedischen Kindern, grünen Spinnern und Kommunisten vom einzig richtigen Weg abbringen ließe.

Das alles deutete daraufhin, dass Gloroil ein ähnliches Interesse verfolgte wie meine ungebetenen

Gäste aus dem Zarenreich. Warum aber war man dann so wild darauf, dass Ikarus auch wirklich funktionierte, und quälte Sophia und mich, um die fehlenden Mosaikteile zu erhalten? Oder war ich auf dem ganz falschen Dampfer und die Gloroil-Leute wollten nur ihren Job hundertprozentig machen und wirklich alles, was bei Munisol zu der Kohlendioxid-zu-Methanol-Technologie existierte, einsammeln und aus dem Verkehr ziehen? Das passte nicht richtig zusammen. Also streifte ich weiter durch die unendlichen Weiten des Internets.

Ich änderte meine Suchmuster und kombinierte die Begriffe Gloroil, Methanol und Kohlendioxid. Eine Vielzahl von Treffern liefen über mein Smartphonedisplay, die größtenteils abfällige Kommentare über diese Technologie beinhalteten, insbesondere des Gloroil-Chefs Larry Huntsville. Mühsam arbeitete ich mich durch jeden Treffer. Im Wesentlichen wiederholten sich die Berichte und ich wollte schon abbrechen, als ich über eine etwa zwei Jahre alte unscheinbare Nachricht aus einer Art Industrieklatschmagazin stolperte.

Hier wurde berichtet, dass man aus gut unterrichteter, wenn auch offiziell nicht bestätigter Quelle erfahren habe, dass es bei der Gloroil beinahe zum Rauswurf des Technologiechefs Walter E. Thompson gekommen wäre, da dieser ein breites

Forschungsprogramm zum Thema Kohlendioxidumwandlung aufgelegt hätte. Nur die Einstellung jeglicher Aktivitäten dieser Art und eine Demutsgeste im Board of Directors hätten seinen Kopf gerettet. Ich suchte nach weiteren Hinweisen auf die erwähnten Entwicklungsaktivitäten, doch ich fand nichts.

Das war äußerst interessant. Prompt meldete sich mein Puls. Die Person, mit der die spionierende Speerspitze in München telefoniert hatte, und die der oberste Forscher der Gloroil war, hatte also an den gleichen Themen gearbeitet wie die Munisol und war dafür zusammengefaltet worden, da er damit das Paradigma des Unternehmenschefs Huntsville unterhöhlt hatte.

Zwei mögliche Schlussfolgerungen drängten sich mir auf. Entweder hatte Mister Thompson auf die Begräbnisanweisung seines Bosses gepfiffen und im Verborgenen weitergemacht. Oder die aggressive Ablehnung jeglicher Industrieerneuerung des Gloroil-Topmanagements war nichts anderes als ein grandioses Ablenkungsmanöver, um die Saat der Zweifel zu streuen und Wettbewerber davon abzuhalten, neue Technologien zu entwickeln, aber gleichzeitig im Stillen genau das voranzutreiben, um dann der Erste zu sein.

Das wäre an Dreistigkeit kaum zu übertreffen, aber glaubte man doch an den Zeitenwandel, dann ging es für die Ölkonzerne ums Überleben. Und Gloroil war in seinen Methoden noch nie zimperlich gewesen. Bei Munisol konnte man ein Lied davon singen. So ziemlich jeder im Unternehmen war froh gewesen, als man sich aus der Öltechnik verabschiedet hatte und damit auch Gloroil und damit einen der aggressivsten und schwierigsten Kunden los war.

Egal welche der beiden Möglichkeiten zutraf, bei Gloroil liefen die gleichen Aktivitäten wie bei Munisol, nur dass man dieser den erfolgreichen Start der Technologie nehmen wollte. Sollte Thompson hinter dem Rücken seines Chefs arbeiten, dann müsste ich ihn nur anschwärzen. Damit wäre schon mal eine der beiden Kriminellenvereinigungen erledigt. Sollte jedoch die gesamte Firmenleitung dahinterstecken …

Als ich kurz aus dem Fenster sah, stellte ich fest, dass der Zug bereits im Bahnhof von Amsterdam angekommen war und die Reisenden ausgestiegen waren und über den Bahnsteig liefen. Hektisch packte ich meine Habseligkeiten zusammen und verließ ebenfalls den Zug. Trotz aller Eile versäumte ich nicht, mein Smartphone abzuschalten. Es war nicht auszuschließen, dass man durch meine Anrufe meine neue Telefonnummer in die Hände bekommen hatte und versuchte, mich zu orten und meine Spur zu verfolgen. Meine Feinde sollten es nicht zu leicht mit mir haben. Und Perlinger auch nicht.

Landeskriminalamt München, 18:30 Uhr

„Wie wir geahnt haben. Unsere Obrigkeit will sich an Macht und Geld die Finger nicht verbrennen."

Resigniert setzte sich Perlinger zu seinen Kollegen der Sonderkommission, die gerade mit der Abendbesprechung beschäftigt waren. Über eine Stunde lang hatte der Hauptkommissar versucht, den Polizeipräsidenten und den Oberstaatsanwalt zu bewegen, einen Antrag zur Durchsuchung von Kai Herzogs Wohnung zu genehmigen.

Überraschend schnell hatte Jan Schön am Vormittag Herzogs beschädigten Porsche bei Münchens renommiertestem Porschehändler aufgespürt. Die Schäden waren das exakte Gegenstück zu den Spuren am Unfallfahrzeug aus dem Ebersberger Forst. Aber das war den Herren aus der Chefetage nicht genug, um sich mit einem der Topmanager der Munisol anzulegen. Vermutlich tat die kürzliche Beschwerde im Ministerium ihr Übriges. Erst wenn die Lackspuren zweifelsfrei nicht nur mit dem Modell, sondern exakt mit Herzogs Wagen übereinstimmten, würde man eine Durchsuchung in Erwägung ziehen. Doch das könnte bis morgen Vormittag dauern, die Kriminaltechniker arbeiteten bereits am Anschlag.

Allein für die Fahndung nach Herzog hatte Perlinger sich missbilligende Blicke eingefangen und die nachdrückliche

Aufforderung erhalten, mit äußerstem Fingerspitzengefühl zu agieren. Den Einwurf des Sonderkommissionsleiters, dass Herzog ja auch in Gefahr sein könnte, da man seit Sonntagnachmittag kein Lebenszeichen mehr von dem Mann erhalten habe, wischte der Polizeipräsident mit dem Kommentar vom Tisch, dass bei Herzogs Arbeitgeber ja offensichtlich niemand besorgt sei. Perlinger hatte über die Telefonate mit Gunter Dahlem und Sophia Hart berichtet.

Der Hauptkommissar war erstaunt gewesen, wie entspannt der Munisol-Vorstand mit der gesamten Situation umging. Die Aufklärung der Explosion auf dem Gelände der Munisol und des tragischen Todes von Felix Jordan sei bei Doktor Herzog in besten Händen, er solle doch bitte eng mit ihm zusammenarbeiten. Falls Herzog schwer erreichbar sei, liege das daran, dass er alle Hände voll zu tun habe, das müsse man schon verstehen.

„Was gibt es bei euch Neues?", wollte Perlinger dann von der Gruppe wissen. Da gab es einiges zu erzählen. Der Hauptkommissar hörte aufmerksam zu.

Zunächst berichtete Jan Schön, dass Herzogs Leihporsche einsam und verlassen am Isarkanal in der Nähe von Moosburg gefunden worden war. Ein Anwohner, der seinen Hund ausführte, hatte das teure Fahrzeug unverschlossen samt Schlüssel auf der Mittelkonsole entdeckt und die Polizei verständigt. Keiner konnte sich einen Reim darauf machen. Wieso ließ Herzog an einem so abgelegenen Ort sein Auto samt

Schlüssel zurück? War er umgestiegen? Zu wem? Das alles war äußerst merkwürdig.

Die Anfrage bei Interpol zu den vermutlich amerikanischen Toten hatte nichts ergeben, auch die gefundenen Waffen waren nicht aktenkundig. Dafür hatte die Auswertung der beiden Smartphones, die bei den Toten gefunden wurden, vielversprechende Hinweise geliefert. Das Interesse der Ermittler fiel vor allem auf die Liste der Nummern empfangener und getätigter Anrufe sowie die Zieladressen in den Navigations-Apps.

„Bis auf eine Nummer sind alle Anschlüsse Mobilfunknummern und alle scheinen deaktiviert zu sein. Wir werden versuchen, die Verbindungen der letzten Tage und die jeweiligen Funkzellen von Sender und Empfänger zu ermitteln. Mal sehen, worauf wir stoßen. Aber eine Nummer konnten wir zuordnen. Sie gehört zu einem amerikanischen Ölunternehmen namens Gloroil."

Maja Friedrich konnte ihren Stolz nicht verbergen, als sie diese bahnbrechende Neuigkeit berichtete. Endlich gab es den seit Tagen so verzweifelt gesuchten Ansatzpunkt.

Perlinger nickte anerkennend. So langsam ging es voran.

„Das ist gut. Das ist sehr gut. Wir werden vermutlich die Unterstützung vom BKA benötigen, wenn unser Fall nun internationale Ausmaße annimmt. Ich glaube, wir brauchen die Kollegen auch, um unsere Toten im Kühlraum zu identifizieren oder wenigstens loszuwerden."

„Und als Nächstes nehmen wir uns die Adressen aus den Naviapps vor", rief Schultheis.

Die bedrückte Stimmung der letzten Tage, als man einfach nicht weitergekommen war, war verflogen.

Die Detektivarbeit rund um Gloroil hatte mich völlig vergessen lassen, meine nächsten Schritte in Amsterdam vorzubereiten. So verließ ich den Bahnhof ohne konkretes Ziel und kämpfte mich durch die kreuz und quer herumfahrenden Radfahrer. Daran musste ich mich in Amsterdam jedes Mal erst gewöhnen, München war deutlich weniger quirlig. In der niederländischen Hauptstadt war ich beruflich schon häufig gewesen und kannte mich einigermaßen aus. Also spazierte ich an den Grachten entlang, von Brücke zu Brücke, und tauchte ein in deren Geäder: Weteringschans, Marnixstraat, Leidsestraat ... Die Straßenmusiker, das Gelächter der Passanten und die exotischen Gerüche, die aus den Restaurants strömten, ließen mich eintauchen in die Leichtigkeit eines Abends, wie es ihn wohl nur in dieser Stadt gab.

Ich fand einen freien kleinen Tisch einer gemütlichen Kneipe am Straßenrand mit einem guten Blick auf das Wasser. Eine schützende Wand im Rücken bestellte ich mir ein Bier und einen Cheeseburger, schaute den an mir vorbei flanierenden Menschen hinterher und genoss den warmen Abend. Für einen Moment vergaß ich den Ärger und die Dramen der letzten Tage.

Doch die Paranoia ließ nicht lange von mir ab. Erst entdeckte ich eine Gruppe großgewachsener, durchtrainierter Männer mit Kurzhaarschnitt, die Englisch mit amerikanischem Akzent sprachen und in meine Richtung zu schauen schienen. Bevor ich mir noch Gedanken über ein Fluchtmanöver machen konnte, gesellten sich zwei weitere Gorillas zu ihnen, packten aus großen Plastiktüten Sixpacks aus und verteilten an die Gruppe Bier, das alle gemeinsam hinunterstürzten, um sich sogleich an die nächste Runde zu machen. Erleichtert atmete ich durch und legte meine Rückzugspläne zur Seite.

Dann entdeckte ich plötzlich auf der anderen Seite der Gracht Katja. Gemächlich schlenderte sie am Ufer entlang. Ich war sicher. Die Figur, der Gang, die langen, blonden Haare. Auf einmal war sie weg. Ich stand auf, um eine bessere Sicht zu bekommen. Aber Katja blieb verschwunden. Nur eine junge Frau mit langen, blonden Haaren stand am Ufer und hantierte mit ihrem Smartphone.

Offenbar war es so weit und ich litt an Halluzinationen. Ich setzte mich wieder auf meinen Stuhl, trank in einem Zug mein Bier aus, zahlte und ging. Die Lust war mir vergangen. Auf meinem weiteren Weg in Richtung Amsterdamer Süden nahm ich meine Routine zur Erkennung und Abwehr von Verfolgern der letzten Tage wieder auf. In gewissen Abständen blieb ich stehen und beobachtete in sich spiegelnden Fenstern, was hinter mir passierte. Mal trug ich meine Mütze, dann wieder nicht, ich suchte belebte Straßen und änderte abrupt die Richtung. Auch wenn ich niemanden entdecken konnte, das Unbehagen in mir war zurück und wuchs mit zunehmender Dämmerung.

Für die Nacht benötigte ich eine Bleibe und wurde damit vor ein neues Problem gestellt. Üblicherweise musste man beim Einchecken in Unterkünfte den Ausweis vorlegen und einen solchen hatte ich nicht. Davon abgesehen, hatte ich auch nicht die geringste Absicht, meine wahre Identität preiszugeben. Mir blieb nichts anderes übrig, als zu hoffen, dass man mir auch ohne Ausweis ein Zimmer gab.

Der erste Versuch schlug prompt fehl. Ich hatte mein Glück in einem von außen eher schäbig aussehenden Drei-Sterne-Hotel versucht. Wie befürchtet, forderte der Mann an der Rezeption einen Ausweis. Aber auch mein Gejammer, dass ich diesen verloren hätte und nun ganz schlimm in der Patsche säße, ließ das Herz des Wächters nicht erweichen. Da ich nicht einmal mit einem Führerschein oder wenigstens einer Kreditkarte aufwarten konnte, zuckte der Mann nur mit den Schultern und blickte angestrengt in Richtung Ausgang, den ich etwas gedemütigt dann auch nahm.

Für einen Augenblick spielte ich mit dem Gedanken, das Luxushotel aufzusuchen, in dem ich üblicherweise abstieg, wenn ich in Amsterdam zu tun hatte. Dort war ich als Gast registriert und in dieser Art von Häusern war Diskretion Tugend und Pflicht. Doch dazu hätte ich meine Identität preisgeben und außerdem in dem Fünfsternetempel den größten Teil von Julias restlichem Taschengeld verplempern müssen. So verlockend der Gedanke auch war, es ging nicht.

Also änderte ich meine Strategie. Ich marschierte durch das südliche Grachtenviertel und hielt Ausschau nach einer eher alternativ aussehenden Unterkunft in der Hoffnung, dort einen philanthropischer geprägten Menschenschlag vorzufinden als bei meinem ersten Anlauf. Nach kurzer Zeit entdeckte ich ein hippieskes Hotel mit dem klangvollen Namen „Kleurrijke Lelies“. Hinter dem Tresen saß eine Frau in meiner Altersklasse mit wilder Lockenmähne, blumengemusterter Bluse und einer Nickelbrille, die wohl John Lennon 1973 dort hatte liegen lassen.

Ich setzte ein verzweifeltes Gesicht auf, was mir nicht sonderlich schwerfiel, und erklärte mit zittriger und weinerlicher Stimme, dass ich völlig am Ende sei und Hilfe benötige. Man habe mir den Geldbeutel gestohlen, alles weg, Kreditkarte, Ausweise, Führerschein. Niemand würde mir ein Obdach gewähren, da ich keine Papiere mehr hätte. Dabei würde ich doch, sobald ich könnte, alles nachreichen. Ich sei ein ehrlicher Mensch und wollte nur mal raus und auf andere Gedanken kommen, das erste Mal nach über einem Jahr, seit meine Frau gestorben war. Ich steigerte mich dermaßen in meine Rolle hinein, dass ich wirklich feuchte Augen bekam.

Als ich zerknitterte achtzig Euro auf die Theke legte und schluchzte, dass das alles sei, was ich noch hätte, sah mich die Dame mit warmem, mitfühlendem Blick an. Ich solle mir keine Sorgen machen und mich erst mal ausruhen. Sie schob mir ein Anmeldeformular hin, ich müsse das nur ausfüllen und unterschreiben, das sei schon in Ordnung so.

Nachdem ich mich als Michael Kaiser aus Frankfurt eingetragen hatte, nahm sie fünfzig Euro, schob mir den Rest wieder zurück und gab mir einen Zimmerschlüssel. Ich solle nun schlafen, morgen sähe die Welt bestimmt wieder viel besser aus. Wortreich bedankte ich mich bei meiner Retterin in der Not und sagte ihr, wie froh und berührt ich sei, dass es solche netten und hilfsbereiten Menschen wie sie noch gäbe. Der letzte Teil war kein Theater mehr.

Erleichtert, nicht auf der Straße übernachten zu müssen, stieg ich die Treppe in den zweiten Stock hinauf und suchte das mir zugewiesene Zimmer, welches zwar sehr klein, aber sauber und ordentlich war. Ohnehin war ich nicht mehr wählerisch und hätte auch im Keller hinter der Waschmaschine geschlafen.

Erschöpft ließ ich mich auf das Bett fallen. Ich hatte die Zimmernummer 208. Acht war in China eine ausgewiesene Glückszahl. Ich beschloss, das als gutes Omen zu deuten, von nun an würde alles gut werden. Die amerikanischen und russischen Bösewichte hatte ich abgehängt, Jon van Laaren würde mir morgen helfen, die fehlenden Puzzlestücke des Jordanschen Geniestreiches zu finden und am Abend würde ich mit Dahlem einen Plan machen, wie wir das alles zu unseren Gunsten drehen und bei der Gelegenheit Gloroil hinhängen würden. Mit einem Lächeln im Gesicht schlief ich ein.

Dienstag, Tag 7

Lautes Klingeln riss mich aus dem Tiefschlaf. Ich war völlig orientierungslos und der Lärm schmerzte in meinen Ohren. Durch das Fenster fiel schwach die Straßenbeleuchtung.

Schnell kam ich zu mir. Ich war in Amsterdam, war in einem Hippie-Hotel abgestiegen und in voller Kleidung samt Schuhen eingeschlafen. Auf dem Gang hörte ich Türengeklapper, schnelle Schritte und Leute reden, alles überdeckt von einer schrillen Glocke. Feueralarm! Ich musste raus hier! Ich sprang auf, verließ eilig das Zimmer und rannte den anderen Gästen hinterher zum Treppenhaus, die Stufen hinunter.

Nun war ich hellwach. War das ein Fehlalarm oder stand die Bude in Flammen? Ich konnte weder Rauch wahrnehmen, noch roch es verkohlt. Vermutlich Fehlalarm. Aber bei dem alten Gebäude, welches mit allerlei liebevollem Plunder vollgestellt war, wollte ich es lieber nicht darauf ankommen lassen. Also lief ich weiter die Treppe hinunter.

Auf dem letzten Treppenabsatz zum Erdgeschoss fiel mir ein, dass mein Rucksack und vor allem mein Smartphone noch in meinem Zimmer lagen. Ich drehte um und rannte zwei Stufen auf einmal nehmend die Treppen wieder hoch. Ohne das Smartphone war ich aufgeschmissen. Sollte es wirklich brennen und ich später nicht mehr in mein Zimmer und zu meinen spärlichen Habseligkeiten gelangen können, wäre das ein Riesenproblem.

Außer Atem erreichte ich mein Zimmer. Als ich den Schlüssel aus der Hosentasche ziehen wollte, sah ich, dass die Tür nur angelehnt war. Ich stutzte kurz, da ich mir sicher war, dass ich sie beim hastigen Verlassen des Zimmers hinter mir ins Schloss geworfen hatte. Egal, das ersparte mir das Aufschließen. Als ich die Tür aufriss, erstarrte ich. Im fahlen Licht, das aus dem notbeleuchteten Korridor in mein Zimmer fiel, stand eine Person mit dem Rücken zu mir vor dem kleinen Tisch, auf den ich meinen Rucksack gelegt hatte.

Jemand hatte wirklich die Nerven, mich während des Feueralarms zu beklauen. Unbändige Wut stieg in mir auf und ich stürzte auf den dunkel gekleideten Dieb im Zwielicht zu, um meinen Besitz zu schützen und dem Einbrecher eine Tracht Prügel zu verpassen.

Ich war noch einen knappen Schritt von dem Eindringling entfernt war, da wirbelte dieser plötzlich herum. Zu spät sah ich den schwarzen Stiefel direkt auf mich zukommen, als er ungebremst auf meinen Brustkorb traf.

Der Schmerz war unbeschreiblich, mir blieb die Luft weg und die Wucht des Aufpralls warf mich zurück. Mir wurde schwarz vor Augen, ich rang nach Atem, taumelte nach hinten, schlug mit dem Kopf an dem Türrahmen an und ging zu Boden. Als ich wieder die Augen öffnete, konnte ich nur noch erkennen, wie eine dunkle Gestalt im Treppenhaus verschwand.

Stöhnend versuchte ich, mich aufzurichten. Mein Brustkorb brannte bei jedem Atemzug, mein Schädel brummte. Vorsichtig tastete ich meine Rippen ab. Es schien nichts gebrochen zu sein, was die Schmerzen jedoch keinesfalls verringerte. Ich saß an den Türrahmen gelehnt im halbdunklen Gang, nur die schwache Notbeleuchtung flackerte.

Als ich langsam wieder zu mir kam, bemerkte ich, dass die Glocke verstummt war. Was war eigentlich aus dem Feueralarm geworden? Unfähig zu entscheiden, ob ich nun aufstehen und mich in Sicherheit bringen sollte, blieb ich sitzen und starrte in den Gang. Irgendwann hörte ich Stimmen und Schritte im Treppenhaus. Die Gäste kamen zurück. Offensichtlich war die nächtliche Störung nur ein Fehlalarm gewesen. Ich ließ mich seitlich in mein Zimmer kippen und schob mit dem Fuß die Tür zu.

Nachdem ich eine Weile auf dem Fußboden gelegen hatte, meinen Atem zu kontrollieren versuchte und durch Nichtbewegen meine Schmerzen dämpfte, schoss mir der Gedanke an mein Smartphone durch den Kopf. Hatte der Dieb das Gerät mitgenommen? In Panik, dass mein unverzichtbarer Zugang zu

Information und Kommunikation verloren sein könnte, verdrängte ich meinen jämmerlichen körperlichen Zustand. Ich sprang vom Boden auf, schaltete das Zimmerlicht ein und sah mich um. Friedlich lag mein Smartphone neben dem Rucksack auf dem Tisch, die Jacke hing über dem Stuhl davor. Alles befand sich genau dort, wo ich es hingelegt hatte.

Ich setzte mich auf den Stuhl, nahm das Smartphone und betrachtete es von allen Seiten. Es war noch immer ausgeschaltet und schien unbeschädigt. Was war das gerade gewesen? Der Feueralarm, der Eindringling in meinem Zimmer, war das Zufall oder Plan gewesen? Sherlock Holmes kam mir in den Sinn. In unübersichtlichen Fällen listete der alte Logiker üblicherweise erst alle Möglichkeiten auf, um sich dann daran zu machen, alles Unmögliche auszuschließen. Was dann noch übrig blieb, musste zwangsläufig die Wahrheit sein. Oder so ähnlich.

Was waren also die Möglichkeiten? Es konnte ein zufälliger Fehlalarm gewesen sein. Vielleicht hatte ich die Tür doch nicht richtig hinter mir geschlossen? Ein ebenfalls fliehender Gast kam an meinem Zimmer vorbei, sah die offene Tür und wollte die Gelegenheit nutzen, etwaige Wertgegenstände zu stehlen? Möglich.

Der Einbrecher trug schwarze Kleidung und Springerstiefel. Er wirkte wie ein ausgebildeter Kampfsportler, denn den präzisen Drehkick, mit dem er mich ausgeschaltet hatte, lernte man nicht im Schulsport. Doch obwohl ich benommen auf dem Fußboden lag und er ausgiebig Gelegenheit hatte, nahm er nichts mit. Möglich? Ja. Wahrscheinlich? Sehr schwer vorstellbar. Also unmöglich? Nicht unbedingt. Ich resümierte: Sherlocks Theorien halfen mir in der Praxis auch nicht weiter. Mist.

Eine andere, deutlich wahrscheinlichere Variante drängte sich mir auf. Je länger ich darüber nachdachte, umso stärker befiel mich ein flaues Gefühl und Unwohlsein. Übelkeit meldete sich einmal mehr aus meiner Magengegend.

Schwarze Kleidung und Nahkampf fielen in das Repertoire meiner amerikanischen und russischen Quälgeister. Was, wenn meine Anrufe bei Dahlem und Claudia dazu geführt hatten, dass man mich trotz aller Vorsichtsmaßnahmen wieder gefunden hatte? Einen Feueralarm auszulösen, stellte für diesen Personenkreis nun wirklich keine Herausforderung dar. Damit bekam man mich aus dem Zimmer.

Aber um was zu tun? Meine Sachen zu stehlen? Das ergab überhaupt keinen Sinn. Mir aufzulauern, um mich ein für alle Mal zu töten? Dazu hätte es das Theater nicht benötigt. Außerdem lebte ich ja noch. Man hätte einfach die Tür aufbrechen und mich im Schlaf erledigen können. Also warum sollte ich aus dem Zimmer?

Ich versuchte, mich zu erinnern, was ich genau gesehen hatte, als ich in den Raum kam. Eine dunkel gekleidete Gestalt stand mit dem Rücken zu mir vor dem Tisch. Sie war mit etwas beschäftigt gewesen. Plötzlich wurde alles klar. Es war so einfach. Man wollte mich aus dem Zimmer locken, damit man meine Sachen verwanzen konnte!

Wie gelähmt saß ich auf dem Stuhl und starrte den Rucksack und das Smartphone an. Gleichzeitig überschlugen sich meine Gedanken. Ich könnte Rucksack und Jacke nach Wanzen oder Sendern durchsuchen und diese zerstören. Ob ich garantiert alle finden würde, war fraglich. Außerdem war mir nicht klar, ob die Spione bemerken würden, wenn ich ihren Spielzeugen zu nahe kam. Was wäre die Folge, wenn die Sendung abbrach oder die Abhörer Entdeckung vermuteten? Würde man dann zurückkommen und sich doch für die finale Herzogterminierung entscheiden?

Je länger ich darüber nachdachte, desto klarer wurde mir, dass ich die Sachen erst einmal am besten nicht anfasste. Blieb das Smartphone. Es war ausgeschaltet und außerdem mit einem Password geschützt. War der Eindringling in der Lage, in der kurzen Zeit das Gerät zu hacken und Spionagesoftware zu installieren? Ich hatte von solchen Dingen zwar keine Ahnung, doch ich nahm an, dass meine hochgerüsteten Feinde entsprechende technische Fähigkeiten besaßen. In diesem Moment hatte ich also möglicherweise mein wichtigstes Werkzeug verloren.

Verzweiflung ergriff mich. Was auch immer ich tat, meine Gegner waren immer schneller, quälten mich und machten alle meine Versuche, aus diesem nicht enden wollenden Albtraum aufzuwachen, in Sekundenbruchteilen zunichte. Mein Körper zitterte, Tränen liefen mir über das Gesicht und tropften auf meine Hände. Ich hatte keine Kraft mehr. Ich war am Ende. Es war Zeit aufzuhören. Es war Zeit aufzugeben. Die anderen waren stärker als ich.

Minutenlang saß ich regungslos da. Mein Kopf war völlig leer. Totale Erschöpfung. Wahllos blitzten Bilder in mir auf. Tritte auf mich, der Kampf gegen das Ersticken, Ferhat, der mir grinsend einen Autoschlüssel zuwarf, Sophia, die triumphierend vor Dahlems Büro wartete, Russen, die mit einem dicken Seil auf mich zukamen, ein Raum voller Bildschirme, die mit Blut vollgespritzt waren, immer wieder Wasser, Perlinger im Verhörraum, überheblich lächelnde Russen, Claudia mit Kaffee, Julia bevor ich nach Hongkong abreiste. Eine wirre Collage, ein bizarrer Traum ohne Schlaf. Man würde mir alles in die Schuhe schieben. Knast für Herzog. Voller Stolz überreichte mein Vater mir den Füller. Vorher waren wir in Frankfurts schickstem Restaurant gewesen. Meine

Mutter und meine Schwester hatten sich mächtig aufgedonnert, wir tranken Champagner. Ich gehe nicht ins Gefängnis. Lieber gehe ich drauf.

Eine fast schon unheimliche Klarheit nahm Besitz von mir. Ich stand auf, ging ins Bad und wusch mir das Gesicht mit eiskaltem Wasser. Anschließend aktivierte ich mein Smartphone, die Uhr zeigte kurz vor drei. Ich suchte im Internet nach Zugverbindungen am frühen Morgen nach Berlin. Falls jemand mitlas, sollte er denken, dass ich in die deutsche Hauptstadt wollte. Natürlich wusste ich nicht, ob die falsche Fährte verfing, aber zum einen kostete mich der Versuch keinerlei Aufwand und zum anderen sollten mögliche Spione im Glauben bleiben, dass ich nichts bemerkt hätte und weiter ahnungslos mein Smartphone benutzte.

Anschließend schaltete ich das Licht aus und schaute aus dem Fenster auf die Straße. Keine Menschenseele war zu sehen. Auf der gegenüberliegenden Seite standen Stoßstange an Stoßstange parkende Fahrzeuge. Ob jemand in einem der Autos saß und das Hotel beobachtete, konnte ich nicht erkennen. Letztlich war es auch egal, ich ging fest davon aus, dass das Hotel überwacht wurde.

Ich nahm den Schreibblock aus dem Rucksack, riss die Blätter mit meinen Notizen ab und verstaute diese zusammen mit dem Stift in meiner Hosentasche.

Schweren Herzens ließ ich alle anderen Sachen liegen und schlich mich, so leise ich konnte, aus dem Zimmer.

Nach dem nächtlichen Trubel war in dem Hotel völlige Stille eingekehrt. Im Erdgeschoss angekommen, schaute ich vorsichtig um die Ecke in den schwach beleuchteten Eingangsbereich. Die Rezeption war verwaist, auf der Theke stand eine Klingel. Vermutlich hatte sich der Nachtportier aufs Ohr gelegt. Das machte die Sache für mich leichter, da ich einen Hinterausgang finden musste, um möglichen Gangstern nicht in die Arme zu laufen.

Der Frühstücksraum war im rückwärtigen Bereich des Gebäudes. Ich durchquerte ihn vorsichtig, um im Halbdunkel nicht über Stühle oder Tische zu stolpern und das ganze Haus aufzuwecken. Die Fenster ließen sich problemlos öffnen.

Doch anstelle eines Hinterhofs oder einer Straße lag vor mir Wasser. Das Haus stand mit seiner Rückseite direkt an einem Kanal. Was für ein Mist. Ich lehnte mich aus dem Fenster und suchte nach einem Weg aus dem Hotel. Das Wasser war etwa vier Meter unter dem Fenster. Als ich schon so weit war, einfach in die Gracht zu springen und an das andere Ufer zu schwimmen, bemerkte ich einen schmalen Vorsprung, der am Hotel und, soweit ich sehen konnte, an den benachbarten Häusern entlanglief. Die Vormauerung ragte etwa einen halben Meter über die Wasserlinie und war einen knappen Fuß breit.

Ich kletterte auf das Fensterbrett, hielt mich fest und ließ mich an der Außenseite langsam herabgleiten, aber ich bekam den Vorsprung mit den Füßen nicht zu fassen. Mir blieb nichts anderes übrig, als mich fallen zu lassen und zu hoffen, dass ich die Mauer traf. So gut ich konnte, presste ich mich an die Wand und ließ das Fensterbrett los.

Körper und Gesicht schrammten an der Wand entlang, ich spürte den Vorsprung unter den Füßen und schaffte es irgendwie, das Gleichgewicht zu halten und nicht ins Wasser zu fallen. Ein kurzes Grinsen huschte über mein Gesicht, diesmal war ich nicht nass geworden.

Langsam, Schritt für Schritt immer an die Wand gedrückt, arbeitete ich mich den schmalen Weg an den Häusern entlang. Der Vorsprung war feucht und glitschig und immer wieder kam ich ins Rutschen. Plötzlich war er zu Ende und eine Mauer ragte vor mir auf. Eine Brücke querte den Kanal. Bis zur Brüstung waren es mindesten vier Meter. Ich suchte nach einer Möglichkeit, nach oben zu klettern, ein Fallrohr oder einen Blitzableiter, aber da war nichts. Die Brücke war aus Backsteinen gemauert, mit großen Fugen. Ich probierte, meine Finger in die Ritzen zu stecken, und sie passten tatsächlich hinein.

Ich hatte nie viel fürs Klettern übrig gehabt und keine Ahnung, ob es mir gelingen würde, als Freeclimber die Wand zu bezwingen. Mangels Alternativen zog ich meine Schuhe und Socken aus, warf diese über die Brüstung und begann mich mit Fingern und Zehen in die Fugen der Brücke zu krallen.

Zentimeterweise arbeitete ich mich nach oben. Meine fast neunzig Kilo zogen unbarmherzig in die entgegengesetzte Richtung. Ich bekam Krämpfe in den Fingern und meine Zehen waren nach kurzer Zeit aufgeschürft. Ich biss die Zähne zusammen. Stein um Stein ging es nach oben. Irgendwann bestand mein Körper nur noch aus Krämpfen. Der Gedanke, einfach loszulassen, ins Wasser zu fallen und zu irgendeiner Leiter zu schwimmen, wurde von Sekunde zu Sekunde verlockender. Doch ich kletterte weiter.

Kurz vor der Brüstung verließen mich dann endgültig die Kräfte. Mein Körper war ein vollständiger Krampf, selbst loslassen konnte ich nicht mehr. Da war ein einziger Schmerz. Plötzlich wurde ich an den Handgelenken gepackt und nach oben gezogen. Ich kippte über die Brüstung und fiel stöhnend auf die Straße. Eine Gruppe junger Männer stand um mich herum, zeigte auf mich und schüttelte sich vor Lachen. Sie riefen mir etwas auf Holländisch zu, ich verstand kein Wort.

Ich murmelte: „Thank you, buddies, good timing."

„Man! You need a girl, then you don't need to climb up walls in the night."

Während die Burschen sich erneut kaputtlachten, suchte ich meine Schuhe und zog sie wieder an. Meine Zehen sahen furchtbar aus, meine Finger nicht besser. Aber ich hatte es geschafft. Ich bedankte mich erneut für die Hilfe in der Not und machte mich aus dem Staub.

Ziellos irrte ich durch Amsterdam. Mir war kalt. Schmerzlich vermisste ich die Jacke, die ich im Hotel zurücklassen musste. Nur wenige Nachtschwärmer begegneten mir. Immer wieder drehte ich mich um, aber ich konnte keine Verfolger entdecken. Ich war todmüde, hatte Durst und mein ganzer Körper tat weh. Alle Kneipen hatten um diese Zeit geschlossen, keine Chance, mich irgendwo aufzuwärmen und einen Drink zu nehmen.

Irgendwann gelangte ich in einen dunklen Hinterhof. An einer Wand standen mehrere Müllcontainer. Ohne nachzudenken, öffnete ich einen nach dem anderen. In den ersten beiden war stinkender Müll, der dritte war bis unter den Rand mit Papier- und Kartonagenabfällen vollgestopft. Ich zog einige Pappen heraus, schob den Container etwas von der Wand weg, breitete ein paar der Pappen dahinter aus, legte mich darauf und deckte mich mit weiteren

Kartons zu. Noch bevor ich Penner Herzog beweinen konnte, schlief ich ein.

Es war bereits hell, als ich in meinem Nachtlager hinter dem Müllcontainer aufwachte. Ich war ausgekühlt und der harte Boden drückte auf meine unzähligen Prellungen. Fluchend setzte ich mich auf. Da meine Armbanduhr auf dem Grund des Isarkanals weilte und mein Smartphone im Hippie-Hotel, hatte ich keine Ahnung, wie viel Uhr es war. Ich sammelte die Kartons ein und steckte sie zurück in den Behälter. Anschließend klopfte ich, so gut es ging, den Dreck und Staub von meiner Kleidung und machte mich auf die Suche nach einem starken Kaffee.

Das gestaltete sich schwieriger als gedacht, denn alle Geschäfte waren noch geschlossen. Die Stadt erwachte erst langsam. Nur wenige Menschen liefen über Straßen und Plätze. Immerhin konnte ich so Zeuge eines beeindruckenden Sonnenaufgangs werden. Die Strahlen spiegelten sich im Wasser der Grachten, ein großartiges Schauspiel bot sich mir. Irgendwann fand ich einen Kiosk, der den Betrieb bereits aufgenommen hatte. Ich erstand einen großen Becher Kaffee, eine Flasche Wasser, die ich sofort hinunterkippte, und eine pappige Waffel. Ich fragte die noch etwas verschlafene Verkäuferin nach der Uhrzeit und erfuhr, dass es erst zwanzig nach sechs war. Also hatte ich noch reichlich Zeit bis zum Treffen mit Jon van Laaren.

An einem der vielen Kanäle lud mich eine Bank in der Morgensonne zum Frühstück ein. Mit wenig Appetit aß ich die Waffel und trank langsam den heißen Kaffee. Die Sonnenstrahlen taten mir gut und wärmten mich auf. Nachdem ich eine Weile einfach nur die Gegend betrachtet und den Moment genossen hatte, zog ich meine Notizen aus der Hosentasche. Nach dem ganzen Durcheinander in der Nacht musste ich mich nun erst einmal wieder sammeln und neu sortieren.

Man hatte mich wiedergefunden, Kai Herzog war von den Toten auferstanden. Bedauerlicherweise viel zu früh. Es wäre ratsam gewesen, die üblichen drei Tage für derartige Prozesse einzuhalten und nicht unbedacht in der Gegend herumzutelefonieren. Ich fragte mich, welche der feindlichen Parteien mich so schnell geortet hatte und in atemberaubend kurzer Zeit Truppen nach Amsterdam hatte schaffen können.

Immerhin hatte ich meine Verfolger erneut abgehängt, zumindest ging ich davon aus. Nun musste ich mit Jon van Laaren sprechen. Mir war immer noch nicht klar, was an Jordans Patentskizzierung eigentlich fehlen sollte. Der Blick in die kopierten Forschungsakten aus dem KI-Projekt hatte auf mich den Eindruck gemacht, dass alles vollständig war.

Ich erinnerte mich an die Aktionsliste mit dem einzigen Eintrag „Patent einreichen“. Die Daten auf Jordans Laptop mussten noch viel ausführlicher und tiefgehender gewesen sein.

Landeskriminalamt München, 8:30 Uhr

Da Perlinger auf sich warten ließ, eröffnete Maja Friedrich als seine Stellvertreterin die Morgenbesprechung im Konferenzraum. Die Kollegin aus der Kriminaltechnik meldete sich als Erste zu Wort. Über Nacht habe das Labor die ersehnte Analyse der Lackspuren von Herzogs Fahrzeug abgeschlossen. Wie erwartet, stimme die Probe exakt mit den sichergestellten Spuren an dem Van überein. Spontan applaudierten alle Anwesenden. Die Hauptkommissarin grinste zufrieden und kündigte an, direkt im Anschluss an das Meeting die Durchsuchung von Herzogs Wohnung zu beantragen. Herzog selbst sei nach wie vor wie vom Erdboden verschluckt. Es ging voran.

Schultheis und zwei weitere Ermittler aus Friedrichs Teams hatten bis in die frühen Morgenstunden ausgewertet, welche Mobilfunkteilnehmer sich am Sonntag in der Funkzelle um die Grünwalder Villa aufgehalten hatten. Obwohl die Beamten nur wenige Stunden in ihren Büros geschlafen hatten, waren sie hellwach. Die Fortschritte in den Ermittlungen trieben sie an.

„Wir haben uns heute Nacht die An- und Abmeldungen in der Funkzelle um die Entführervilla vom Sonntag von null Uhr bis zum Eintreffen unserer SEK-Jungs vorgenommen, jede

Menge Daten", leitete Schultheis ein. „Dabei haben wir uns zum einen auf Anschlüsse konzentriert, die zu Personen gehören, die in unseren Ermittlungen bisher eine Rolle gespielt haben. Zum anderen haben wir die Telefonnummern herausgefiltert, die zwar eine deutsche Vorwahl haben, jedoch bei keinem Mobilfunkanbieter registriert sind, genau wie bei unseren Toten aus dem Wald. Üblicherweise werden solche Telefonnummern in der organisierten Kriminalität verwendet. Oder von Geheimdiensten."

Der Beamte machte eine Pause und genoss die Aufmerksamkeit seiner Kollegen. Dann fuhr er mit seinen Ausführungen fort, während seine nächtlichen Mitstreiter stolz vor sich hin lächelten.

„Um 9:27 Uhr meldete sich für wenige Minuten das Smartphone von Sophia Hart an, dann wieder um 9:49 Uhr und zuletzt um 10:30 Uhr, was sich mit Frau Harts Aussage deckt, dass die Entführer ihr Smartphone benutzten, um mit Herzog zu kommunizieren. Um 9:54 Uhr verlassen die Nummern der beiden Toten aus dem Ebersberger Forst die Funkzelle. Dann passiert erst mal nichts. Um 12:46 Uhr taucht Herzogs Smartphone auf und bleibt eine knappe halbe Stunde. Danach, etwa eine Dreiviertelstunde später, erscheinen innerhalb kurzer Zeit nacheinander sechs Teilnehmer, die nicht identifiziert werden können, und knapp zehn Minuten bevor unser SEK eintrifft, verschwinden diese wieder."

„Die geheimnisvollen Tatortreiniger", folgerte Maja.

„Vermuten wir", machte Schultheis mit seinem Bericht weiter. „Aber das Interessanteste kommt erst noch. Etwa zwanzig Minuten bevor Herzog eintrifft, also um 12:26 Uhr, war für knapp zehn Minuten ein weiterer Anschluss in der Zelle angemeldet, den wir nicht zuordnen konnten.

Zuerst dachten wir, dass die Nummer zum Personenkreis gehört, der in der Villa operiert hat. Doch dann haben wir geprüft, welche Verbindungen von all den unbekannten Anschlüssen aus getätigt wurden. Unsere erste Erkenntnis war, dass die Nummern erst seit höchstens zwei Wochen aktiv waren. Die zweite, dass bis auf zweimal immer nur wenige nicht registrierte Nummern angerufen wurden, zumeist untereinander. Das eine Mal wurde wie bereits bekannt Gloroil angerufen, das andere Mal eine registrierte Nummer von dem Mobiltelefon gewählt, das kurz vor Herzog in der Funkzelle erschienen war. Und nun der Knaller, die gewählte Nummer gehört dem russischen Generalkonsulat in München."

Noch bevor Schultheis die Wirkung dieser Neuigkeiten voll auskosten konnte, ergriff Perlinger das Wort. Der Chefermittler hatte in Begleitung zweier Männer den Raum betreten und aufmerksam dem Ende des Berichts seines Kollegen zugehört.

„Morgen. Amerikaner und Russen, das passt nun gar nicht zusammen. Das wäre das erste Mal, dass diese Länder eine gemeinsame Geheimoperation durchziehen. Eine naheliegende Hypothese könnte sein, dass es sich hier um eine weitere Partei handelt. Und die könnte Herzogs Helfer bei der Befreiung von Sophia Hart gewesen sein. Nur warum arbeitet Herzog mit den

Russen zusammen gegen die Amerikaner? Weil sie ihn bezahlen? Auf der anderen Seite hatte Frau Hart angegeben, dass ein Toter im Korridor lag, die gefundenen Blutspuren passen zu der Aussage. Wenn Herzog den Entführer nicht getötet hat, wie Hart ausgesagt hat, muss es logischerweise jemand anderes getan haben. Oder sie hat auch hier gelogen und Herzog ist der Mörder. Könnt ihr prüfen, wo sich jener Mobilfunkteilnehmer in den letzten Tagen aufgehalten hat?"

„Sind wir schon dran, ist aber mühsam und dauert", bestätigte Schultheis, was Perlinger mit einem anerkennenden Nicken quittierte, um dann seine Begleiter vorzustellen.

Die beiden älteren Herren in schlichten grauen Anzügen waren vom Bundeskriminalamt zur Unterstützung der Sonderkommission geschickt worden und sollten sich auf die Verbindungen in die USA konzentrieren. Nach ihrer Meinung handelte es sich bei den Toten aus dem Ebersberger Forst um Mitarbeiter eines privaten Sicherheitsdienstes, der sich aus ehemaligen, vorwiegend amerikanischen Elitesoldaten und Geheimdienstmitarbeitern rekrutierte. Meist war diese Art von Unternehmen in Steuerparadiesen ansässig, wodurch sich der juristische Zugriff schwierig gestaltete. Zusätzlich verkomplizierte sich die Lage, da sich die US-amerikanische Regierung auch gern dieser Dienste bediente, wenn es darum ging, sich in grenzwertigen Operationen die Finger nicht schmutzig zu machen. Aus diesem Grund hielt sie bisweilen ihre schützende Hand über diese Firmen.

Ähnlich skeptisch schätzten die Bundesermittler die Möglichkeiten ein, dem Ölgroßkonzern Gloroil auf die Pelle zu rücken. Auch hier ging man davon aus, dass die amerikanische Administration wenig Interesse hatte, mit deutschen Behörden zu kooperieren.

Nach diesen Einsichten war die morgendliche Aufbruchsstimmung in der Sonderkommission zwar nicht völlig verflogen, doch deutlich gedämpft.

Nachdem ich den letzten Schluck Kaffee getrunken hatte, machte ich mich auf den Weg zum Treffpunkt mit van Laaren. So ungefähr wusste ich, wie ich zu dem Café kam, zur Not fragte ich mich durch. Unterwegs kaufte ich eine billige Jacke und ein Poloshirt, das ich sofort anzog. Das alte, inzwischen sehr streng riechende Kleidungsstück, stopfte ich in einen Mülleimer. Von Julias Taschengeld hatte ich nun noch gut fünfhundert Euro übrig. Das sollte leicht für die Rückfahrt nach München reichen. Trotzdem galt es, sparsam zu bleiben.

Ohne Schwierigkeiten gelangte ich zu dem Café, das gerade öffnete. Mit seinen plüschigen, roten und grünen Samtsesseln, gefüllten Bücherregalen und orientalischen Kissen erschien es mir wie ein öffentliches Wohnzimmer. Frischer Kaffeeduft strömte durch den Raum. Bevor ich mir einen geeigneten Platz für das Gespräch mit meinem Vorgänger suchte, ging ich auf die Toilette, machte mich frisch und wusch den Schmutz meiner nächtlichen Klettertour und meines Nachtlagers hinter den Mülltonnen aus dem Gesicht. Der Blick in den Spiegel war dennoch wenig erbaulich: unrasiert, Kratzer im Gesicht, noch immer die Erinnerung an Mechtersheimers Überfall am Hals und die Haare fettig wie eine Fritteuse. Aber das half jetzt nichts, für Eitelkeiten war kein Platz.

In einer Ecke, von der aus ich den gesamten Gastraum im Blick behalten konnte, machte ich es mir an einem kleinen Tisch bequem. Als die Kellnerin die Bestellung aufnehmen wollte, fragte ich zuerst nach der Uhrzeit. Es war wirklich lästig, ständig fragen zu müssen. Ich hatte noch etwas Puffer, bestellte einen doppelten Espresso und vertrieb mir die Zeit damit, der Bedienung beim Arbeiten zuzusehen. Fast hätte ich darüber meinen Gast übersehen.

Jon van Laaren stand freundlich lachend vor mir.

„Hallo Kai, gut in Amsterdam angekommen?"

Er hielt sich nicht lange mit Formalitäten auf, ob nun du oder Sie. Ich mochte diese Entspanntheit der Niederländer. Van Laaren war um die fünfzig und trug die blonden, schütteren Haare kurz rasiert. In seinem weißen Hemd mit hellblauem Anzug sah er gut aus. In diesem Moment fühlte ich die Scham, meinem

Vorgänger in billigem Poloshirt und schmutziger Jeans zu begegnen. Üblicherweise war ich perfekt gekleidet und legte größten Wert auf Stil. Ich überwand meine Befindlichkeiten, ignorierte die Ereignisse der letzten Nacht, stand auf, schüttelte van Laaren die Hand und setzte mein bestes Lächeln auf.

„Immer wieder klasse, in Amsterdam zu sein. Ich liebe die Stadt. Vielen Dank, Jon, dass du dir kurzfristig Zeit für mich genommen hast."

„Gern. Ehrlich gesagt hatte ich erwartet, dass du dich meldest. Ich habe von der Tragödie mit Felix gehört. Schlimm."

Wir nahmen Platz und ich winkte die Kellnerin zu unserem Tisch. Nachdem Jon mit Tee versorgt war, kam ich ohne Umschweife zum Thema. Ich hatte mir auf meiner Bank in der Sonne am Morgen genau überlegt, welche Geschichte ich erzählen würde. Industriespionage, Attentate und Morde kamen darin nicht vor.

„Ich bin nach Amsterdam gekommen, weil ich deine Hilfe benötige. Nach dem tragischen Unfall, bei dem die Ikarus-Versuchsanlage explodierte und Felix Jordan ums Leben kam, arbeiten wir natürlich mit Hochdruck an der Aufklärung des furchtbaren Vorfalls. Du hast davon gehört."

Ich machte eine Pause, um zu sehen, ob er in irgendeiner Weise reagierte. Aber Jon schaute mich nur zugleich betroffen und neugierig an. Also fuhr ich fort.

„Bei dem Brand wurden viele Daten vernichtet. Wir haben die Unterlagen in der Projektdatenbank gesichtet und von allen Experten, die wir in der Kürze der Zeit auftreiben konnten, analysieren lassen. Aber die Dokumentation scheint unvollständig zu sein. Irgendein Baustein fehlt, um Felix' Arbeit komplett nachvollziehen zu können und zu verstehen, was schiefging und zu der Katastrophe führte. Du kannst dir vorstellen, mir sitzen alle im Genick, der gesamte Vorstand, insbesondere nachdem die Versicherung angefangen hat, unangenehme Fragen zu stellen."

Jon starrte erst in seinen Tee, dann durch mich hindurch ins Nichts. Ich gab ihm Zeit.

„Sein unbändiger Ehrgeiz hat ihn getötet und ich bin mitschuldig."

Fragend sah ich Jon an.

„Als Felix vor vier Jahren in meine Abteilung kam, war ich überwältigt von dem jungen Mann. Ich hatte zuvor noch niemanden kennengelernt, der über eine derartige Kreativität gepaart mit unglaublich breitem Wissen verfügte. Und das in dem Alter.

Der gängige Weg, aus Kohlendioxid Methanol herzustellen geht so, dass man zunächst hochreines Kohlendioxid benötigt. Entweder fällt es irgendwo als

Nebenprodukt an, oder man muss es mit riesigem Energieaufwand aus der Atmosphäre isolieren. Dann stellte man Wasserstoff per Elektrolyse aus Wasser her, was wieder Unmengen an Strom benötigt, und bringt es mit dem Kohlendioxid zur Reaktion.

Felix‘ Ansatz orientierte sich jedoch an der Photosynthese. Anstelle von Strom wird die Energie des Sonnenlichts direkt genutzt. Die Natur kommt auch mit der geringen Kohlendioxidkonzentration in der Atmosphäre zurecht. Nur die Effizienz ist mager, viel zu niedrig für eine industrielle Nutzung.

Felix entwickelte einen Reaktor, der nicht mit der klassischen Membrantechnologie ausgerüstet wurde, sondern mit ultradünnen Lichtleitern im Nanobereich durchzogen war, auf deren Oberfläche ein mehrstufiges Katalysatorsystem aus kombinierten Mangan-Strontium-Komplexen aufgebracht war. Der Reaktor wurde mit Wasser und einfacher Umgebungsluft gespeist, die Lichtleiter sorgten dafür, dass Sonnenlichtenergie in hoher Dichte zur Aktivierung der Reaktion zur Verfügung stand. Das Reaktionsgemisch wurde auf etwa neunzig Grad Celsius gehalten, wodurch das entstandene Methanol direkt verdampfte und ohne weitere Aufreinigung aufgefangen werden konnte. Das war genial.“

Bis dahin erzählte mir Jon van Laaren nichts Neues. Seine Ausführungen entsprachen den Angaben in der Projektdatenbank. Vorsichtig bohrte ich nach.

„So haben wir das auch verstanden. Ein unglaublich innovativer Weg. Aber etwas fehlt uns noch."

Jon biss sich auf die Lippe. Dann lehnte er sich in seinem Sessel zurück und atmete tief ein.

„Was fehlt, ist, dass es funktioniert."

Mir blieb der Atem stehen. Entgeistert blickte ich den ehemaligen Forschungschef an. Er starrte wieder in seinen Tee.

„Die Raum-Zeit-Ausbeuten waren viel zu niedrig. Manche Naturgesetze lassen sich eben doch nicht überwinden. Um genau zu sein, die Ausbeuten waren um den Faktor tausend niedriger, als Felix das behauptet hatte."

„Das kann doch nicht sein! Die Aufzeichnungen der Experimente haben doch ganz klar die Wirksamkeit bewiesen!"

Ich stand völlig neben mir. Was redete der Mann?

„Es war simpler Betrug. Und weißt du, wie ich dahinterkam? Das Kosteneinsparprojekt Anfang des Jahres hat mich darauf gebracht. Die Kosteninquisitoren der Munisol hatten festgestellt, dass der Strombedarf in meiner Abteilung gigantisch in die Höhe geschossen war. Und wer war der Verbraucher? Halle drei!

Um die Effizienz zu steigern, hatte Jordan die Sonne, also die UV-Strahler, die das Sonnenlicht simulierten, um den Faktor tausend erhöht. Damit die Ergebnisse gut aussahen, strich er einfach das Kilo aus Kilowatt, und schwupp, schon war das Ganze um das Tausendfache optimiert. Der genialste Betrug ist auch immer der simpelste. Die Erhöhung des Energieeintrags hatte den unschönen Nebeneffekt, dass das Katalysatorsystem sozusagen gebraten wurde und nach kürzester Zeit im Eimer war und immer wieder ersetzt werden musste. Die Kosten hierfür hatten die Controller ebenfalls entdeckt, obwohl sie wirklich gut versteckt waren. Energetisch war die geniale Jordansche Erfindung nicht besser als die konventionellen Wege, wenn überhaupt.

Als mir klar wurde, dass das Leuchtturmprojekt in meiner Abteilung nur aus billigen Lügen bestand und ein Riesenflop war, hatte ich die Wahl, die Sache aufzuklären und mit dem Projekt unterzugehen, oder aber mit weißer Weste das Unternehmen zu verlassen und woanders mein hochbezahltes Glück zu suchen.

Dahlem war so heiß auf diesen Erfolg, er hätte mich persönlich aus dem Fenster geworfen, wenn er erfahren hätte, was in Halle drei wirklich vor sich ging.

Ich weiß, dass das keine Glanztat von mir war, dir eine kriminelle Bruchbude zu hinterlassen, aber so laufen die Dinge eben manchmal in unserem Metier, oder? Vermutlich wäre Felix noch am Leben, wenn ich die Sache beendet hätte. Das ist mir bewusst."

Ich konnte nicht fassen, was van Laaren mir gerade offenbart hatte. Mir war heiß und zugleich lief es mir eiskalt den Rücken hinunter. Meine Gedanken überschlugen sich und fuhren wieder Achterbahn. Ein übereifriger Jungforscher verbreitete Märchen, die alle glauben wollten, und rief damit finstere Mächte auf den Plan, die ihn töteten, um den vermeintlichen heiligen Gral entweder zu stehlen oder zu vernichten. Insgesamt sechs Menschen waren bereits tot deswegen. Und ich selbst wäre auch schon beinahe zweimal draufgegangen. Wie sollte ich nun aus der Nummer aussteigen, wenn es das, wonach alle suchten, gar nicht gab? Van Laaren riss mich aus meinen Überlegungen.

„Tut mir leid, Kai."

Er sah mich bedrückt an und stand auf.

„Weißt du, ob es noch irgendwo außerhalb der Projektdatenbank Unterlagen bei der Munisol zu den Jordanschen Arbeiten gibt?"

Ich benötigte in jedem Fall die Dokumentation des Ikarus-Projekts. Wenn es wahr war, was Jon van Laaren mir gestanden hatte, und das alles Hokuspokus war, dann brauchte ich umso mehr Beweise, um zu zeigen, dass es nicht funktionierte.

„Per E-Mail hatte ich viel Austausch mit Felix: Informationen, Berichte und Präsentationen zu dem Thema. Plus die Berichte der Controller zu den Strom- und Katalysatorkosten. Ich nehme an, dass meine E-Mails bei der Munisol noch gespeichert sind, schon, um der gesetzlichen Aufbewahrungsfrist Genüge zu tun.“

Da hätte ich auch allein draufkommen können. Ich ärgerte mich maßlos über mich selbst.

„Ich muss nun los.“

Jon wollte sich von mir verabschieden, als sein Blick auf den Sessel am Nachbartisch fiel.

„Hey, unser Nachbar hat seine Tasche vergessen.“

Und schon hatte van Laaren sich den schwarzen Rucksack gegriffen und eilte dem jungen Mann nach, der am Nachbartisch gesessen und gerade das Café verlassen hatte.

Durch die großen Scheiben zur Straße hin konnte ich sehen, wie er vor dem Café stand, sich umsah und nach dem Besitzer Ausschau hielt.

Plötzlich verschwand Jon van Laaren in einer Stichflamme. Ein ohrenbetäubender Knall folgte, dann das Geräusch von platzendem und klirrendem Glas. Die Wucht einer Druckwelle erfasste mich und riss mich auf den Boden. Dann war alles still. Kein Geräusch war zu hören. Nur ein unbändiges Fiepen betäubte meine Ohren.

Ich drückte den Tisch weg, der auf mir lag. Die Fensterscheiben zur Straße waren nicht mehr vorhanden, Jon auch nicht mehr da. Sessel und Tische waren umgeworfen, Lampen kaputt. Glasscherben bedeckten den Boden. Einige Gäste lagen regungslos am Boden, andere hatten sich aufgerichtet. Alle waren völlig mit Staub überzogen und bluteten am Kopf. Ich fasste in mein Gesicht, doch in meiner Handfläche klebte nur Staub. Vermutlich hatte der Tisch mich vor den umherfliegenden Glasscherben geschützt.

Ich wollte aufstehen und den Verletzten helfen. In diesem Moment wurde mir erst klar, was hier gerade passiert war. Jon van Laaren war von einer Rucksackbombe zerfetzt worden. Einer Bombe, die am Nachbartisch abgelegt worden war. Und dort explodieren sollte. Um Jon van Laaren und mich zu töten. Ich hatte nicht den leisesten Zweifel.

Jon hatte mir mit seiner spontanen Hilfsbereitschaft, unserem Tischnachbarn seinen vermeintlich vergessenen Besitz hinterherzutragen, mein Leben gerettet. Und seines verloren. Ich strauchelte und fiel zurück auf den Boden, wo ich vor Angst erstarrte. Meine innere Stimme forderte mich auf, sofort zu verschwinden. Nein, sie schrie mich an. Also kroch ich auf allen vieren zu den Toiletten. Meine Ohren fiepten ununterbrochen und sorgten für einen sich immer stärker ausbreitenden Schmerz in meinem Kopf.

Das Oberlicht auf der Herrentoilette ließ sich problemlos öffnen. Ich stieg auf das Waschbecken und zwängte mich durch die kleine Öffnung. Von dort sprang oder vielmehr plumpste ich auf der anderen Seite auf den Boden. Wenigstens kein Kanal.

Nachdem ich mich wieder aufgerappelt hatte, versuchte ich, mich zu orientieren. Ich befand mich in einer schmalen Straße, auf der einen Seite lagen die Häuser mit ihren Rückseiten, auf der anderen ein Geländer und darunter ein Kanal. In der Ferne hörte ich durch das Fiepen in meinen Ohren den Klang von Sirenen dringen. Ich entschied, in die entgegengesetzte Richtung zu den sich nähernden Einsatzfahrzeugen zu fliehen.

Alle paar Schritte schaute ich hinter mich, um zu prüfen, ob mir jemand folgte. Beim dritten oder vierten Mal entdeckte ich im Abstand von vielleicht fünfzig Metern einen grauen Mercedes, der im Schritttempo auf der einspurigen Straße fuhr und den Abstand zu mir beibehielt. Links von mir befanden sich die Häuser, rechts das Wasser. Falls der Wagen tatsächlich ein Verfolger war, hatte ich praktisch keine Fluchtmöglichkeit, außer in die Gracht zu springen, was mir aber vermutlich auch nicht geholfen hätte. Ich beschleunigte, bis ich in den Laufschritt fiel. Das Auto hinter mir hielt nach wie vor den gleichen Abstand.

In einiger Entfernung erkannte ich eine Kreuzung. Dort würde ich Haken schlagen können und zurück auf die belebten Straßen gelangen, um abzutauchen. Plötzlich begann der Mercedes, zu mir aufzuschließen. Ich begann zu laufen. So schnell ich konnte, rannte ich auf die Kreuzung zu.

Schon nach kurzer Zeit war ich außer Atem, meine Oberschenkel brannten, aber ich rannte weiter. Für einen Moment fragte ich mich, ob ich gerade dabei war durchzudrehen, nur weil ein Auto hinter mir fuhr, aber meine Panik ließ keine Diskussion zu. Der Mercedes war nur noch wenige Meter hinter mir, als ich die kleine Kreuzung erreichte. Zu spät sah ich das Auto direkt vor mir. Aus vollem Lauf knallte ich gegen den Wagen, flog über die Motorhaube und stürzte hart auf der anderen Seite auf die Straße.

Einmal mehr fühlte es sich an, als ob mein Körper vor Schmerz platzen wollte. Mittlerweile gab es kaum noch eine Körperstelle, an der ich keine Prellungen oder Schürfungen besaß. Meine Verfolger kamen mir wieder in den Sinn, wo waren die? Ich versuchte aufzustehen, schaffte es aber nur auf die Knie. Warum half mir denn keiner? Aus dem Wagen, mit dem ich zusammengestoßen war, stieg ein Mann aus, ein zweiter kam um das Fahrzeug geeilt. Noch bevor ich die Situation erfassen konnte, packten beide mich an den Armen und zogen mich hoch. Dann öffnete einer die hintere Tür des Autos und ich wurde unsanft hineingestoßen. Meine Prellungen und Wunden schrien auf. Was zur Hölle ging hier vor? Die Türen schlugen zu. Bis ich mich einigermaßen aufgerichtet hatte, war der Wagen bereits losgefahren. Neben mir saß einer der beiden Männer. Als ich mich ihm zudrehte, zog er blitzschnell eine Waffe unter dem Jackett hervor und drückte den harten Lauf in meine Seite.

„Du hast zu viele Leben."

Der Mann schaute mich mit kalten Augen an. Osteuropäisch aussehender Typ samt dazugehörigem Akzent, dunkler Anzug. Das Konzept hatte ich bereits in München kennengelernt. Die Russen hatten mich gefunden! Es war aus. Ich sank in meinem Sitz zusammen. Furchtbare Angst stieg in mir auf. Mir war eiskalt und mein Magen rebellierte.

Es bedurfte wenig Fantasie, um zu dem Schluss zu kommen, dass die russischen Gangster versucht hatten, Jon van Laaren und mich mit dem Bombenattentat zu beseitigen. Jeder hätte islamistische Terroristen für den Anschlag verantwortlich gemacht und niemand wäre auch nur im Traum auf billige Industriespione gekommen. Doch nachdem das nicht funktioniert hatte und Kai Herzog noch immer lebte, würde man die Liquidierung eben anderweitig vornehmen müssen.

Tagelang hatte ich gekämpft, hatte aufgegeben und mich wieder motiviert, Demütigungen und Gewalt über mich ergehen lassen, alles umsonst, ich würde sterben. Blieb zu hoffen, dass es schnell ging. Nur die letzten Reste meines Stolzes und meiner Würde hielten mich davon ab loszuheulen.

Plötzlich bremste der Wagen scharf ab und ich wurde an die Rücklehne des Vordersitzes geschleudert. Fürs Anschnallen hatte ich keinen Nerv gehabt. Mein Begleiter hatte auch klar zu verstehen gegeben, dass ich jegliche Bewegungen zu unterlassen hatte. Ich prallte zurück. Mein Bewacher schaute sich hektisch um und rief dem Fahrer etwas auf Russisch in aufgeregtem Ton zu. Währenddessen fuchtelte er mit seiner Waffe herum. Vor unserem Auto blockierte ein dunkler Geländewagen den Weg. Daraus sprangen zwei Männer. Große Kerle, schwarze Cargohosen und Bomberjacken, Sturmhauben über dem Kopf und Sturmgewehre in den Händen. Sie legten an und eröffneten sofort das Feuer auf unseren Wagen.

Der krachende Lärm von Schüssen aus automatischen Waffen und splitterndem Glas dröhnte in meinen Ohren. Ich ging in Deckung, beugte mich, so tief ich konnte, nach vorn, nahm die Arme über meinen Kopf und versuchte, mich nach unten zu drücken. Mein Atem raste, mein Puls klopfte wie ein Presslufthammer, mein gesamter Körper zitterte in

Panik. Ich erwartete den brennenden Schmerz von Projektilen, die in meinen Körper eindrangen. Ich erwartete den Tod.

Plötzlich war es still. Eine Ewigkeit traute ich mich nicht, mich zu bewegen und den Kopf auch nur einen Zentimeter zu heben, doch irgendwann überwand ich mich und spähte vorsichtig zur Seite. Mein Sitznachbar hing zusammengesunken in seinem Sicherheitsgurt. Sein weißes Hemd war rot verfärbt, aus einem Loch in seiner Stirn lief Blut. Ich richtete mich langsam auf, immer in der Lage, sofort wieder in Deckung zu gehen. Der Fahrer saß ebenfalls reglos hinter dem Steuer. Der schwarze Geländewagen war verschwunden, niemand zu sehen. Die Windschutzscheibe des Wagens war vollständig mit Löchern übersät. Ich drehte mich um. Der graue Mercedes, der mich auf meiner Flucht aus dem Café verfolgt oder besser gesagt vor sich her getrieben hatte, stand Stoßstange an Stoßstange hinter dem Wagen, in dem ich mich befand, ebenfalls von Gewehrkugeln völlig durchsiebt.

Da mein Gehirn nicht in der Lage war, irgendeinen klaren Gedanken zu fassen, meldete sich mein Unterbewusstsein mit der gleichen Aufforderung wie kaum eine Viertelstunde zuvor: Verschwinde! Hau ab, so schnell du kannst! Weg hier! Gehorsam zog ich am

Türgriff, die Fahrzeugtür ließ sich ohne Widerstand öffnen. Ich stieg aus und sah mich um.

Keine Menschenseele war zu entdecken. Vermutlich waren alle davongelaufen, in Deckung gegangen oder standen hinter den Fenstern und filmten mit ihren Smartphones das Massaker auf offener Straße. Ich rannte los, die Straße entlang, bog links in eine Gasse, rannte weiter, bog rechts ab, rannte weiter. Um mich herum nahm ich nichts mehr wahr. Irgendwann wurde ich langsamer und hörte auf zu laufen.

Ich hatte keine Ahnung, wo ich war. Das Grachtenviertel hatte ich definitiv verlassen. Die Gebäude waren moderner, die Straßen breiter. Ohne stehenzubleiben, ging ich einfach weiter. Nur wenige Menschen begegneten mir, ich schien in einem Wohnviertel gelandet zu sein.

Innerhalb von nicht einmal einer halben Stunde überlebte ich ein Bombenattentat, eine Entführung und ein weiteres Attentat. Ich stand unter Dauerschock. Meine Beine liefen einfach durch Amsterdam, der Rest von Kai Herzog hatte abgeschaltet. Plötzlich blieb ich stehen. Ich musste zurück nach München, zu Dahlem, aufräumen, raus aus diesem Albtraum und zurück in mein altes Leben. Dafür musste ich herausfinden, wo ich war und dann den Weg nach München planen. Mein Gehirn war wieder voll da, verlässlich strukturiert und analytisch, so wie ich es gewohnt war.

Um mich herum standen schäbige Wohnblocks. Vor einem lungerten zwei stark tätowierte, junge Männer. Sie saßen auf der Treppe und rauchten. Ich ging auf sie zu und fragte sie auf Englisch, wo ich mich befand. Die beiden zogen erstaunt die Augenbrauen hoch und sahen sich spöttisch gegenseitig an. Es bedurfte wenig Vorstellungskraft zu erahnen, was die beiden dachten. Trotzdem stand einer der beiden auf, zog sein Smartphone heraus und zeigte mir auf der Karte den Standort. Ich war viel weiter vom Grachtenviertel entfernt, als ich dachte, tief im Amsterdamer Südosten.

Ich musste den jungen Mann auch noch um einen weiteren kleinen Recherchedienst auf seinem Smartphone bitten. Er zuckte nur mit den Schultern, setzte sich wieder und bastelte sich einen Joint. Für meinen Rückweg nach München kam nur der Zug in Frage. Alles andere dauerte zu lange oder ich hätte mich ausweisen müssen, wie bei Flug oder Mietwagen. Ich beschloss jedoch, um den Bahnhof Amsterdam einen Bogen zu machen. Wer weiß, wer dort auf mich wartete. Auf der Karten-App fiel mein Blick auf Utrecht, das gerade mal dreißig oder vierzig Kilometer entfernt und verkehrstechnisch gut angebunden war. Also bat ich den jungen Mann, ein Taxi für mich zu rufen. Mit zehn Euro zeigte ich mich bei ihm erkenntlich. Für mich gab es eine Zigarette als Bonus. Seit Jahren hatte ich nicht mehr geraucht, aber jetzt genoss ich an das Treppengeländer gelehnt die Kippe, während ich auf das Taxi wartete.

Mit dem Angebot von einhundert Euro konnte ich den zögerlichen Taxifahrer motivieren, mich nach Utrecht zu fahren. Ich war verdreckt vom Staub der Explosion, meine Hose hatte unter den verschiedenen Stürzen schwer gelitten und die Kratzer in meinem Gesicht trugen ebenfalls nicht zu einer vertrauenswürdigen Ausstrahlung bei. Ich nahm ihm die Zweifel an meiner Person nicht übel.

Als ich in Utrecht das Bahnhofsgebäude betrat, zeigte die Uhr an der Anzeigetafel halb eins. Auf der Toilette versuchte ich mich, so gut es ging, zu säubern und wieder herzurichten. Anschließend kaufte ich eine Fahrkarte nach München über Düsseldorf, geplante Ankunft 20:04 Uhr. Perfekt. Die Zeit bis zur Abfahrt verbrachte in einem Schnellimbiss mit Burger und Pommes. Inzwischen hatte ich mächtig Hunger, aber noch viel mehr Durst. Die erste Cola kippte ich in Sekunden hinunter. Mit einem großen Becher Kaffee in der Hand stieg ich dann in den Zug nach Düsseldorf ein und ließ mich in einem leeren Abteil in einen Sitz am Fenster fallen.

Nachdem ich eine Position gefunden hatte, in der mich meine Prellungen und Schürfungen halbwegs sitzen ließen, schloss ich die Augen und versuchte zu schlafen. Doch zu viele Gedanken schossen mir durch den Kopf. Also zog ich meine zerknitterten Notizen und den Stift aus der Hosentasche und legte beides auf den Klapptisch vor mir. Der Ausflug nach Amsterdam hatte eine ernüchternde aber zugleich entscheidende Erkenntnis gebracht: Der heilige Gral existierte nicht.

Ich nahm ein leeres Blatt, malte einen Kelch in die Mitte und strich ihn doppelt durch. Hier standen wir nun. Die Russen wollten mit aller Gewalt eine Technologie verhindern, die keinerlei Bedrohung war und Gloroil suchte verzweifelt nach dem alles entscheidenden Baustein, den es nicht gab. Es war absurd, dass diese Aktivitäten für immer mehr Tote sorgten und mich in existenzielle Nöte gebracht hatten.

Eigentlich hätte mir gleich klar sein müssen, dass die Sache stank und faul war. Allein schon der Projektname, Ikarus. Wer sich auch nur halbwegs in der griechischen Mythologie auskannte, hätte wissen können, wie der Höhenflug im Übermut ausging. Er endete im Absturz. Einmal mehr fragte ich mich, was sich die Namensgeber von bestimmten Projektnamen eigentlich dachten. Ich wartete schon lange darauf, dass jemand ein Projekt mit dem Namen Pandora eröffnet.

In der langen Geschichte technologischer Entwicklungen ging es doch tatsächlich immer nur zentimeterweise voran. Einer machte eine Erfindung, die Idee war stark, aber so richtig funktionierte es noch nicht oder man wusste nicht, was man damit anfangen sollte. Man denke an die erste Benzinkutsche von Karl Benz. Ohne Bertha hätte er das Ding doch gleich wieder weggeworfen. Oder den ersten Mikrochip von Jack Kilby, auch von dort war es ein weiter Weg bis zum Smartphone. Begeistert von dem Potenzial, machten sich Scharen von Forschern ans Werk, um die Geburtsfehler zu korrigieren, Schwächen auszutreiben und die Technologie in die Perfektion zu treiben. Und das alles dauerte oft Jahre und Jahrzehnte.

Ich hatte es einfach zu sehr gewollt und jegliche gesunde Skepsis, oder anders formuliert Erfahrung, vermissen lassen. Genau wie alle anderen Akteure in diesem Drama. Die Gier ist es, die blind macht und ins Verderben führt. Immer und immer wieder. Ein bitteres Lachen entfuhr mir.

Während ich meinen Kaffee langsam trank, starrte ich auf meine Zeichnung. Jordans Erfindung war wertlos. Und genau das war der Ausweg! Es gab nichts, was ich vor dem Zugriff finsterer Mächte schützen musste und nichts, wofür es sich lohnte zu töten. Ich musste lediglich dafür sorgen, dass die breite Öffentlichkeit und damit die Gangster, die hinter mir her waren, erfuhren, dass die Technologie nicht funktionierte. Damit wäre die Jagd danach sinnlos und beendet.

Die Veröffentlichung der Nachricht glich der Einreichung eines Patents, jedoch mit viel niedrigeren Hürden. Die Anmeldung eines Patents und damit der Schutz geistigen Eigentums war ein enorm aufwändiger und langatmiger Prozess, während eine Meldung, dass irgendetwas nicht funktionierte, jeder immer und überall machen konnte.

Die Frage war nur, in welcher Art und Weise ich die Öffentlichkeit suchen sollte, denn der Munisol-Vorstand würde ausflippen und mich umgehend feuern, wenn ich eine Pressemeldung herausgeben würde, in der der Konzern schlecht dabei wegkam. Ich sah schon die Überschriften der Wirtschaftszeitungen vor meinem inneren Auge: „Munisol erneut zu blöde, eine bahnbrechende Technologie zu entwickeln" oder „Munisol und die Tragödie der griechische Mythologie". Von den Aktienkursen ganz zu schweigen, die dem Weg Ikarus' folgen würden.

Ich ließ meinen Blick aus dem Fenster über die Ferne schweifen und betrachtete die vorbeirasenden braunen, grünen und gelben Felder. Weizen und Raps stand in voller Blüte. In der Ferne ragten einige Kräne in den Himmel, etwas Größeres war dort im Bau. Im Bau. So konnte das gehen! Man müsste es so drehen, dass die Munisol trotz Misserfolg als Held dastand. Wir sollten nicht veröffentlichen, dass die Entwicklung gescheitert war, sondern einen Zwischenstand berichten, die Herausforderungen beschreiben und die Welt dazu aufrufen, an einer Lösung mitzubauen. Das alles sollte in dem Kontext stehen, dass die Munisol uneigennützig Forschungsergebnisse teilen möchte, damit man gemeinsam mit der Weltforschungselite und ohne Profitsucht die klimarettende Kohlendioxid-zu-Methanol-Technologie noch schneller entwickeln und allen zur Verfügung stellen konnte.

Zur Veröffentlichung der technischen Details käme eine der Open-Innovation-Plattformen im Internet in Frage. Dort konnte man Forschungs- oder Projektideen platzieren in der Hoffnung, dass andere Experten daran arbeiteten und Lösungen schufen.

Innerhalb der Munisol war immer wieder diskutiert worden, präsenter auf solchen Plattformen zu werden, sei es, weil es hip war und toll klang, gemeinsam mit der Welt die Entwicklung dergleichen voranzutreiben, sei es, weil man sich wirklich davon versprach, aus dem eigenen Saft herauszukommen und neue Impulse von außen zu erhalten. Letztlich hatte man aber nie ein geeignetes Thema gefunden.

Ich hatte immer den Eindruck, dass nicht viel dabei herauskam. Denn wer verriet schon wirklich tolle Ideen im Internet, wodurch eine Patentfähigkeit und damit die wirtschaftliche Nutzung enorm erschwert wurde? Aber für meinen gegenwärtigen Fall war das genau das Richtige. Eine unglaubliche Erleichterung durchdrang meinen Körper, ein Gefühl der Entspannung, das durch die Ereignisse der letzten Tage in völlige Vergessenheit geraten war.

Klar, ursprünglich hatte ich mit dem Ikarus-Projekt durchstarten, der Star im Unternehmen werden und, so schnell es ging, in den Vorstand einziehen wollen. Daraus wurde nun erst einmal nichts. Ich blickte auf den durchgestrichenen Gral und spürte eine gewisse Enttäuschung in mir aufsteigen.

Aber andererseits war es vielleicht das Beste, das unter einem schlechten Stern stehende, nein, tödliche Thema auf diese Weise loszuwerden. Und letztlich wäre es immer noch eine beachtliche Managementleistung, in so kurzer Zeit den Unfall aufzuklären und den Fehlschlag in eine unternehmensförderliche, öffentlichkeitswirksame Imagekampagne zu verwandeln.

Im Übrigen trug ich in keinster Weise Verantwortung für die katastrophalen Zustände in der Forschungsabteilung, die ihren Ursprung in dilettantischem Management der letzten Jahre und

Jahrzehnte fanden. Ich kehrte nur die Scherben der anderen weg und machte Siege aus Niederlagen. Ja, der Herzog konnte so etwas eben. Zufrieden mit mir selbst und mit einem Lächeln auf den Lippen schlief ich ein.

„Aufwachen!"

Jemand rüttelte an meiner Schulter. Ich schrak zusammen und fuhr hoch.

„Tschuldigung, wir sind in Düsseldorf, Endstation, Sie müssen hier aussteigen."

Der Zugbegleiter war einen Schritt zurückgetreten und musterte mich misstrauisch. Ich murmelte etwas von „unheimlich müde" und „vielen Dank fürs Wecken" und verließ schnell den Zug.

Ich fragte mich, ob Perlinger nach mir suchen ließ. Ich sah schon eine deutschlandweite Fahndung mit Bildern und Beschreibung von mir an allen Polizeidienststellen vor meinem inneren Auge. Es fiel mir schwer einzuschätzen, was Perlinger mitbekommen hatte und was seine Schlussfolgerungen waren. Die Tatsache, dass ich plötzlich verschwunden war, bestätigte vermutlich eher seine bisher offen zur Schau getragene negative Haltung gegenüber Doktor Kai Herzog, als dass er sich Sorgen um mein Wohlbefinden machte. Möglicherweise hatte die Polizei bei der Munisol auch Druck gemacht und

Claudia oder Dahlem hatten inzwischen von meinen Anrufen berichtet.

In jedem Fall sollte ich vermeiden, der Polizei in die Arme zu laufen, bevor ich ausgiebig mit von Hattenstein die Lage erörtert hatte und sichergehen konnte, dass man mir die ganze Geschichte nicht in die Schuhe schob und mich im schlimmsten Falle juristisch belangte. Meinen Schwur, nicht in den Knast zu gehen, hatte ich nicht vergessen. Entsprechend kaufte ich mir an einem Bahnhofsstand eine neue, billige Schirmmütze, die ich tief ins Gesicht zog, und ging Überwachungskameras und der Bahnhofspolizei aus dem Weg.

Mein Anschlusszug nach München erschien pünktlich. Leider war er vollgestopft mit Reisenden. Ich war froh, noch einen freien Sitz neben einer älteren Dame zu ergattern. Ich hoffte, nicht allzu sehr zu stinken, zumindest ließ sich meine Nachbarin nichts anmerken. Nachdem der Zug sich in Bewegung gesetzt und Düsseldorf verlassen hatte, begann ich, im Kopf meinen Plan zu strukturieren, den ich Dahlem in wenigen Stunden präsentieren wollte.

Die erste Aufgabe bestand darin, ihm mitzuteilen, dass Ikarus nicht flog und, noch viel schlimmer, komplett aus Betrug und Lügen bestand. Es war davon auszugehen, dass Dahlem enttäuscht sein würde, wenn er von der Wahrheit erführe. Seine Frustration könnte er an mir auslassen, da er mich für den Flopp verantwortlich machen würde.

Ich bekam das Bild der Explosion in Amsterdam nicht aus dem Kopf. Dazu gesellten sich die von Kugeln zersiebten Russen vom Vormittag, die terminierten Gloroil-Agenten in der Grünwalder Villa, die Gangster im völlig zerstörten Van sowie der verkohlte Felix Jordan auf den Bildschirmen in der mobilen Einsatzzentrale. Überall Tote. Übelkeit stieg in mir auf. Ich atmete dagegen an. Ich schnaufte so schwer, dass die Dame neben mir sich besorgt und irritiert zu mir drehte. Mit einem verkrampften Lächeln konnte ich sie so weit beruhigen, dass sie sich wieder ihrem Buch widmete.

Mir kam ein Management-Seminar in den Sinn, bei dem wir hatten meditieren sollen, was keinem der Teilnehmer richtig gelungen war, auch wenn jeder so tat, als stünde er kurz vor der Erleuchtung. Der Trainer wies uns damals daraufhin, dass wir gegen störende Gedanken nicht ankämpfen sollten, sondern sie kurz zulassen und dann verabschieden sollten, bis die meditative Leere eintrat. Es würde sich zeigen, ob das auch bei den immer wieder in mir aufsteigenden Horrorbildern funktionierte.

Zurück zu Dahlem. Ich musste mich gut auf das Gespräch vorbereiten, wenn ich nicht als Bote schlechter Nachrichten hingerichtet werden wollte. Am besten orientierte ich mich bei meinem Bericht am bewährten Aufbau von Märchenerzählungen.

Wichtig war dabei vor allem ein anständiger Bösewicht, auf den der gesamte Frust projiziert werden konnte. In meinem Fall boten sich eigentlich nur Felix Jordan und Jon van Laaren an, die als Schurken gemeinschaftlich und niederträchtig der Munisol, und Gunter Dahlem ganz persönlich, hatten schaden wollen. Auch wenn es an Geschmacklosigkeit und Pietätlosigkeit nicht zu übertreffen war, derlei zwei tragischen Mordopfern in die Schuhe zu schieben, so blieb mir keine Alternative. Und letztlich war es fast die Wahrheit.

Der Held in der Geschichte konnte natürlich kein anderer sein als Kai Herzog, der selbstlose Retter des Unternehmens. Fehlte nur noch das Happy End. Da kamen dann die Veröffentlichung der technologischen Grundidee und die zu lösenden Herausforderungen ins Spiel, eingebettet in eine geschmeidige Imagekampagne.

Ich würde Dahlem vorschlagen, dass wir eine Pressekonferenz ansetzten, in der er höchstpersönlich die Entscheidung verkündete, eine solche für den Kampf der Menschheit gegen den Klimawandel entscheidende Technologie für alle zugänglich machen zu wollen. Wie ich ihn kannte, würde er die Idee lieben. Damit hatte ich einen guten Plan für den ersten Abschnitt meiner Mission.

Als Nächstes musste ich Dahlem über die Industriespionage berichten, dass einerseits Gloroil mit drin hing und anderseits nicht näher identifizierter Angreifer aus so gut wie sicher Russland mitmischte. Die Munisol wurde abgehört, mindestens ein Mitarbeiter bestochen, das hieß, wir hatten ein massives Sicherheitsproblem. Wenigstens konnte diese Thematik nicht auf mich fallen, das lag im Verantwortungsbereich des Werkleiters Simon Buschmann. In diesem Moment fragte ich mich, ob Buschmanns Karriere das überleben würde. Lief es gut für ihn, würde man alles unter den Teppich kehren, denn wer hatte schon ein Interesse daran, dass sich Sicherheitslücken bei der Munisol herumsprachen. Dann konnte auch Buschmann nochmal davonkommen. Ich wünschte es ihm.

Der dritte Punkt betraf vor allem mich selbst. Ich benötigte die Unterstützung der besten juristischen Ressourcen der Munisol, damit die Ermittlungsbehörden Ruhe gaben, nicht mehr in den Angelegenheiten des Unternehmens herumwühlten und insbesondere mich in Ruhe ließen. Auch hier galt es, Dahlem den Nutzen zu verkaufen beziehungsweise ihm unterschwellig zu suggerieren, dass aller Schmutz, der an Herzog hingen blieb, auch an Dahlems

Absätzen kleben würde. Voller Zuversicht, dass mir das gelingen würde, lehnte ich mich zurück und erfreute mich an den lauwarmen Resten meines Kaffees.

Damit nichts schiefgehen konnte, nahm ich Papier und Stift und notierte mir in Stichpunkten meinen Plan und die wesentlichen Punkte und Argumente, mit denen ich Dahlem in die Spur verhelfen wollte. Je länger ich schrieb, desto mehr spürte ich, wie sich ein Gefühl von Kontrolle in mir ausbreitete. Endlich war ich kein Spielball mehr, sondern übernahm selbst die Gestaltung. Nachdem ich meine Vorbereitung vollendet hatte, stand ich auf und machte mich auf den Weg in den Speisewagen, um mir ein kühles Bier zur Belohnung zu gönnen.

Landeskriminalamt München, 17:45 Uhr

Langsam füllte sich der Raum zur Abendbesprechung. Perlinger und die Mitarbeiter des BKAs hatten sich bereits früher eingefunden, um zu erörtern, in welcher Struktur die Ermittlungen weitergeführt werden sollten. Man war sich schnell einig geworden, dass der für Spionageabwehr zuständige Verfassungsschutz miteinbezogen werden musste, nachdem offensichtlich geworden war, dass verschiedene ausländische private oder staatliche Dienste in die Vorkommnisse beim aktiennotierten deutschen Vorzeigeunternehmen Munisol verwickelt waren. Man würde später besprechen, wie die immer größer werdende Sonderkommission organisiert werden sollte, doch zuvor wollte man die Zusammenfassung des Ermittlungsstands hören.

Maja Friedrich eröffnete das Meeting. Die Durchsuchung von Herzogs Wohnung hatte einerseits keine Hinweise auf seinen Aufenthaltsort oder Verbindungen zu kriminellen Handlungen geliefert. Andererseits war es merkwürdig, dass Herzogs Smartphone, Laptop und Schlüsselbund fein säuberlich auf der Küchentheke lagen. Von einer kriminaltechnischen Untersuchung der elektronischen Geräte nahm man zunächst Abstand, da diese Eigentum der Munisol waren. Hierfür benötigte man eine zusätzliche richterliche Erlaubnis, von der unklar war, ob man sie erhalten würde.

„Wer verlässt seine Wohnung ohne Smartphone und vor allem ohne Wohnungsschlüssel?", fragte Maja in die Runde, ohne eine Antwort zu erwarten. „Dazu Herzogs Leihporsche am Isarkanal. Auch hier wurde der Schlüssel zurückgelassen. Das sieht doch so aus, als hätte er vorgehabt, nie wieder zurückzukehren. In welcher Situation verabschiedet man sich so symbolträchtig? Wenn ich einfach nur untertauchen möchte, dann nehme ich doch meine Schlüssel trotzdem mit, irgendwann komme ich ja vermutlich wieder."

„Es sei denn, du weißt ganz sicher, dass du nie wieder zurückkommen wirst", führte Jan Schön den Gedanken fort.

„Suizid? Kai Herzog? Das passt nach meinem Gefühl nicht zu seiner Persönlichkeit“, wand Perlinger ein. „Außerdem haben wir bisher keine Leiche von ihm gefunden.“

„Ja klar, denn unser Spitzenmanager ist noch putzmunter“, unterbrach einer von Majas Mitarbeitern. „Er hat sich gestern bei seiner Sekretärin gemeldet, aber angeblich hat er ihr nicht gesagt, wo er ist und was er gerade macht, nur dass er bald wieder zurück sei. Ich habe heute wieder bei der Munisol angerufen und mich nach Herzog erkundigt. Dahlem und Hart waren nicht erreichbar, aber Claudia Keller gab uns Auskunft.“

„Auf mich wirkt das Verhalten der Munisol seltsam.“ Der Ältere der beiden BKA-Beamten blätterte in den Akten. „Der Konzern wird zum Opfer von Sabotage, bei der einer ihrer Mitarbeiter getötet wird, Industriespionage, in die ein anderer Mitarbeiter verwickelt ist und ebenfalls ums Leben kommt. Eine Mitarbeiterin wird entführt, ein Manager taucht ab, aber irgendwie scheint es niemanden zu interessieren. Das stinkt doch.“

„Das ist uns auch schon aufgefallen“, erwiderte Perlinger leicht gereizt, „nur sind wir mit der Spitze des Unternehmens ja bereits im Kontakt. Herzog ist der Chef der Forschungsabteilung und berichtet an den Vorstand Gunter Dahlem. Unser Ansprechpartner ist Herzog, nur ist der nicht auffindbar.“

„Vielleicht weiß die Munisol viel mehr, als sie uns sagen möchte, und treibt ihr eigenes Spiel“, überlegte der BKA-Mann laut.

„Möglich. Wir werden uns morgen den Vorstandsvorsitzenden vornehmen, und wenn das nichts bringt den Aufsichtsrat.“

Perlinger sah den BKA-Beamten betont gelangweilt an. Er hatte nicht die geringste Lust, sich erklären zu lassen, wie er seine Arbeit zu machen hatte. Um keinen Eklat zu provozieren, versuchte er aber, sich nichts anmerken zu lassen. „Wir sind heute Mittag zumindest einen Schritt weitergekommen“, meldete sich Schultheis und lenkte die Aufmerksamkeit auf sich. „Wie besprochen haben wir die Funkzellen ermittelt, in denen sich das Russen-Handy aufgehalten hat. In der Zeit von Aktivierung bis Deaktivierung war das Gerät ausschließlich im Münchener Raum. Eine Funkzelle in der Innenstadt erscheint sehr häufig, vermutlich wohnt der Benutzer dort, oder hat dort gewohnt. Das Telefon war auch mehrfach in der Zelle angemeldet, in der sich Herzogs Wohnung befindet. Übrigens auch am Sonntagabend. Und von dort aus bewegte es sich nach Norden, dann nach Osten bis in den Bereich, in dem wir Herzogs Leihwagen gefunden haben. Und dann verschwand das Signal und der Anschluss wurde bis heute nicht mehr benutzt. Das könnte darauf schließen lassen, dass Herzog zusammen mit der Russland-Connection von seiner Wohnung zum Isarkanal fuhr. Freiwillig oder unfreiwillig.“

Perlinger wollte gerade den Sachverhalt kommentieren, als Jan Schön die Hand hob und konzentriert auf sein Smartphone blickte.

„Herzog ist aufgetaucht. Gerade kam eine Nachricht vom Bahnhof Düsseldorf rein. Ein Zugbegleiter ist sich sicher, Herzog im Zug aus Utrecht kommend gesehen zu haben."

Für eine Sekunde war es totenstill in dem Besprechungszimmer und alle sahen gebannt zu ihrem Kollegen. Dann verteilte Perlinger umgehend die Aufgaben. Kontakt zu dem Bahnmitarbeiter und nachfragen, was er genau gesehen hatte. War Herzog allein oder in Begleitung? Videoaufnahmen vom Bahnhof Düsseldorf anfordern. Wohin ist Herzog gegangen? Seine Sekretärin hatte gesagt, er sei in Kürze zurück, also die Überwachung an Münchens Bahnhöfen verstärken, vielleicht ist er in Düsseldorf nur umgestiegen und unterwegs nach München. Außerdem Herzogs Wohnung überwachen. Die Kollegen vom BKA sollen Kontakt mit der Polizei in Utrecht aufnehmen und nachfragen, ob Herzog dort irgendwelche Spuren hinterlassen hat.

„Gehen wir an die Arbeit, jetzt schnappen wir ihn uns!"

Pünktlich erreichte der Zug München. Fast schon euphorisiert schlenderte ich den Bahnsteig entlang zum Ausgang des Bahnhofs. In Kürze würde ich zurück in mein altes Leben kehren. Im Kopf ging ich meine Bordeaux-Rotweine durch und überlegte mir, welchen ich mir nach meinem Besuch bei Dahlem zur Feier des Tages öffnen würde. Plötzlich fiel mir ein, dass ich gar keinen Schlüssel zu meiner Wohnung bei mir hatte. Und dass ich keine Ahnung hatte, ob mein Penthouse verwanzt war oder wer dort gerade auf mich wartete.

Im gleichen Maß wie sich meine gute Laune verflüchtigte, kehrten Wachsamkeit und Vorsicht wieder zurück. Es galt nun, auf den letzten Metern keine Fehler zu machen. Ich ärgerte mich über meinen Leichtsinn. Noch lagen wichtige Meilensteine vor mir. Hier in München musste ich besonders auf der Hut sein, damit mich Perlinger und die anderen nicht erwischten. Die hohe Polizeipräsenz in der Bahnhofshalle war mir schon aufgefallen. Also wechselte ich in den mittlerweile zur Routine gewordenen Kameras-und-Polizisten-aus-dem-Weg-geh-Modus.

Dahlem wohnte im Stadtteil Oberföhring, standesgemäß in einer stattlichen Villa nahe der Isar. In der Vergangenheit war ich einige Male dort gewesen. Vor seiner Scheidung vor einigen Jahren hatte er seine engeren Mitarbeiter häufiger zu einer der immer unterhaltsamen und stilvollen Sommerpartys eingeladen. Allerdings munkelte man, dass Dahlem bei einer der Partys seiner Assistentin zu nahekam und in Folge dessen sich erst die Gattin samt beider Töchter und dann die Assistentin verabschiedeten. Wie auch immer, Sommerpartys gab es bei Dahlem seitdem keine mehr. Dem Flurfunk der Munisol nach lebte er allein auf dem großen Anwesen.

Ich beschloss, ein Taxi nach Oberföhring zu nehmen. Das war schneller als die öffentlichen Verkehrsmittel und ich musste weniger Kameras ausweichen. Außerdem war ich praktisch zu Hause, ich hatte also nicht mehr allzu sparsam mit Julias Taschengeld umzugehen.

Auf dem Weg zu Dahlems Haus ging ich meine Notizen durch. Jetzt war essenziell: keine Fehler machen auf den letzten Metern! Als wir ankamen, zeigte die Uhr im Cockpit des Taxis Viertel vor neun. Im Telefonat mit meinem Chef am Tag zuvor hatten wir keine genaue Uhrzeit vereinbart. Ich hoffte inständig, dass Dahlem zu Hause war. Auf dem Weg zurück nach München hatte ich überlegt, ob ich ihn anrufen sollte. Da ich aber kein Telefon mehr hatte, war mir das zu kompliziert gewesen. Also verließ ich mich darauf, dass Dahlem neugierig genug war, um auf mich zu warten.

Meine Sorge erwies sich als unbegründet. Kaum eine Sekunde nachdem ich geklingelt hatte, öffnete sich das Tor. Dahlem stand schon in der Tür seiner Villa, die in ähnlichem Stil gebaut war wie der Agentenunterschlupf in Grünwald: gewinkeltes, verklinkertes Gebäude, Walmdach mit großen Gauben. Ich konnte dieser Art von Häusern wenig abgewinnen. Klare Linien waren eher mein Ding, so wie meine wunderbare, ehemalige Bauhausvilla am Starnberger See, an deren perfektem Design sich nun, Tabea sei Dank, leider andere Besitzer erfreuten.

„Na, Herzog? Alles klar?"

Jovial klopfte mein Chef mir auf die Schulter.

„Sie schauen mitgenommen aus. Sind Sie in Ordnung?"

„Guten Abend Herr Dahlem, es geht mir so weit gut. Ich denke, ich habe nun ein paar Antworten auf die Fragen, die wir uns alle nach dem tragischen Unfall in Halle drei gestellt haben. Leider hat sich gezeigt, dass die Polizei außer Durcheinander wenig zur Aufklärung beitragen konnte, ganz im Gegensatz zu meinen eigenen Ermittlungen, die mir in der Tat einiges abverlangt haben, wie meine unpässliche Erscheinung andeuten mag."

„Na dann kommen Sie erst mal rein."

Dahlem ging vor und führte mich durch den großzügigen Eingangsbereich links den Gang entlang durch eine doppelflügelige Tür in sein Arbeitszimmer, welches eine beachtliche Größe aufwies. Er bot mir Platz in einem von zwei bequem aussehenden Sesseln vor seinem Schreibtisch an.

„Möchten Sie etwas trinken?"

Ja, das wollte ich. Mit Blick auf Dahlems wohlsortierte Hausbar auf einem Sideboard an der

Wand des Zimmers am liebsten einen doppelten Whiskey, oder noch besser zwei davon. Aber ich musste einen klaren Kopf bewahren, um diesen nicht durch unbedachte Äußerungen zu verlieren.

„Gern, wenn Sie ein Glas Wasser für mich hätten?“

Nachdem ich versorgt war, setzte sich mein Vorgesetzter hinter seinen großen und wuchtigen Schreibtisch und sah mich erwartungsvoll an.

„Nun? Wie ist die Lage?“

Entsprechend meiner gründlichen Vorbereitung erläuterte ich, dass die überehrgeizigen und ausschließlich auf ihre Karriere bedachten Mitarbeiter Jordan und van Laaren die Forschungsergebnisse manipuliert hatten und die Technologie in der Art, wie sie skizziert war, nicht funktionierte. Es sei auch mehr als zweifelhaft, ob auf diesem Weg jemals die Herstellung des universellen Chemiebausteins und Energieträgers Methanol wirtschaftlich bewerkstelligt werden könne.

„Möglicherweise hatten die beiden gehofft, schnell genug in der Karriereleiter nach oben zu steigen, bevor klar wurde, dass die ganze Sache nicht funktionierte. Sie hätten dafür dann die Unfähigkeit ihrer Nachfolger verantwortlich gemacht, über die Zeit hätte man vielleicht auch das Interesse verloren. Herr Dahlem, wir wurden arglistig und betrügerisch getäuscht. Sie, ich, die gesamte Munisol.“

Ich machte eine Pause und wartete auf Dahlems Reaktion, nachdem nun die Katze aus dem Sack war. Mein Vorgesetzter hatte die ganze Zeit in seinem Sessel zusammengesunken vor mir gesessen und meinen Worten gelauscht. Unvermittelt sprang er auf. Sein Gesicht verfärbte sich rot vor Wut, und er brüllte mich an.

„Herzog, was reden Sie da für einen Mist? Ich habe selbst die Daten und Ergebnisse gesehen! Ikarus ist der absolute Durchbruch und wird Milliardenprofite abwerfen! Was ist los mit Ihnen? Was für einen Unsinn treiben Sie wieder? Kriegen Sie überhaupt nichts hin? Erkennen Sie das Gold nicht einmal, wenn es vor Ihren Füßen liegt? Sie sind absolut unfähig!"

Dahlem ließ sich wieder in seinen Stuhl fallen und blitzte mich giftig an. Ich war schockiert. Ohne Zweifel war meine Geschichte überhaupt nicht gut angekommen, obwohl ich mich so gut vorbereitet hatte und in solchen Dingen durchaus talentiert war. Ich hatte ja bereits befürchtet, dass Dahlem seine Enttäuschung an mir auslassen könnte, von der Heftigkeit seines Zornausbruchs war ich jedoch völlig überrumpelt. Ich versuchte, die Situation unter Kontrolle zu bringen und vor allem, mich nicht provozieren zu lassen. Deeskalation war angesagt.

„Ich teile Ihre Empörung und Frustration uneingeschränkt, Herr Dahlem. Als ich vor einigen

Tagen erste Hinweise erhielt, dass wir betrogen worden sein könnten, konnte und wollte ich es nicht glauben. Daher bin ich nach Amsterdam gereist, um Jon van Laaren persönlich damit zu konfrontieren. Zu meiner tiefsten Enttäuschung bestätigte er mir die Manipulation und erklärte, dass er die Munisol verlassen habe, da er fürchtete, dass alles auffliegen und er gefeuert werden könnte."

Das Detail, dass mein Vorgänger danach von einer Bombe zerfetzt worden war, sparte ich mir in diesem Augenblick.

„Und Sie sind sich hundertprozentig sicher, dass die Ergebnisse gefälscht sind? Und van Laaren hat das in dieser Deutlichkeit zugegeben?"

Dahlems Lautstärke war nun deutlich gesenkt, sein Ton wechselte von Zorn zu Fassungslosigkeit.

„Es besteht nicht der geringste Zweifel", erwiderte ich mit ruhiger und fester Stimme. Ich spürte, wie ich die Kontrolle über die Situation zurückerlangte.

Dahlems Gesicht wurde blasser, während er nervös mit einem Kugelschreiber spielte.

„Das ist eine absolute Katastrophe", entfuhr es ihm.

In diesem Moment öffnete sich eine Tür, die von Bücherregalen an der Seite des Raums umgeben war, und ein mittelalter Mann trat ein, sonnengebräunt, die grauen, leicht lockigen Haare nach hinten gekämmt und so stilvoll wie teuer gekleidet. Ich traute meinen

Augen kaum, hier stand kein anderer als Richard Sanders, der weggeekelte ehemalige CFO der Munisol! Was um alles in der Welt machte Richie in Dahlems Arbeitszimmer? Ich verstand gar nichts mehr.

„Gunter, das ist schlecht. Sehr schlecht."

Sanders blieb mit einigem Abstand zu Dahlem stehen und musterte ihn. Mich würdigte er nicht einmal eines Blickes. Mein Chef wandte sich Sanders zu.

„Hör mal Richie, das kriegen wir schon hingebogen."

„Falsch. Ich biege das wieder hin", korrigierte Sanders mit schneidender Stimme und ließ Dahlem nicht aus den Augen, wie eine Schlange, die ihre Beute fixierte. Die Bedrohlichkeit in seiner Stimme ließ mich frösteln.

Wie aus dem Nichts betrat ein weiterer Mann durch die Seitentür Dahlems Arbeitszimmer. Groß und breitschultrig, kurz geschorene Haare, schwarze Cargohose und Bomberjacke. Völlig überrascht und erschrocken sprang ich aus meinem Sessel und wollte aus dem Zimmer fliehen. Einfach nur raus. Weg. Aber in dem geöffneten Türflügel stand plötzlich ein zweiter Kerl, der aussah wie der Zwillingsbruder des ersten. Er hatte eine Waffe mit aufgeschraubtem Schalldämpfer in der Hand, die er direkt auf mich richtete. Unmittelbar blieb ich stehen und rührte mich nicht.

Ich war nicht in der Lage, auch nur einen klaren Gedanken zu fassen.

Der Mann packte mich, schubste mich grob in die Mitte des Zimmers zurück und stellte sich direkt hinter mich. Ich konnte seinen Atem in meinem Nacken spüren. Für einen Moment war die Szene wie eingefroren. Dahlem saß unbeweglich an seinem Schreibtisch, der ehemalige Munisol-Manager und die Stiernacken standen im Raum wie Säulen aus Stein.

„Du hast versagt, Gunter. Wir beide haben keine Vereinbarung mehr. Wie konnte ich nur glauben, dass du das Zeug zum CEO der Gloroil hast und diesen verstaubten Laden ins einundzwanzigste Jahrhundert führst. Für diesen Job benötige ich einen Mann, der die Dinge fest im Griff hat. Hierzu bist du offensichtlich nicht in der Lage. Du bist gefeuert."

Sanders sprach leise und gefasst. Dahlem saß regungslos einfach nur da und starrte den Kugelschreiber auf seinem Schreibtisch an. Meine Gedanken rotierten in einem sich immer schneller drehenden Karussell. Ich verstand nicht, was hier vor sich ging. Gefühle von Ungläubigkeit und Wut wechselten sich in mir in atemberaubender Geschwindigkeit ab. Mein Atem geriet außer Kontrolle.

Plötzlich warf Sanders dem Kerl, der hinter mir stand, einen Blick zu. Neben meinem rechten Ohr hörte ich ein Ploppen. Dahlem riss es in seinem Sessel nach hinten. In seiner Stirn klaffte ein Loch, aus dem langsam dunkelrotes Blut tropfte und über sein Gesicht lief.

Noch bevor ich richtig verstehen konnte, was hier gerade passiert war, richtete der andere Gangster, der inzwischen hinter Dahlem getreten war, eine schallgedämpfte Pistole auf mich. Hier wird inszeniert, wie Dahlem und ich uns gegenseitig erschießen, schoss es mir durch den Kopf. Sofort hallte es aus meinem tiefsten Inneren: „Niemals, ihr Dreckschweine!" Blitzschnell drehte ich mich zur Seite, packte meinen Bewacher an der Jacke und stieß ihn vor mich. Erneut hörte ich ein lautes Ploppen. Während der auf den Schreibtisch zu stolpernde Mann zu Boden ging, war ich bereits an der Tür und warf den geöffneten Flügel hinter mir zu. Das Holz splitterte. Die Irren schossen hinter mir her! In Panik warf ich mich auf den Boden und kroch ein paar Meter auf allen Vieren in Richtung Ausgang, als ich hinter mir schnelle Schritte auf die Tür zulaufen hörte.

Der Ausgang war zu weit weg, ich hatte keine Chance. Direkt neben mir führte eine schmale Treppe ins Obergeschoss. Ich hatte es gerade hinter die schützende Mauer des Aufgangs geschafft, als die Tür des Arbeitszimmers aufgerissen wurde. Ich sprang die Treppe in einer Geschwindigkeit nach oben, die ich mir nie zugetraut hätte. Den Teufel im Genick bricht man Weltrekorde.

Die Stufen führten in einem Rechtsschwung nach oben, gesäumt auf beiden Seiten von Mauern. Hinter mir schlug eine Kugel in die Wand. Die wollten mich abknallen! Mein Adrenalin siedete. Völlig außer Atem im Obergeschoss angekommen, sah ich nur wenige Meter von der Treppe entfernt an der Wand einen Sekretär im Gang stehen. Ohne nachzudenken, stürzte ich auf das Möbelstück zu und schob es im Sprint wie ein Bob-Anschieber zur Treppe. Mit aller Kraft stieß ich den Sekretär die Stufen hinunter.

Lautes Scheppern und ein kurzer Schrei bestätigten einen Treffer. Ich hatte vermutlich Sanders Schergen erwischt, aber ob ich ihn erledigt hatte oder dieser nur aufstand und sich den Staub von der Hose klopfte, bekam ich nicht mehr mit, da ich bereits den Gang entlang hastete. Und Sanders war auch noch im Haus. Vielleicht hatte er auch weitere Helfershelfer im Gepäck. Ich hatte ein paar Augenblicke Vorsprung gewonnen, mehr nicht.

Am Ende des Korridors angekommen, riss ich eine Tür auf und schloss diese hinter mir so schnell und leise, wie ich konnte. Draußen hatte es begonnen zu dämmern, aber das Licht, das durch das Fenster fiel, reichte aus, um zu erkennen, dass ich offensichtlich in Dahlems Schlafzimmer stand. Ich konnte Schritte auf dem Gang hören, und wie Türen aufgestoßen wurden. Mir lief die Zeit davon. Der einzige freie Weg aus dem Zimmer führte durch das Fenster. Sonst blieb mir nur noch, mich zu verstecken. Fanden sie mich aber, war ich geliefert. So geräuschlos wie möglich öffnete ich das Fenster. Mit diesem Fluchtweg hatte ich mittlerweile Erfahrung. Unter mir befand ich sich die Dachrinne. Von dort waren es etwa drei Meter nach unten auf die weitläufige Terrasse, die an einen Swimmingpool angrenzte. Der Garten war umfasst mit Hecken und Büschen vor einer umlaufenden Mauer. An allen drei Seiten grenzten andere Grundstücke in ähnlichem Format wie Dahlems Residenz an.

Ich hielt mich an der Fensterbank außen fest und zog das Fenster hinter mir zu. Dann kauerte ich mich zunächst darunter. Mit den griffigen Sohlen meiner Sportschuhe hielt ich mich einigermaßen auf den Ziegeln. Für einen Moment zögerte ich und überlegte, was ich nun tun sollte. Dann wusste ich es.

Vorsichtig rutschte ich halb auf dem Hosenboden zur Dachrinne. Gerade in dem Moment, als ich mich drehte, um mich an ihr festzuhalten, um mich langsam nach unten zu lassen und zu springen, sah ich einen von Sanders‘ Henkern auf der Terrasse um die Ecke biegen. In der Hand eine Waffe hielt er zweifelsohne nach mir Ausschau. Ich brach meine Aktion ab und machte mich auf der Dachrinne so klein wie möglich.

Zum Glück schaute der Gangster nicht nach oben, sondern schien eher von außen durch die großen Fenster das Innere der Villa zu beobachten.

Als er direkt unter mir vorbeilief, sprang ich vom Dach. Jetzt oder nie. Er oder ich. Wenn er nach oben sah, war ich Freiwild. Ich konnte nur hoffen, dass kein weiterer Gegner auftauchte. Mit angezogenen Knien traf ich den Mann mit meinen Schuhen halb am Kopf, halb auf der Schulter. Er stöhnte kurz auf und ging zu Boden, ich landete in seinem Rücken, strauchelte, stürzte zur Seite und rollte ein paar Meter auf der Terrasse weiter. Sofort rappelte ich mich auf. Um über Schmerzen nachzudenken, hatte ich keine Zeit. Doch der schwarz gekleidete Kerl blieb regungslos auf den Betonplatten liegen.

So schnell ich konnte, rannte ich auf dem kürzesten Weg zur Grundstücksgrenze. Mein linker Fuß schmerzte von der harten Landung, aber ich biss die Zähne zusammen. Als ich gerade an den Büschen angekommen war, hörte ich Stimmen hinter mir. Ich warf mich ins Gebüsch und robbte an der Mauer entlang. Von der Terrasse waren inzwischen bekannte Ploppgeräusche zu hören. Kurz darauf peitschten die Projektile durch die Äste der Sträucher und schlugen in der Mauer um mich herum ein. Ich konnte es einfach nicht fassen, dass der ehemalige CFO der Munisol mich kaltblütig abknallen wollte. Mein Puls hämmerte. Schweiß lief mir ins Gesicht. In Panik robbte ich wie ein Wilder zwischen Büschen und Mauer weiter. Immerhin schien man in der Dämmerung meine Position nicht richtig erkennen zu können, denn die Schüsse schlugen nun einige Meter rechts von mir ein.

In jedem Fall musste ich schleunigst von Dahlems Grundstück, bevor die Gangster mich entdeckten und sie freie Schussbahn hatten. Die Mauer zum Nachbargrundstück war mannshoch. So schnell wie möglich richtete ich mich auf, zog mich an der Mauer hoch und schaffte es, erst einen Fuß, dann den ganzen Körper auf den Abschluss zu bekommen und mich auf die andere Seite zu rollen. Plötzlich durchfuhr ein brennender Schmerz meinen linken Oberarm. Ich verlor den Halt und kippte auf das Nachbargrundstück. Zum Glück fiel ich auf meinen rechten Arm, ich hatte es geschafft!

Ich schien noch zu leben und zwischen mir und den schießwütigen Killern war eine hohe Betonmauer. Erneut rappelte ich mich auf und sah mich um. Ich stand auf einer großen Rasenfläche, dahinter die Villa des Nachbarn. Links lag der obligatorische Pool und zwischen mir und dem Gebäude eine beleuchtete Terrasse, auf der ein älteres Ehepaar saß und erschrocken in meine Richtung starrte.

„Gehen Sie ins Haus und rufen Sie die Polizei, schnell, auf Dahlem wurde ein Anschlag verübt, die Mörder sind noch auf dem Grundstück!"

Ich rannte auf die Terrasse zu und schrie, so laut ich konnte, in der Hoffnung, dass Sanders' Killertruppe das hörte und sich zurückzog, um nicht der Polizei in die Arme zu laufen. Das Ehepaar verschwand fluchtartig im Haus und schloss Tür und Fenster. Schon fuhren die Rollläden nach unten.

Nachdem ich mich kurz versichert hatte, dass mir niemand über die Mauer gefolgt war, lief ich um das Haus zur Einfahrt. Das Tor war nur hüfthoch. Für einen Moment zögerte ich, auf die Straße zu laufen. Es war nicht schwer für Sanders und seine Gehilfen zu ahnen, wo ich mich befand, und mich entsprechend in Empfang zu nehmen. Andererseits mussten sie auch verschwinden, bevor die Polizei auftauchte.

Vorsichtig spähte ich nach links und rechts. Niemand war zu sehen, also kletterte ich über das Tor und rannte, ohne mich noch einmal umzudrehen, auf der Straße in die entgegengesetzte Richtung von Dahlems Villa. Ich bog in die erstbeste Querstraße, rannte weiter, dann in die nächste. Nachdem ich völlig außer Atem war, blieb ich stehen, ging hinter einem parkenden Auto in die Hocke und versuchte, wieder Luft zu bekommen.

Mein linker Oberarm brannte wie Feuer. Erst jetzt bemerkte ich, dass ich stark blutete. Ich war angeschossen worden, als ich über die Mauer geklettert war! In dem Augenblick, als die Erkenntnis in meinem Gehirn vollständig angekommen war, wurde mir schwindelig und schwarz vor Augen.

Die Schmerzen in meinem Oberarm holten mich zurück. Vorsichtig schob ich den blutdurchtränkten Ärmel nach oben und betrachtete die klaffende Wunde, die zwar nur oberflächlich zu sein schien, aber unaufhörlich blutete. Ich hatte nichts bei mir, womit ich auch nur provisorisch den Streifschuss hätte verbinden können. Selbst meine Jacke hing noch über dem Stuhl in Dahlems Arbeitszimmer. Mit der bloßen rechten Hand drückte ich auf die Wunde, um die Blutung zu unterdrücken. Am liebsten hätte ich geschrien vor Schmerz, aber ich biss mir auf die Lippen. In nicht allzu weiter Ferne hörte ich Sirenen. Vermutlich rückte die von Dahlems Nachbarn gerufene Polizei an.

Die Hand auf meiner Wunde kauerte ich hinter dem parkenden Auto und war unschlüssig, was ich tun sollte. Ich brauchte dringend medizinische Hilfe, wollte jedoch der Polizei und vor allem Perlinger nicht begegnen. Jetzt noch nicht. Ich musste davon ausgehen, dass das Ehepaar der Polizei von mir berichtete und diese sich auf die Suche nach mir machte, als potenzieller Zeuge oder Mordverdächtiger.

Doch je länger ich auf der Straße hockte, desto wahrscheinlicher war es, dass ich entdeckt wurde. Mein linker Arm war völlig mit Blut verschmiert und mein Poloshirt war ein einziger Blutfleck. Keine Chance, damit unbehelligt durch München zu laufen. Wohin sollte ich denn auch? In meine Wohnung konnte ich nicht. Ich hatte keine Ahnung, wo Julia inzwischen wohnte, die mir bestimmt Unterschlupf gewährt und mich versorgt hätte. Sophia wohnte in Bogenhausen, aber zu Fuß benötigte ich mindestens eine halbe Stunde, in der jede Polizeistreife mich sehen konnte.

Es half nichts, ich konnte nicht die ganze Nacht hier sitzen und den Martinshörnern lauschen. Also stand ich auf und sah mich um. Ich befand mich irgendwo in Oberföhring, aber genauer kannte ich mich in diesem Stadtteil nicht aus. Mittlerweile war es dunkel und ich vermutete, dass es nach elf Uhr war.

Mein Blick fiel auf ein großes Einfamilienhaus mit flachem Anbau auf der gegenüberliegenden Straßenseite, oder besser gesagt auf das große weiße Schild an der Eingangstür des Flachbaus: Praxis Dr. med. Markus Gerlach, Allgemeinmedizin. Um diese Zeit lagen die Praxisräume erwartungsgemäß im Dunkeln, im angrenzenden Wohnhaus brannte jedoch

Licht. Ohne zu zögern, überquerte ich die Straße und klingelte Sturm. Einen Moment später öffnete sich die Tür und ein älterer Herr, den ich für Doktor Gerlach hielt, trat schlecht gelaunt heraus.

„Wissen Sie, wie spät es ist?“

„Ich benötige ärztliche Hilfe.“

Ohne Floskeln kam ich zur Sache. Als der Blick des Arztes auf meinen blutverschmierten Arm fiel, zog er kurz die Augenbrauen hoch und wies mich an, kurz vor der Praxistür zu warten. Die Tür fiel ins Schloss. Während ich zum Praxiseingang ging, hoffte ich inständig, dass Doktor Gerlach nicht vorsorglich die Polizei anrief. Einen sonderlich vertrauenserweckenden Eindruck machte ich sicherlich nicht, und ich zweifelte, dass ich jemanden mit meinem Erscheinungsbild mitten in der Nacht in meine Räumlichkeiten lassen würde.

In der Praxis ging das Licht an. Doktor Gerlach öffnete die Tür und führte mich in ein Behandlungszimmer.

„Na dann zeigen Sie mal her.“

Ich nahm meine Hand von der Wunde. Sofort lief wieder Blut meinen Arm herunter. Beim Anblick der Schussverletzung zog Doktor Gerlach erneut die Augenbrauen hoch und sah mich fragend an.

„Wie ist das denn passiert?“

Er drückte mir einen Stapel Papiertücher in die Hand, die ich unter meinen Arm hielt, um das herunterlaufende Blut aufzufangen. Anschließend schnitt er den Ärmel meines Poloshirts ab.

„Ist eine lange Geschichte. In Kurzform: Mein Name ist Doktor Kai Herzog, ich bin ein Kollege von Gunter Dahlem, der hier in der Nähe wohnt.“

„Dahlem ist mir bekannt“, brummte der Arzt, der aus einer Vitrine verschiedene Utensilien zusammensuchte.

„Ich war bei ihm zu einer Besprechung, als das Haus von Kriminellen gestürmt und auf uns geschossen wurde. Auf der Flucht wurde ich angeschossen. Ich bitte Sie, meine Wunde zu versorgen, damit ich die Lage mit Landeskriminalamt und Innenministerium erörtern kann. Der Angriff fand möglicherweise in einem größeren politischen Kontext statt, der vertraulich zu behandeln ist. Die Brisanz der Situation erfordert, dass nur ein Kreis von behördlichen Spezialisten miteinbezogen wird. Ich vertraue auf Ihre ärztliche Verschwiegenheit.“

„Wilde Geschichte“, kommentierte Gerlach, ohne sich beeindrucken oder aus der Ruhe bringen zu lassen. Ich konnte sein Gesicht nicht lesen und hatte nicht die leiseste Ahnung, was er dachte. Mir war nicht klar, ob er die Polizei verständigt hatte. Zur Beruhigung meiner Nerven beschloss ich, davon auszugehen, dass er keinen Alarm ausgelöst hatte. Dafür war er nach meiner Einschätzung auch zu schnell in seiner Praxis gewesen.

„Das muss genäht werden. Das kann ich hier nicht machen, Sie müssen ins Krankenhaus."

Ich nickte.

„Ich werde jetzt die Wunde desinfizieren, das wird höllisch brennen."

Er hatte noch nicht ausgesprochen, da begann er bereits mit einem Tupfer, die Verletzung zu reinigen. ‚Höllisch brennen' war eine massive Untertreibung. Am liebsten hätte ich geschrien und den Arm weggerissen. Doch ich biss die Zähne zusammen und ballte die Fäuste, bis diese noch mehr schmerzten als die Behandlung. Nachdem mein Arm verbunden war, legte er mir ein Formular hin.

„Bitte füllen Sie das aus, damit ich weiß, wo ich die Rechnung hinschicken kann."

Der Arzt war ein wirklich komischer Kauz, aber ich war dankbar, dass er mich einfach nur behandelte und alles andere ignorierte. Nachdem ich wahrheitsgemäß meine Angaben gemacht hatte, bat ich ihn, sein Telefon benutzen zu dürfen, um mich abholen zu lassen. Mit einer Handbewegung wies er auf das Telefon, das an der Wand hing. Ich wählte Sophias Nummer. Es dauerte etwas, bis sie den Anruf entgegennahm, nicht jeder ging um diese Uhrzeit noch ans Firmentelefon.

„Hallo?"

„Hier ist Kai."

„Weißt du, wie spät es ist? Wo steckst du eigentlich? Keiner kann dich erreichen und Perlinger wird immer aggressiver."

Sie klang genervt. Nachdem ich Sophia gerade mal vor zwei Tagen unter Einsatz meines Lebens aus den Fängen böser Gangster befreit hatte, war ich von einer etwas positiveren Grundhaltung mir gegenüber ausgegangen.

„Ich brauche dich. Bitte hol mich ab, ich bin ganz in deiner Nähe, ich erkläre dir alles später."

„Wo?"

Ich fragte den Arzt nach seiner Adresse und gab sie durch.

„Ich bin in zehn Minuten da."

Sophias genervter Tonfall war Besorgnis gewichen. Ich hatte gewusst, dass ich mich auf sie verlassen konnte.

Nachdem ich zu Sophia in ihren Mercedes gestiegen war, legte ich los, noch bevor sie irgendetwas sagen konnte.

„Dahlem ist tot. Wir müssen sofort ins Büro."

Fassungslos und entsetzt starrte sie mich an.

„Bitte was?“

„Dahlem wurde erschossen und um ein Haar auch ich. Mal wieder. Bitte fahr jetzt los, wir haben keine Zeit zu verlieren.“

Meine Kollegin blickte auf meinen verbundenen Arm, schüttelte den Kopf und schrie kurz auf.

„Werden wir jetzt alle, einer nach dem anderen, umgebracht? Wann hört das endlich auf?“

Dann startet sie den Motor und fuhr los.

Ich bat Sophia um ihr Firmentelefon, das Zugriff auf das Unternehmenstelefonbuch hatte, und fing an, ein Krisenteam zusammenzutrommeln. Zuerst rief ich bei unserem Chefjuristen Gregor von Hattenstein an, dann beim Werkleiter Simon Buschmann, schließlich beim Vorstandsvorsitzenden der Munisol, Mark Zangel, und zuletzt bei der Leiterin der Öffentlichkeitsarbeit Daniela Pabst. Alle gingen ans Telefon und bekamen von mir den gleichen Text. Munisol war Opfer von Industriespionage und Sabotage geworden, Dahlem ermordet und wir mussten umgehend Maßnahmen einleiten, um schwerwiegende Schäden vom Unternehmen abzuwehren. Details folgten, sobald alle versammelt waren. Als Treffpunkt gab ich die Cafeteria im Hauptbürogebäude an. Schließlich bestand die Gefahr, dass die Büros und Besprechungsräume des Unternehmens abgehört wurden.

Erwartungsgemäß reagierten alle gleich: überrascht, entsetzt, aber sofort im professionellen Krisenmodus, ohne unnötige Fragen zu stellen. Zuletzt kontaktierte ich Bettina Herrlich, die junge Wissenschaftlerin aus meiner Abteilung, die mir den besten Vorschlag zur Rekonstruktion von Ikarus geschickt hatte. Da ich es als nicht notwendig erachtete, sie in das gesamte Ausmaß der Situation miteinzubeziehen, beschränkte ich mich darauf, mich bei ihr für die späte Störung zu entschuldigen und zu erläutern, dass wir eine zeitlich sehr kritische Veröffentlichung vorbereiten müssten. Ich bat sie, in ihr Büro zu fahren und dort zu warten. Mir war durchaus bewusst, wie albern das klang, aber das war mir egal. Hauptsache, Doktor Herrlich stand zur Verfügung, wenn sie benötigt wurde. Verwirrt, aber auch aufgeregt und ein bisschen stolz, versicherte sie, sich gleich auf den Weg zu machen.

Nachdem ich meine Telefonate beendet hatte, sah ich zu Sophia, die zügig den Wagen durch die nachtleere Stadt steuerte.

„Wie geht es dir?“, fragte ich sie nach einer Weile der Stille.

„Am Tag gut, in der Nacht kommen die Dämonen und ziehen mir Säcke über den Kopf, bis ich keine Luft mehr bekomme“, antwortete sie leise, ohne den Blick von der Straße zu wenden.

Betroffen schwieg ich. In diesem Moment fühlte ich mich wieder unendlich schuldig, auch wenn mir klar war, dass ich für die gesamte Tragödie nichts konnte und selbst nur zum Spielball böser Mächte geworden war. Trotzdem fühlte ich mich für Sophias schreckliches Erlebnis verantwortlich.

„Und du? Wie steht es um dich? Du schaust furchtbar aus.“

Das war eine gute Frage. Ich hatte das Gefühl, dass mir in den letzten Tagen vollständig der Boden unter den Füßen weggezogen worden war. Beinahe täglich war ich verprügelt worden oder hatte jemand versucht, mich zu töten. Aber ich war nicht in der Lage zu beschreiben, was ich fühlte oder wie es mir ging. Emotionaler Ausverkauf.

„Ich kam nicht viel zum Nachdenken, ich war die meiste Zeit mit Überleben beschäftigt“, war alles, was mir einfiel. Sophia nickte nur. Müdigkeit und Erschöpfung waren stärker als das Bedürfnis, miteinander zu reden.

Mittwoch, Tag 8

Die Uhr im Armaturenbrett von Sophias Mercedes zeigte kurz nach Mitternacht, als wir die Munisol erreichten. Sophia ließ die Seitenscheibe hinuntergleiten und hielt ihren Firmenausweis an das Lesegerät vor dem um diese Zeit verschlossenen Tor, welches sich sofort in Bewegung setzte. Aus dem Pförtnerhaus kamen zwei Mitarbeiter des Sicherheitsdienstes herausgelaufen, um zu sehen, wer sich so spät Zugang zum Gelände der Munisol verschaffen wollte. Glücklicherweise erkannte uns einer der beiden, hob die Hand zum Gruß und ließ uns ohne Fragen passieren. Wir kündigten noch weitere späte Besucher an.

In der Cafeteria brannte nur die spärlich Nachtbeleuchtung. Wir waren die ersten. Während ich nach kurzer Suche die Lichtschalter entdeckte und für Helligkeit sorgte, zog Sophia zwei Flaschen Cola aus dem Getränkeautomaten. Den Koffeinschub konnten wir beide gut gebrauchen.

Kurz darauf trafen zuerst Buschmann, dann Pabst, von Hattenstein und zuletzt Doktor Zangel ein. Ohne Zeit mit einer langen Begrüßung zu verschwenden, setzten wir uns an einen Tisch im hintersten Winkel.

„Also, Herr Herzog, was ist hier los?“, eröffnete der Chef der Munisol. Ich sah kurz in die Runde. Meine

Kollegen blickten mich gespannt, aber auch müde an. Für einen Moment blieb mein Blick an Gregor von Hattenstein hängen, der in tadellosem Businessoutfit erschienen war: dunkler Anzug, weißes Hemd, silberne Manschettenknöpfe, dunkle Krawatte. Nachts aus dem Bett geklingelt. Der Mann war ein Phänomen. Alle anderen trugen Freizeitkleidung.

Detailliert aber ohne Ausschweifungen begann ich, die Ereignisse der letzten sieben Tag zu schildern. Meine nächtlichen Mitstreiter hingen gebannt an meinen Lippen und unterbrachen mich kein einziges Mal. Nachdem ich meine Ausführungen beendet hatte, herrschte für einen Moment betroffenes und fassungsloses Schweigen. Als Erster fand Mark Zangel wieder Worte.

„Ich habe das richtig verstanden, Herr Herzog, wir haben Stand heute Abend vier ermordete Munisol-Mitarbeiter, van Laaren zähle ich hier mit. Sie selbst sind mehreren Anschlägen mit knapper Not entgangen und Frau Hart wurde zwischenzeitlich entführt und wieder befreit. Teile unserer Forschungseinrichtungen wurden durch Sabotage zerstört und das Unternehmen ist verwanzt. Und das alles wegen einer Technologie, die nicht funktioniert?"

„Das ist korrekt", bestätigte ich tonlos.

„Und der Angriff auf die Munisol erfolgte durch zwei unterschiedliche Gruppen, zum einen nicht näher identifizierte Spione aus dem russischen Raum, welche Sie im Geheimdienstmilieu verorten und die dafür sorgen wollen, dass Öl- und Gasprofite weiter sprudeln und nicht von nachhaltigen Technologien wie unserem Ikarus-Projekt vernichtet werden. Zum anderen, und hier fehlt mir jegliches Verständnis, versucht der korrupte Mistkerl Sanders unsere Forschungsergebnisse zu stehlen, um damit die Kontrolle der Gloroil zu übernehmen und deren ewig gestrigen CEO Larry Huntsville wegzuputschen."

Während Zangel redete, wurde er immer lauter und sein Gesicht färbte sich rot. Plötzlich sprang er auf und trat einen Stuhl weg, der krachend im Nachbartisch einschlug. Er brüllte, seine Stimme überschlug sich: „Und bei alldem hat ihm Dahlem geholfen, uns hintergangen und verraten. Dahlem ist ein noch korrupteres Schwein als Sanders. Nein, sein Tod tut mir nicht einmal ansatzweise leid!"

„Mark, das bringt jetzt nichts, wir müssen einen kühlen Kopf bewahren", versuchte von Hattenstein, unseren CEO zu beruhigen. Die anderen saßen bewegungslos auf ihren Stühlen und starrten erst Zangel, dann mich an.

„Ich habe einen Plan erarbeitet, wie wir aus dem Schlamassel halbwegs elegant herauskommen", brach ich die Anspannung.

Der Munisol-Chef sah mich an und setzte sich.

„Sie haben meine ungeteilte Aufmerksamkeit."

Ich legte los.

„Punkt eins: Wir müssen umgehend die Entwanzung des Geländes einleiten. Priorität haben die Gebäude der Grundlagenforschung und die Vorstandsbüros plus deren Vorzimmer und Besprechungsräume. Ebenfalls müssen wir unsere gesamten IT- und Kommunikationssysteme prüfen: Laptops, Smartphones, alles. Anschließend bleibt uns nichts anderes übrig, als das gesamte Gelände zu durchforsten. Meine Wohnung dürfte ebenfalls abgehört werden, möglicherweise auch die Häuser und Wohnungen anderer Schlüsselpersonen in diesem Kontext.

Punkt zwei: Wir müssen dafür sorgen, dass die Jagd nach Ikarus keinen Sinn mehr ergibt, gleichzeitig müssen wir verhindern, dass sich herumspricht, dass unsere Kohlendioxid-zu-Methanol-Technologie nicht funktioniert. Ich schlage vor, dass wir die Grundidee auf einer Open-Innovations-Plattform veröffentlichen und die Welt aufrufen, an der Entwicklung mitzuwirken. Die Munisol stellt zur Rettung des Planeten jedermann selbstlos wissenschaftliche Erkenntnisse zur Verfügung. Dass unser weiterer Lösungsweg nicht funktioniert, bleibt unter Verschluss. Wer weiß, vielleicht finden ja andere kluge Köpfe den Schlüssel. Auf diesen Plattformen kann jederzeit publiziert werden. Wir laden das noch heute Nacht hoch und starten morgen eine Pressekampagne dazu. Damit werden jegliche Angriffe auf unser Unternehmen nutzlos. Eine meiner Mitarbeiterinnen ist bereits vor Ort, wir können sofort loslegen. Falls uns Informationen fehlen, können wir diese im archivierten E-Mail-Account von Jon van Laaren finden.

Punkt drei: Wir informieren Larry Huntsville, dass Sanders zusammen mit Larrys Technikchef Thompson den Putsch vorbereitet. Es ist davon auszugehen, dass Huntsville großflächig sauber macht, jegliche Aktivitäten stoppt und Richie den Krieg erklärt.

Punkt vier: Wir müssen umgehend die Behörden und insbesondere Josef Perlinger, der die Ermittlungen im Mordfall Jordan und Mechtersheimer leitet, über die Situation informieren und dafür sorgen, dass an der Munisol und – Sie werden verstehen, dass mir das wichtig ist – an mir nichts hängen bleibt."

Zangel dachte kurz nach und sah in die Runde.

„Verstehe. So machen wir das. Herr Buschmann, leiten Sie die Entseuchung unseres Unternehmens ein. Frau Hart und Frau Pabst, Sie übernehmen die Veröffentlichung, so wie Herr Herzog das skizziert hat. Huntsville rufe ich selbst an. Gregor, bitte bereite mit Herrn Herzog den Bericht an Polizei und

Behörden vor. Aber vorher gehen Sie, Herr Herzog, in die Ambulanz. Sie bluten."

Der CEO zeigte auf meinen Verband, der inzwischen rot verfärbt war. Ich spürte, wie mir wieder schwindlig wurde. Vielleicht war es der Blutverlust, vielleicht die abfallende Anspannung.

„Gute Arbeit, Herzog", rief mir Zangel nach, als mich die Sanitäter des werkeigenen medizinischen Dienstes abholten. Er hatte zweifelsfrei recht, ohne mich würde der Laden untergehen. Es war Zeit, mich in den Vorstand zu berufen.

Landeskriminalamt München, 11:30 Uhr

Josef Perlinger und Maja Friedrich warteten auf das Eintreffen der anderen Mitglieder der Sonderkommission.

Das übliche Briefing am frühen Morgen war unterbrochen worden, als der Chefjustitiar der Munisol plötzlich erschienen war und kurzfristig um ein Gespräch mit dem Polizeipräsidenten, dem Oberstaatsanwalt und der Leitung der Ermittlungen um die Geschehnisse bei der Munisol gebeten hatte. Keiner hatte eine Ahnung, was der Anwalt wollte. Umso überraschter waren die Beamten, als von Hattenstein einen dünnen Stapel geheftetes Papier aus seiner Aktentasche zog und diesen als den internen Ermittlungsbericht der Munisol präsentierte, erstellt von Doktor Kai Herzog. In dieser auch als Aussage zu verstehenden Stellungnahme würden die

Hintergründe und Zusammenhänge um die Sabotage, Tötungsdelikte und Industriespionage bei der Munisol dargelegt. Kollege Herzog wäre gern selbst gekommen, um seine Erkenntnisse mit den Behörden zu teilen und zu erörtern. Leider sei er gegenwärtig zu erschöpft und müsse medizinisch behandelt werden. In Kürze würde Doktor Herzog aber für ausführliche Gespräche mit der Kriminalpolizei gern zur Verfügung stehen. Man bitte hierfür um Verständnis.

Dann hatte von Hattenstein eine Zusammenfassung des Berichts gegeben und ein weiteres Dokument ausgehändigt, in dem die Munisol Strafanzeige gegen Richard Sanders stellte bezüglich der Anstiftung und Beihilfe zu Brandstiftung und Sachbeschädigung, zum Diebstahl von geistigem Eigentum, zu den Morden an Felix Jordan und Gunter Dahlem sowie zum Mordversuch an Kai Herzog und der Entführung von Sophia Hart.

„Herzog ist aufgetaucht und hat uns eine Nachricht zukommen lassen“, brummte Perlinger, als er Kopien der Aussage des Munisol-Managers an seine Kollegen aus der Sonderkommission verteilte. Während der Ermittlungschef verstimmt auf die von Herzog organisierte morgendliche Überrumpelung reagierte, hatte Maja bereits die neuen Informationen mit den Erkenntnissen der Sonderkommission abgeglichen und das Puzzle gemeinsam mit Perlinger weiter zusammengesetzt.

„Die Sache stellt sich nun so dar“, legte sie aufgeregt los. „Die Munisol hat den Grundstein für eine bahnbrechende Technologie

entwickelt, die sie Ikarus nennen. Dabei geht es um den nachhaltigen Ersatz von fossilen Rohstoffen wie Erdöl, Gas oder Kohle. Zwei unterschiedliche ausländische Gruppen mit unterschiedlichen Interessen sind hinter der Technologie her.

Zum einen eine Gruppe um einen ehemaligen Munisol-Finanzvorstand namens Richard Sanders, der die Erfindung nutzen möchte, um die Macht im amerikanischen Ölmulti Gloroil zu übernehmen. Dazu bedient er sich eines privaten amerikanischen Sicherheitsdienstes, den wir noch identifizieren müssen, und des Munisol-Vorstands Gunter Dahlem, dem er den Chefposten bei Gloroil versprochen hat. Damit ist auch klar, warum unsere Ermittlungen bei der Munisol nicht richtig vorwärtskamen, da Dahlem uns blockierte und gegen Herzog ausspielte. Mechtersheimer war Dahlems Mann vor Ort, der Jordan im Auge behalten und, als es so weit war, die Technologie stehlen und die Spuren verwischen sollte. Wobei das entweder absichtlich oder aus Versehen wohl eine Nummer zu drastisch geriet und zu viel Aufmerksamkeit auf sich zog.

Zum anderen versucht eine Gruppe mit Verbindungen nach Russland oder sogar zur dortigen Regierung Ikarus zu zerstören und verschwinden zu lassen. Möglicherweise möchte man in Russland die Abhängigkeit der Welt von Öl und Gas so lange wie möglich erhalten, um nicht noch weiter globalen Einfluss und Macht zu verlieren. Natürlich ist das reine Spekulation.

Während die Sanders-Leute ihre Sache aktiv betrieben, hielten sich die Russen beobachtend im Hintergrund. Letztere bekamen Wind vom Unterschlupf in Grünwald und versuchten, die rivalisierende Partei auszuschalten oder zumindest massiv zu behindern und sicherzustellen, dass Ikarus niemals fliegt. Bei dieser Gelegenheit bereiteten sie Herzog das Feld, absichtlich oder zufällig, damit dieser seine Kollegin befreien kann. Der Mord an Doktor Mechtersheim scheint ebenfalls auf das Konto dieser Gruppe zu gehen. Vielleicht wussten sie schon länger von seiner Tätigkeit für Sanders, und als die heiße Phase begann, versuchten sie, Informationen von ihm zu erhalten. Hier müssen wir noch weiter ermitteln.

Verschärft wurde die Situation dadurch, dass Herzog unbedingt die zerstörte beziehungsweise gestohlene Technologie wiederfinden oder rekonstruieren wollte. Da er keine Ruhe gab, versuchten sie mehrfach, ihn zu töten, aber er entwischte immer in letzter Sekunde oder hatte Glück wie in Amsterdam, wo jemand die Bombe aus dem Café brachte, oder später, als die Sanders-Gruppe ihn befreite, damit er zu Dahlem zurückkehren und sein erlangtes Wissen darlegen kann.

Am Ende kam es zwischen Sanders und Dahlem zum Streit, bei dem Letzterer erschossen wurde. Herzog konnte fliehen und schlug sich zur Munisol durch. Dort beschloss man, die Forschungsergebnisse zu Ikarus zu veröffentlichen, damit sich die gewalttätige Jagd danach erübrigt und aufhört. Außerdem sei man bei dem Konzern aufgrund der Ereignisse zu der Überzeugung gekommen, dass solches Wissen mit der Welt geteilt werden müsse.“

„Wie edel“, kommentierte Perlinger mit unüberhörbar sarkastischem Unterton.

„Steht in der Aussage auch etwas zu den Toten im Ebersberger Forst?", wollte Jan Schön wissen und wedelte mit der Kopie.

„Ja, dieses Ereignis ist ebenfalls erwähnt", antwortete Perlinger. „Herzog gibt an, dass die Entführer ihn angewiesen hätten, weitere Informationen zu beschaffen und diese dann in Grünwald bei bekannter Adresse abzuliefern. Er befürchtete aber, dass die Lieferung weiterer Akten nicht zur Freilassung seiner Kollegin führen könnte, und wollte vor den Entführern in Grünwald sein, in der Hoffnung, sie befreien zu können. Er habe massiv unter Stress gestanden und die Lage nur eingeschränkt beurteilen können, da aus späterer Sicht die Einbeziehung der Polizei wohl besser gewesen wäre. Er sei also zurück nach München gerast. Als er auf der schmalen Straße durch den Wald den Van der Entführer überholte, kam es zu einer Berührung der Fahrzeuge. Beide fuhren danach weiter, jedoch habe er an seinem Porsche Schäden am Fahrwerk bemerkt, daher habe er das Fahrzeug auch später in Reparatur gegeben. Mehr steht dazu nicht drin. Wir werden ihn später dazu im Detail befragen."

„Wie geht es nun weiter?", fragte Schultheis.

„Müssen wir noch mit unseren Oberen besprechen", antwortete Perlinger, „ich nehme an, wir erstellen einen vorläufigen Abschlussbericht und schließen die Sonderkommission. Danach werden die folgenden Ermittlungen wohl vom BKA und Verfassungsschutz übernommen."

Zwei Tage später

Ich genoss den Blick von meiner Terrasse über München zusammen mit einem Glas fantastischem 99er Château Clerc Milon. Brombeere, Cassis und Zedernholz aus dem letzten Jahrhundert kitzelten meine Nase. Die späte Nachmittagssonne fühlte sich großartig an. Feine Schleierwolken durchzogen in wilden Linien den azurblauen Himmel, als wollten sie mir mit einer Signatur zu meinem Sieg gratulieren.

Nachdem mich die Ärzte der Munisol am frühen Mittwochmorgen wieder zusammengeflickt hatten, arbeitete ich, bis es hell wurde, zusammen mit Gregor von Hattenstein und zwei der teuersten Münchener Strafverteidiger, die er aus dem Bett gescheucht hatte, am Bericht für Perlinger. Im Wesentlichen entsprachen die Aussagen der Wahrheit. Nur an wenigen Stellen wie dem Stand der Forschungsergebnisse oder der Befreiungsaktion von Sophia interpretierten wir die Ereignisse etwas freier, zum Schutz des Unternehmens und mir selbst.

In der Zwischenzeit hatte Mark Zangel den Gloroil-Boss angerufen und über die Lage informiert. Dieser hatte einen fünfminütigen Tobsuchtsanfall bekommen und geschworen, alle Beteiligten an der Verschwörung gegen ihn persönlich zu erwürgen.

Sophia und Bettina Herrlich stellten noch in der Nacht den Beitrag für die Open-Innovations-Plattform fertig und luden ihn hoch. Am nächsten Morgen veröffentlichte Daniela Pabst eine Pressemeldung und organisierte für Sophia bereits am Nachmittag ein Interview mit der größten deutschen Tageszeitung. Ich musste zugeben, Sophia machte dabei einen ausgezeichneten Job.

Simon Buschmann hatte begonnen, die Räumlichkeiten der Munisol zu prüfen. Dabei stießen er und seine Leute auf zwölf Wanzen und sieben Spycams in Dahlems Büro, seinem Vorzimmer, meinem Büro in der Grundlagenforschung und in den Büros der Projektleiter.

Später nahm er sich meine Wohnung vor. Nachdem der Schlüsseldienst meine Wohnungstür geöffnet und dabei das Schloss beschädigt hatte, hatte ich sogleich ein neues einbauen lassen. In der Wohnung fanden die Spezialisten eine Wanze in meinem Wohnzimmer sowie Spionagesoftware sowohl auf meinem Laptop als auch auf meinem Smartphone. Die IT-Forensiker konnten anschließend den genauen Zeitpunkt feststellen, an dem die Schadprogramme hochgeladen worden waren. Es war um halb vier in der Nacht von Samstag auf Sonntag gewesen. Katja! Als ich davon erfuhr, war ich unendlich enttäuscht, wütend und entsetzt von dem Aufwand, den die finsteren Mächte getrieben hatten, um an Ikarus zu gelangen. Katja hatte monatelang die Freundin von Felix Jordan gespielt, war mit ihm regelmäßig ins Bett gegangen und hatte dann auch noch mir die trauernde Witwe vorgespielt, nur um Felix auszuspionieren und um meine Wohnung zu verwanzen. Das alles war unvorstellbar. Ich hatte versucht, Katja zu erreichen und zur Rede zu stellen. Doch ihre Telefonnummer gab es nicht mehr, und als ich sie mir in ihrer Wohnung in Schwabing vorknöpfen wollte, traf ich lediglich auf einen Trupp Handwerker, der die Wohnung renovierte. Ich fragte mich, von welchem der beiden Spionagetrupps sie wohl bezahlt worden war, fand aber keine Antwort und letztlich war das im Angesicht meines schmerzenden Egos auch irrelevant.

Zwischenzeitlich hatte mich Perlinger zusammen mit seiner Kollegin Friedrich aufgesucht, um meine Aussage noch einmal durchzugehen. Insbesondere zu den Ereignissen im Ebersberger Forst hatten die Beamten einige Fragen. Ich spürte, dass sie mir die Geschichte nicht abkauften. Nachdem ich jedoch bei meiner Fassung geblieben war und mich in keinerlei Widersprüche hatte verwickeln lassen, schlossen sie das Kapitel ab und überreichten mir als finale Geste meinen Füller, der nun nicht mehr als Asservat gebraucht wurde. Das Bundeskriminalamt und der Verfassungsschutz würden sich nun mit dem Fall beschäftigen und sicherlich im Laufe der weiteren Ermittlungen erneut auf mich zu kommen.

Den Rest des Mittwochs hatte ich in einem Münchener Luxushotel verbracht, und wenn ich nicht am Essen war, schlief ich. Langsam kam ich wieder zu Kräften.

Am nächsten Tag war ich in meine Wohnung zurückgekehrt. Ich hatte meinen inzwischen reparierten Porsche bei Ferhat abgeholt, meine Schulden bei Julia beglichen, die leider im Stress gewesen war und nicht viel Zeit für mich hatte, und war mit einem Kasten Bier zu Franz auf seinen Hof gefahren, wo wir uns auf der Bank vor seinem Haus zwei Halbe gönnten und ich ihm für seine selbstlose Hilfe dankte.

Während ich meinen Blick über die Dächer der Stadt schweifen ließ und über die unglaublichen Ereignisse der letzten Tage nachdachte, fiel mir Sophia ein. Ich wusste noch immer nicht, worüber sie mit mir hatte reden wollen, als sie mir das Leben rettete.

Ich griff nach meinem Smartphone und schickte ihr eine Nachricht mit einer Einladung zum Abendessen in ein edles elsässisches Restaurant bei mir um die Ecke. Kaum hatte ich das Telefon zur Seite gelegt, klingelte es. Doktor Zangel kündigte sich auf dem Display an.

„Wie geht es Ihnen?“, wollte der Munisol-Chef von mir wissen.

„So gut wie in der ganzen letzten Woche nicht, danke der Nachfrage. Am Montag bin ich wieder im Büro.“

„Ja, genau, deswegen rufe ich an. Nach all den Ereignissen und Dahlems Ausscheiden müssen wir die Positionen neu besetzen. Wir haben im Vorstand und Aufsichtsrat die Situation besprochen und entschieden, dass Sie die Funktion von Sophia Hart übernehmen. Frau Hart wird Dahlem im Vorstand ersetzen. Na, was sagen Sie?“

„Das sind tolle Neuigkeiten, Herr Zangel.“

Am liebsten hätte ich mein Rotweinglas über die Brüstung geworfen und das Smartphone noch hinterher. Sophia ließ wirklich keine Gelegenheit aus, mich auszutricksen. Gerade hatte ich angefangen, sie doch vielleicht wieder zu mögen. Nachdem Zangel mir noch weiter gute Genesung gewünscht und sich verabschiedet hatte, schickte ich eine weitere Nachricht an Sophia.

„Tut mir leid, klappt heute doch nicht.“

Drei Monate später

Lars Svensson war zufrieden. Seine neue Mitarbeiterin machte eine gute Arbeit, ihre Referenzen hatten nicht zu viel versprochen. Karen Becker stellte ihm gerade vor, wie die Europäische Union weltweit alle Entwicklungsprojekte für Technologien zur Ablösung fossiler Energiegewinnung erfassen und den Fortschritt im Blick behalten könnte. Enorm wertvoll für die Vorbereitung politischer Entscheidungen. Der EU-Kommissar blickte versonnen in Karens tiefblaue Augen. Ein Spiegel der Karibik. Was für einen seltenen Fall einer Frau mit Geist, Fleiß und Anmut hatte er hier vor sich. Er seufzte.

„Das sind wirklich großartige Ideen. Toll, Sie im Team zu haben! Ich würde das gern mit Ihnen weiter vertiefen, aber ich muss leider in den nächsten Termin. Können wir das Gespräch vielleicht heute bei einem Abendessen fortsetzen? Ich kenne ein hervorragendes italienisches Restaurant hier in der Nähe.“

Karen lächelte.

In einer Seitenstraße ganz in der Nähe justierten in einem unscheinbaren, bis an die Decke mit Computern und Bildschirmen vollgestopften Raum der Eastern Europe Trade Ltd. zwei junge Männer den Ton, bis sie die Stimme der jungen Frau klar verstehen konnten.

„Gern. Um acht?“

IMPRESSUM

c/o Schoneburg. Literaturagentur und
Autorenberatung
Rudolf-Schwarz-Str. 20, 10407 Berlin, Germany

ISBN: 978-3-00-075680-1

Printed in Poland
by Amazon Fulfillment
Poland Sp. z o.o., Wrocław

30774538R00204